MARTIN BECK SERIES —— 08

DET SLUTNA RUMMET

MAJ SJÖWALL & PER WAHLÖÖ

ECUS
Publishing House

馬丁・貝克｜刑事檔案 08

上鎖的房間

麥伊・荷瓦兒╳培爾・法勒 著
羅若蘋 譯

木馬文化

目次

編者的話

故事，從一個名字開始

一九六五年，瑞典斯德哥爾摩的各書店內出現一本小說新書。書封上可見一名黑髮女子的影像。她雙眼緊閉，嘴唇微張，封面上大大寫著書名「Roseanna」一字。羅絲安娜，這是她的名字，她是一具河中女屍，剛被人從瑞典的運河汙泥中鏟起，而這部作品即將開啟犯罪推理小說的嶄新世紀。

當時，有不少過去習慣閱讀古典推理小說的年長推理迷在購書後回家一讀，大驚失色，紛紛回到書店抱怨，要求退書，理由是「這情節描述太寫實了」，讓他們飽受驚嚇。畢竟，在這之前，沒有哪部古典推理作品會以如此鉅細靡遺的冷靜文字，描述一具女性裸屍的身體特徵。然而，在此同時，這部作品俐落明快，描寫細膩，時而懸疑緊張、時而又可見詼諧的現代風格，卻在年輕世代的讀者之間廣受歡迎，大為暢銷。

這部以《羅絲安娜》為首，以社會寫實風格描述瑞典斯德哥爾摩的警探馬丁．貝克及其組員辦案過程的系列小說，便是在隨後十年連同另外九本後續之作，席捲北歐各國，熱潮繼之延燒至歐陸，進而前進英美等英語系國家的「馬丁．貝克刑事檔案」。

令人稱奇的事，如此成功的「馬丁．貝克刑事檔案」系列並非出自單一作者之手，而是一對傳奇創作搭檔的共同心血。

愛人同志，傳奇的創作組合

故事要從一九六二年說起。瑞典的新聞記者培爾．法勒，在這一年因緣際會認識了同樣從事新聞撰稿工作的麥伊．荷瓦兒，兩人進而相戀。荷瓦兒出身中產階級家庭，但性格非常獨立且獨特，年輕時常與藝術工作者往來，曾有過幾段短暫的婚姻關係，她在二十七歲認識法勒時，已育有一個女兒。曾在西班牙內戰時期遭法朗哥政權驅逐出境，因而返回瑞典的法勒較荷瓦兒年長九歲，已婚，同樣也有一個女兒，而且他在兩人相識時，已是頗富聲望的政治新聞記者。

兩人最初是在斯德哥爾摩一處新聞記者常聚集的地方因工作而結識，當兩人開始彼此產生感情，便刻意避開其他同業，改到其他地方相會。法勒當時在新聞工作外亦受託創作，每晚都會在兩人飲酒相聚的酒吧附近的旅館內寫作。相處一年後，法勒離開妻子，轉而與荷瓦兒同居。之後陸續有了兩個孩子，但兩人始終沒有進入婚姻關係。

荷瓦兒與法勒在共同創作初期，便打算寫出十本犯罪故事，而且，也只寫十本。這十部作品每本皆為三十章，都是由兩人各寫一章、以接龍方式合力創作而成；只不過，讀者很難從文字判斷各章分別出自誰的手筆。因為法勒與荷瓦兒在創作之初，就刻意不設定偏向哪一方的筆法，而是討論出最適合讀者及作品的行文風格，傾向能雅俗共賞——馬丁・貝克的形象於焉誕生。

疲憊警察，馬丁・貝克形象的誕生

有別於過往古典推理作品中，那些邏輯推演能力一流，幾乎全知全能的「神探」與「英雄」形象，荷瓦兒與法勒筆下這個警察辦案系列小說雖是以馬丁・貝克為名，但當中並沒有突顯誰是主角或英雄。這是一組平凡的警察小組成員，憑藉實地追查線索，有時甚至是靠著機運，才能偵破案件的故事。

這些警察一如所有上班族，各自有其獨特個性和煩惱——寡言、疲憊、婚姻失和、嗜好是組模型船，又有胃潰瘍問題的馬丁・貝克；身形高胖卻身手矯健，為人詼諧，擅長分析，有時又顯魯莽的柯柏（Lennart Kollberg）；愛抽菸斗、準時下班、每天要睡滿八小時、記憶力驚人的米蘭德（Fredrik Melander），以及出身上流階層，卻自願投入警職，個性古怪挑剔，永遠要穿上高級西裝的剛瓦德・拉森（Gunvald Larsson，第三集開始出現），和最不顯眼、任勞任怨至任命，原住民身分的隆恩（Einar Rönn），當然還有其他在故事中穿針引線的甘草人物角色。若是以交響樂團比喻這個辦案團隊，馬丁・貝克絕非站在高台上的指揮家，他更像是第一小提琴手，與其他樂手共同合奏出十首描述人性與黑暗的樂章。

荷瓦兒與法勒塑造的這種具有七情六慾、會為生活瑣事煩惱的凡人警探形象，在當年的推理小說世界實屬創新之舉，現代讀者或許早已習慣目前大眾影視或娛樂文化當中的警察形象，殊不知，這些角色的原型其實正脫胎自荷瓦兒與法勒在六〇年代創造出的這位寡言而平凡的北歐警探。

馬丁・貝克系列故事之所以廣受讀者喜愛，不僅在於這些故事背景就在日常當中，就在斯德哥爾摩實際存在的街路上、公園裡，與讀者生活的時空相疊合，而且讀者隨著角色之間的互動和對話，更是能逐漸清晰建構出這些人物的性格及形貌的具體想像，就像真實生活中認識的朋友。隨著每本劇情獨立、但又巧妙彼此牽繫的故事演進，讀者在這段時間軸中，也將見證到他們的個性變化和聚散離合，甚至，突如其來的死別。

長銷半世紀的犯罪推理經典

從一九六五年到一九七五年，荷瓦兒與法勒兩人在這短暫的十年間，以一年一本的速度，完成了馬丁·貝克刑事檔案全系列——《羅絲安娜》，《蒸發的男人》，《陽台上的男子》，《大笑的警察》，《失蹤的消防車》，《薩伏大飯店》，《壞胚子》，《上鎖的房間》，《弒警犯》，以及最終作《恐怖份子》。

故事背景的六〇、七〇年代還沒有網路，沒有手機，沒有ＤＮＡ鑑識技術，而且人人都在抽菸，隨時隨地；雖然這些細節設定如今看來略有懷舊時代感，但系列各作探討的問題卻是歷久彌新，沒有隔閡，你甚至會拍案驚嘆：「這些社會案件和問題現今依然存在，當前警察組織面對的各種犯罪和無力感也毫無不同。」

荷瓦兒及法勒在當年同為社會主義者，潛伏在這十個刑事探案故事底下的，是他們對於資本主義社會和龐大的國家機器的批判。他們看到了當時瑞典這個福利國美好表象底下的真實面貌。故事裡一樁樁的刑事案件，其實是他們對社會忽視底層弱勢的控訴，以及對投機政客的勾結貪枉，警界管理層的權力慾和顢頇導致基層員警處境艱困和社會犯罪問題惡化的喝斥。

然而，在荷瓦兒與法勒筆下的馬丁·貝克世界裡，在正義執法與心懷悲憫之間，人世沒有全然的善，也沒有絕對的惡。這些故事裡的行凶者往往也是犧牲者，只是形式不同。他們因為精神狀態、經濟能力、社會制度等種種原因，淪為遭到社會剝削、被大眾漠視的無助邊緣人，而他們的犯案動機有時甚至可能只是對體制和壓迫的無奈反撲。因此，馬丁・貝克和其警隊成員在辦案執法的同時，往往也流露出對於底層人物的悲憐，不論他／她是被害者抑或加害者，而每件刑案也是難以二分的灰色地帶。

短暫而光燦的組合，埋下北歐犯罪小說風靡全球風潮的種籽

一九七五年，法勒因胰臟問題病逝，他在先前已預感自己大限將至，於是將此生對於社會關懷的炙熱理念，盡數灌注在最終作《恐怖份子》當中，得年四十九。從一九六二年初識，第一本《羅絲安娜》在一九六五年出版，到最終作《恐怖份子》在一九七五年推出，這對獨特的創作搭檔在這十三年裡的無間合作，為後世留下了一系列堪稱經典的推理之作。

當年，這股馬丁・貝克熱潮一路從瑞典、芬蘭、挪威等北歐各國開始，繼而延燒至歐陸德國，而後進入美國等英語世界國家，不僅大量改編為電影、影集、廣播劇等形式，書中以社會寫實情節為本的創作風格，更是滋養了《龍紋身的女孩》史迪格・拉森（Stieg Larsson），賀寧・

曼凱爾（Henning Mankell），以及尤・奈思博（Jo Nesbo）等眾多後繼的北歐新一代犯罪小說創作者，為北歐犯罪小說在二十一世紀初橫掃全球、蔚為文化現象的風潮埋下種籽，預先鋪拓出了一條坦途。

同樣的，在亞洲，日本角川出版社從一九七五年起，也以英譯本進行日譯工作，推出馬丁・貝克探案全系列作品，並在二〇一三年陸續再由瑞典原文直譯各作，讓新一代的讀者得以更貼近這部傳奇推理經典的原貌。值得一提的是，常透過小說關注日本社會及時事問題的直木賞及日本推理大賞得主佐佐木讓，於二〇〇四年更是以《笑う警官》一書，向荷瓦兒與法勒筆下創造出來的這位北歐探長致敬，而這部作品也分別在二〇〇九及二〇一三年改編為同名電影及劇集，廣受稱道。

儘管這段合作關係已因法勒辭世而告終，但馬丁・貝克警探堅毅、寡言的形象，早已永遠存活在每個讀者的想像當中，以及藏身在每個後續致敬之作和影劇中的警探角色背後。一九七一年成立的瑞典犯罪作家學院（Svenska Deckarakademin），更是以這個書中角色為名，設立「馬丁・貝克獎」，每年表彰全世界以瑞典文創作，或是有瑞典文譯本的犯罪、推理類型傑出之作。

且讓我們開始走進斯德哥爾摩這座城市，加入馬丁・貝克探長和其組員的刑事檔案世界。

導讀

密室裡那具孤獨的屍體

——關於《上鎖的房間》

認識「馬丁・貝克刑事檔案」系列，要追溯至二〇〇四年那個炙熱又靜美的大學暑假。當時筆者正熱衷閱覽推理小說文類，學期結束前，向暨南大學推理同好會社團辦公室及圖書館商借了三十本書籍，一路從埔里背回故鄉台南，甚至透過高中同學向成大圖書館借閱館藏，並且在鄉鎮圖書館之間尋覓可供閱讀的推理小說。

於是日日沉浸浪漫綺麗的邏輯異想時空，流連於縝密細緻的恐怖犯罪故事裡。嗜讀期間碰巧翻閱封面採用人骨標本的背影，由遠流出版的精裝金邊磚頭書《上鎖的房間》。

筆者對於北歐推理小說的接觸，最初正是起源自「馬丁・貝克刑事檔案」系列。日後閱讀瑞典首席推理小說大師賀寧・曼凱爾的韋蘭德探案之作、冰島知名作家安諾德・英卓達尚的厄蘭德探長作品、舉世聞名的瑞典早逝作家史迪格・拉森的千禧年系列、挪威暢銷犯罪小說家尤・奈斯博的著作，又如芬蘭犯罪文學作家蕾娜・萊道拉寧、瑞典犯罪小說女王麗莎・馬克倫德，或是著名丹麥犯罪小說作家猶希・阿德勒・歐爾森，以及在文壇上極富盛名的彼得・霍格等琳瑯滿目的群家群作。特殊地理國情搭配其歷史文化脈絡，瑞典、丹麥、挪威、芬蘭、冰島等北歐五國舊作崛起、新人輩出，為全球讀者投擲滿具震懾力的全新視野，也擴張了筆者對於犯罪小說的認知及見識。

以斯德哥爾摩警察團隊為首，《上鎖的房間》的辦案主軸有二，一為誤殺客戶的銀行搶案，另一為密室裡死於槍傷的屍體。

「上鎖的房間」與「密室」連結，這是推理作家一生勢必要寫上一回的重大主題，畢竟在上鎖的房間裡出現在各種條件下都不可能被判定為自殺的遺體，就是一樁啟人疑竇的龐大謎團。密室裡的死者是提早退休的倉庫管理員司瓦德，他沒沒無聞，子彈留在胸腔中，陳屍臥房兩個月。案件過於平凡，驗屍報告敘明自殺，卻遍尋不著致死的凶器。埃拿・隆恩嗅出當中些許端倪便被調離此案，改由槍傷初癒的馬丁・貝克接手，也為他的警探生涯重新布署及鋪路。

「福利國家其實到處都是病老貧孤，充其量以狗食維生，去世或病死在他們的狗窩裡也無人聞問」——荷瓦兒與法勒透過作品，揭露出了當時瑞典的社會現象及失業問題。和現今手機、網路及3C產品普及的科技社會對比，小說背景對現代讀者略有懷舊遙遠之感，但儘管時光變異，作者揭示的議題仍與現代社會的景況相扣合。高自殺率、一般人對政府機構及警方的不信任，這些既是時代的縮影，也是長久以來無解的社會問題。

即便生活的一切都在變化或消逝，社會秩序還是可能被拼湊與重建。「馬丁・貝克刑事檔案」系列之所以一再獲推理迷傳頌，並不在於它是否設計出壯闊費解的謎團，或是展現華麗炫目的推理技巧，而是作者以真實世界為基礎，書寫出樸實卻又荒謬的辦案過程。這個辦案團隊的有趣之處，就在於一群看似烏合之眾的警察刻苦耐勞又如無頭蒼蠅般地偵辦下，那些看似沒頭沒腦的內容，竟會在出乎意料的細節處一一串起。銀行搶案中不可靠的目擊者、檢察官自信過度的推導，以及警察團隊不按程序辦事，自食其果的荒唐攻堅經過等，作者無不以冷靜的筆調、戲劇化的發展，搭配個性鮮明、形象栩栩如生的警察官僚，共構出一幅寫實風趣的解謎圖像。

在《上鎖的房間》，每位警察從自己抓取的線索和認定的證據當中，嘗試還原事件的原委，造就停滯不動而緩慢僵持的劇情，我們從故事推展中看不到古典神探的帥氣和從容，而是摸不著頭緒、但仍堅持到底的真誠。嘲諷般的捧腹大笑過後，謎底往往兼具唏嘘及愕然。

半路街景皆是貧病孤寂，處處散發滿溢的人際疏離感。馬丁・貝克對生活及工作的疲態，比起卓越出色的推理能力還更貼近現實人生。當我們以為他處於逐漸崩毀的狀態，卻又無力改變時，女性角色黎雅・尼爾森適時出現，陪伴這名婚姻失敗、家庭破碎、母親久病的疲倦警察，為他帶來一絲曙光。

從初識「馬丁・貝克刑事檔案」系列，繼而又見開枝散葉的北歐諸國犯罪之作，時光荏苒，竟也過了十六年。「世間所有的久別，都會重逢」，欣見這部作品能再度與台灣讀者見面，而如今正是循序漸進投入閱讀這部北歐警察小說經典的大好時刻。

• 余小芳

暨南大學推理研究社指導老師、台灣推理作家協會理事暨年輕學子委員會主委。評論文章、活動報導散見於書籍及其他網路媒介。主編《發條紙鳶：台灣校際推理社團聯盟徵文獎傑作選》一書，部落格為「余小芳的推理隨文2.0」。

丹維克懸崖區
500公尺

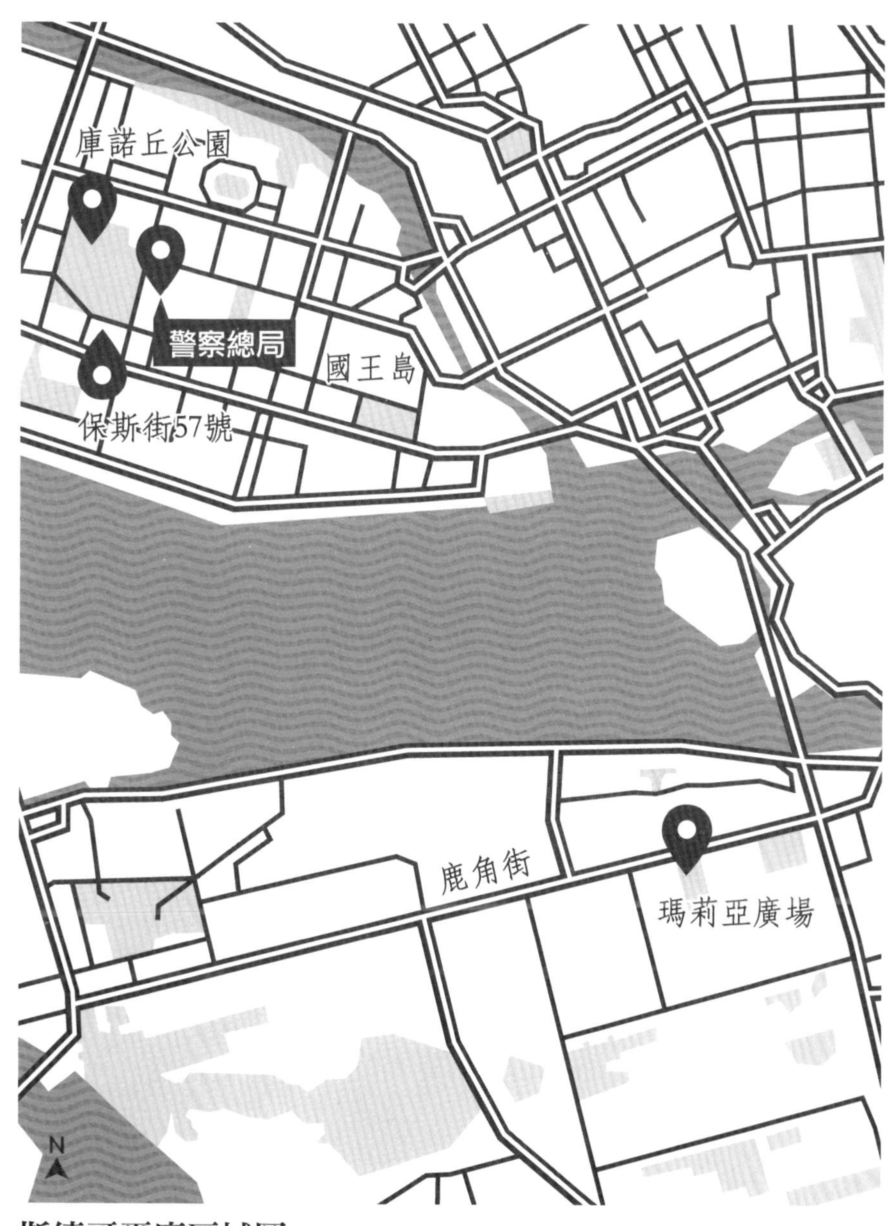

斯德哥爾摩區域圖

1.

聖瑪莉亞教堂的鐘剛敲了兩下，她正好走出渥馬伊斯古路的地鐵車站。在趕往瑪莉亞廣場之前，她停下來，點了一根菸。

教堂喧鬧的鐘聲迴響著，讓她想起童年那些陰鬱的星期日。她在離聖瑪莉亞教堂不過幾個街區外的地方出生、長大；這個教堂也是她受洗和接受堅信禮的地方——那已是將近十二年前的事了。關於堅信禮的課，她只記得自己問了教區牧師，作家史特林堡*形容聖瑪莉亞教堂的鐘聲有「憂鬱的旋律」，那是什麼意思？但是她想不起牧師是怎麼回答的。

烈日照在她的背上，穿過聖保羅街之後，她放慢腳步，不希望搞得汗水淋漓。她突然意識到自己太緊張，後悔出門前沒先吃顆鎮靜劑。

她來到廣場中央的噴泉旁，把手帕浸在冰涼的水裡，而後走向樹蔭底下的板凳坐上。她摘下

* 史特林堡（August Strindberg, 1849-1912），瑞典劇作家、小說家。

眼鏡，用濕手帕擦擦臉，再用淺藍色襯衫的衣角擦拭眼鏡，接著戴上。兩片大鏡片反射著日光，遮住了她上半部的臉。她脫下寬邊藍色丹寧布帽，撩起及肩的金色直髮，用手帕擦著頸背。她戴上帽子，拉低到眉頭，靜靜坐著。她的手帕在手裡捏成一團。

一會兒後，她將手帕攤開在長凳上，雙掌在牛仔褲上抹拭著。她看看手錶：兩點半。出發之前還有幾分鐘可以讓自己冷靜下來。

時間來到兩點四十五分，她打開膝上那只墨綠色帆布肩背包的上蓋，拿起手帕。手帕現在已經完全乾了，她沒摺，直接將之放進袋子。她起身，把袋子的皮背帶掛上右肩，開始前進。

快到鹿角街時，她已經沒那麼緊張了；她說服自己，一切都沒問題的。

今天是星期五，六月的最後一天，對許多人來說，暑假才剛要開始。鹿角街以及兩側的人行道上，人車川流不息。她在走出廣場後，左轉走進建築物的陰影裡。

她希望挑今天這日子，是個明智的選擇。在權衡得失之後，她知道最好將計劃延到下週，但其實也沒什麼影響；她不希望讓自己的心理壓力太大。

她比計畫中早到了些，所以在街道另一邊的樹蔭下站了一會兒，觀察對街那扇反射著日光的大窗。來往的車輛擋住了她部分的視線，但她還是注意到窗簾是拉上的。

她假裝在逛街，在人行道上慢慢來回走著。雖然旁邊的鐘錶店外掛著一面大鐘，她還是低頭看自己的錶，同時不斷注意對街的狀況。

兩點五十五分，她走向十字路口的行人穿越道。四分鐘後，她已站在銀行門口。

推開大門之前，她掀起袋子的上蓋。走進銀行後，她的視線掃過整個辦公室，這是瑞典某家大銀行的分行。這間辦公室的格局狹長，前面只有大門和一扇窗；右手邊的櫃台從窗戶一直連到另一頭的牆邊，左手邊有四張桌子靠牆，更後面則是一張圓形的矮桌和兩張紅色格紋布面的凳子。最裡面是一座非常陡峭的樓梯，向下延伸到地下室，那裡應該是銀行的保險箱存放室。

在她之前，只有一名客戶進來，是一名男子。他正在櫃台把錢和一些文件裝進公事包內。櫃台後方坐著兩名女行員，更裡面則是一位男行員，他正站著翻閱索引卡。

她走到一張桌子前，從背袋外口袋裡找出一枝筆，同時以餘光看著那個拎著公事包的客戶走出大門。她從架上取出一張存款單，在上面開始塗鴉。過了一會兒，她看到男行員走到門口將門鎖上，彎下腰去鬆開那個鉤住內門的鉤子。當門發出刺耳的聲音並關上時，他又走回櫃台後面。

她從袋子裡拿出手帕，左手握著手帕，右手拿著存款單，假裝在擦鼻子，同時走向櫃台。

隨後她將存款單塞進袋子，拿出一只空的尼龍購物袋放在櫃台上。接著，她拿出一把槍，指著那個女出納員，用手帕遮著嘴說：「這是搶劫。這把槍裡裝了子彈，如果你給我找麻煩，我會開槍。把你所有的錢全裝進這袋子裡。」

那個女人在櫃台後面看著她，慢慢拿起尼龍袋子，放在面前。另一個正在梳頭的女人也停下動作，將手慢慢放下來，她張嘴好像要說些什麼，卻發不出任何聲音。櫃台內的那個男人站在書桌後面，突然動了一下。

她立即把槍指向他，同時大叫：

「別動！把手放在我看得到的地方。」

她不耐煩地朝面前那個受到驚嚇而渾身僵硬的女人揮著槍，繼續說道：

「快點把錢放進去！全都放進去！」

出納員開始將一疊疊鈔票放進袋子。裝完後，她把袋子放上櫃台。

突然，那個在書桌後面的男人說：

「你無法脫身的，警察會——」

「閉嘴！」她大叫。

她接著把手帕丟進打開的袋子，抓起尼龍購物袋。袋子抓起來的感覺很好，也很重。她慢慢退到門口，槍口輪流指著銀行裡的所有員工。

突然，有個人從房間另一邊的樓梯口衝向她。那個人很高大，一頭金髮，穿著平整的褲子和有金鈕釦的藍色運動上衣，胸前口袋上還縫有一枚金色徽章。

一聲巨大的槍響撼動了整個空間，而且餘音不斷迴響。她的手臂猛然彈向天花板，同時看見那個穿著運動上衣的男子往後倒下。他的鞋子又新又鮮白，橡膠鞋底是紅色的，很厚，還有凹槽。直到他的頭敲到地板，發出可怕的撞擊聲後，她才意識到自己射中他了。

她把手槍丟進袋子，目光凶狠地瞪著櫃台裡那三個嚇呆的人。她衝向門口，慌亂地開鎖。在奔上街之前她仍想著：「冷靜，我得鎮定地走出去」，但是一走到人行道，她就開始朝十字路口半跑起來。

她看不到身邊的人群，只覺得自己不斷撞到行人，方才的槍聲也一直迴響在耳邊。

她轉過街角，開始快跑，手中的購物袋和沉重的背包不斷衝撞她的臀部。匆忙推開兒時住所的大門後，她循著熟悉的道路走進院子，鎮定一下情緒，然後開始步行。她穿過露台的門廊，直接走進另一個後院，走下陡斜的樓梯進到地窖，接著坐在最下面的階梯。

她想將尼龍購物袋塞進袋子裡蓋住手槍，但袋內空間不夠。她脫掉帽子、摘下眼鏡和金色假髮，將這些東西全擠進背包。她本身的頭髮是深色短髮。她站起來，解開釦子脫下襯衫，把衣服也放進袋子裡。她在襯衫底下還穿著一件短袖黑色棉織罩衫。把袋子甩上左肩後，她拎起尼龍購物袋，走上樓梯回到院子。她翻過幾面牆，最後終於到了街區另一端的街上。

她走進一家小雜貨店，買了二公升的牛奶，將紙盒牛奶放進大紙袋內，再把尼龍購物袋放在上面。

之後，她走到閘門廣場，搭上地鐵回家。

2.

剛瓦德·拉森開著自己的車來到犯罪現場，那是一輛紅色的ＢＭＷ，這種車在瑞典並不多見，而且，在許多人眼裡，這對偵查員來說也太過豪華，尤其是他上班時還開著它。

在這個美好的星期五午後，他正坐上車準備回家，而埃拿·隆恩卻跑來警察總部，打壞了他本想在波莫拉的家中安靜度過夜晚的計劃。埃拿·隆恩也是警政署刑事組偵查員，而且很可能是剛瓦德·拉森唯一的朋友，所以在他說他很抱歉，但拉森必須犧牲這個晚上的時候，隆恩是非常認真的。

隆恩開了警車前往鹿角街，他抵達現場時，已經有幾輛車和一些人從南區趕到，而且剛瓦德·拉森也已經在銀行裡。

銀行外聚集了一小群人，當隆恩穿過人行道時，一個原來站在那裡看著圍觀群眾的巡警走過來對他說：

「我找到幾個證人，他們說他們聽到槍聲。我要怎麼處理？」

「把他們留下來，然後驅散閒雜人。」隆恩說。

巡警點點頭，隆恩就繼續走進銀行。

死者陳屍在櫃台和書桌之間的大理石地板上，他的雙臂張開，左膝彎曲，一隻褲管向上滑了一截，露出繡有深藍色鐵錨圖案的腈綸材質的雪白短襪，和一截曬得黝黑的腿，上頭有些金色腿毛。子彈正好擊中他的臉部，所以血和腦漿都從腦後濺出。

銀行行員都坐在房間最裡面的角落，剛瓦德・拉森坐在他們面前，一條腿跨在書桌一角，半站半坐著；一位女士正以尖銳及憤怒的聲調描述經過，拉森則在筆記本上做著記錄。

剛瓦德・拉森看到隆恩後，舉起右手掌向那女人示意，她話雖然還沒說完，但也立即停下。剛瓦德・拉森拿著筆記本，起身走到櫃台後的隆恩那兒去。他朝那個躺在地板上的男人點了一下，說：

「這樣子實在不好看。如果你留在這裡，我就可以帶那些證人到別的地方，也許會到玫瑰園街那個老派出所，那你在這裡也可以安靜地做事。」

隆恩點點頭：「他們說是一個女孩子幹的，而且帶走了現金。有人看到她往哪個方向逃逸嗎？」

「銀行裡的人都不知道，」剛瓦德・拉森說，「當時有個傢伙站在外面，他確定看見有輛車開走，但他沒看到車牌號碼，也不確定是什麼車款，所以我沒多問。我晚點會再找他問話。」

「這是誰？」隆恩對著那名死者微微點頭問道。

「一個想當英雄的白癡。他當時整個人要撲向搶匪，想當然，她在極度驚慌之下開了槍。他是這銀行的客戶，行員都認識。他來處理他的保險箱，而且就從那邊的樓梯走上來，剛好遇到這件事。」剛瓦德・拉森看看筆記本，「他是某健身協會的主任，名字是葛登。」

「他大概以為自己是漫畫裡的『閃電俠高登』吧。」隆恩說。

剛瓦德・拉森露出質疑的眼神。

隆恩的臉漲紅，立刻換個話題：「噢，我猜那裡可能會有她的影像。」他指著掛在天花板上的攝影機。

「如果焦距正確，裡面也裝了底片的話，」剛瓦德・拉森懷疑地說，「而且出納員還記得踩下按鈕。」

時下瑞典的銀行大多設有攝影機，只要值班出納員踩下地板上的按鈕，它就會拍攝，這也是行員碰上搶劫時唯一要做的事。由於近來攜械槍劫銀行的案子越來越多，銀行遂下令行員在遇劫時要順從劫匪要求，不要有阻止劫匪的動作，以免危害自身安全。這個命令可能會讓人以為銀行是基於人道，或是顧及行員安全而有此要求，其實不然，這是經驗累積的結果。對銀行和保險公司來說，讓搶匪帶著錢逃離現場，要比賠償客戶損失，或受傷者的個人、家庭所需——如果有人受到傷害或被殺，就有此可能——來得划算。

這時法醫來了，隆恩於是走到他的車子那兒，去拿處理凶殺案用的袋子。他都以老方法辦案，這也常常奏效。剛瓦德・拉森走了出去，準備前往玫瑰園街上的舊警局，他還帶著銀行行員及四個自稱是目擊者的證人。

他借到一間盤問室。進去之後，他脫掉麂皮夾克，掛在椅背上，開始初步調查。剛開始時，先被詢問的三個銀行行員說詞非常一致；但後面那四個證人的陳述就有些各說各話了。

四名證人當中的第一個，是個四十二歲的男子，槍聲響起時，他正站在距離銀行門口五碼處。他看到一個戴著黑色帽子和墨鏡的女孩衝過去；過了半分鐘後，根據他的說法，他看到街道上有一輛綠色轎車，大概是歐寶，從十五碼外的人行道外衝出來，那輛車快速開往鹿角廣場的方向，隨後就不見了，他認為他有看到那個戴著帽子的女孩坐在後座。他來不及看清楚車牌號碼，但他相信車牌是「AB」開頭。

下一個證人是一個女人，女裝店老闆。她聽到槍聲時正站在自家店門口，她的店面與銀行只隔著一面牆。剛開始她以為聲音是從店裡的餐具室傳出來的，她擔心是瓦斯爐爆炸，所以衝進去看；發現沒事後，她又回到店門口。隨後她望著街道，看到一輛藍色大車猛然轉進車陣中——車胎發出尖銳的摩擦聲，就在同時，一個女人從銀行出來，大叫說有人中彈。她沒有看清楚車裡的人，也不知道車號，但她說那看來有點像是計程車。

第三個證人是三十二歲的鐵匠，他的描述比較詳盡。他沒聽到槍聲，完全沒注意到。當那個女孩從銀行出來時，他正沿人行道走著；那女孩很匆忙，所以跑過他身邊時還推了他一下。他沒看到她的臉，但猜測她大約在三十歲左右。她穿著藍色褲子、襯衫，戴帽子，還拿著一個黑色袋子。他看到她坐進一輛標有「A」的車子裡，車牌號碼裡有兩個三，是一輛米色的雷諾十六。一個瘦瘦的男人，大概二十到二十五歲，坐在駕駛座上，他一頭黑色長直髮，穿著短袖棉T，臉色蒼白得嚇人。另外一個男人看來年紀較大，他站在人行道上為那個女孩打開後車門，關上後，他就坐進前面的副駕駛座。這個男人的體格壯碩，大約五呎十吋，有一頭灰髮，又亂又多；他的膚色紅潤，穿著黑色寬口褲，和布料有點發亮的黑色襯衫。那輛車迴轉之後就朝閘門廣場的方向消失了。

聽完這些證詞之後，剛瓦德．拉森有點困惑。在喚最後一個證人進來之前，他仔細地讀著筆記。

最後這名證人是個五十歲的鐘錶匠。當時他正坐在銀行外的車子裡等他的妻子，她人在街道另一頭的鞋店裡。他的車窗是開著的，所以他聽到了槍聲，但他沒有任何反應，因為在鹿角街這樣熙熙攘攘的街上，到處都是噪音。他在三點零五分看到那個女人從銀行出來。他之所以注意到她，是因為她顯得非常匆忙，連撞到一位上了年紀的女士也沒道歉；他認為這就是典型的斯德哥爾摩人，總是匆匆忙忙，而且不友善，而他自己則是索德拉來人。那個女人穿著長褲，頭上戴著一頂會讓人聯想到牛仔的帽子，手上則提著一只黑色購物袋。她跑到街口之後就消失在轉角處了。沒有，她沒有坐上任何汽車，也沒有停下來過，她一路跑到街角就消失了。

剛瓦德・拉森打電話回報，說明了雷諾汽車裡那兩個男人的特徵，然後起身整理紙張，看看時鐘。已經六點了。

他覺得自己做了許多白功。最先抵達現場的巡警早就說過，這些目擊者對汽車的描述各自不同，而且每個證人對過程的描述也不一致。根本毫無頭緒，當然，這也一如往常。

有一會兒，他猶豫著是否應該留下最後那位證人，但最後還是作罷。每個人看起來都歸心似箭，而且老實說，他自己才是當中最心急的，雖然這可能是奢望。所以他還是讓所有證人都先回去。

拉森穿上夾克後，回到銀行。

那位勇敢的健身教練的遺體已經移走了。一個年輕的無線電通訊巡警從汽車裡出來，禮貌地通知說拉森隆恩警官正在他的辦公室等著他。剛瓦德・拉森嘆了一口氣，走向他的座車。

3.

他很驚訝自己還活著。這也不是什麼新鮮事了，過去十五個月來，他每天都帶著相同的困惑醒來：我怎麼還能活著？

他醒來之前都會做夢，這也已經持續十五個月了。雖然夢境經常改變，不過模式還是相同：他騎著車，凜冽寒風扯著他的頭髮，他疾速飛馳，身體向前傾斜；接著，他沿著車站月台奔跑，看到面前有個男人舉起槍，他知道那個男人是誰，也知道隨後會發生什麼事。那個男人是查爾斯・吉托*，他手裡拿著神射手用的漢默里國際牌手槍。那個男人一扣下扳機，他就撲身向前，以他的身體擋下子彈，那顆子彈像個重鎚似地打中他，正中胸口。他顯然是要犧牲自己，然而他同時也意識到，自己的行動已徒勞無功，總統已經躺在地上縮成一團，那頂光滑的帽子從他的頭上翻落，在旁邊滾動，畫出一個半圓。

* 查爾斯・吉托（Charles Julius Guiteau, 1841-1882），一八八一年七月暗殺時任美國總統加菲爾德（James A. Garfield），因而在一八八二年六月被處以絞刑。

每次都一樣，他總是在子彈擊中他的那一刻醒來。剛開始會是一片漆黑，接著一股灼熱感掃過他的腦部，而後他便張開眼睛。

馬丁・貝克靜靜地躺在床上看著天花板。房間很明亮，他想著那個夢。它似乎沒有特別的意義，至少今天這個版本沒有；甚至，這個夢還充滿荒謬情節。例如那一把槍，它應該是左輪手槍或是德林加槍；還有，加菲爾德怎麼可能躺在那兒，還傷得那麼重，尤其是在他已經用他的胸膛擋下子彈之後？

他想不起那個兇手長什麼樣子。就算他看過那個男人的照片，那些影像也早已消散無蹤。吉托的眼睛通常是藍色的，髭鬚則是金黃色，油亮的頭髮梳向後方；但今天他看起來像是一個演員，扮演著一個著名角色。他立刻想到是哪個角色——正是在電影《驛馬車》*裡飾演賭徒的約翰・加羅汀**。這場夢還真是浪漫得驚人。

不過，一想到自己胸膛裡有一顆子彈，這詩意便瞬間破滅。他的經驗告訴他，如果這顆子彈貫穿右肺，卡在脊椎附近，那麼一定時不時會出現間歇性的疼痛。就長遠看來，這情況相當惱人。

然而夢中還是有與現實相符的事，例如神射手的那把槍。那把槍原本屬於一個藍眼、金鬍、頭髮也向後斜梳的巡警。一個陰寒的春日，他們在一棟大樓的屋頂上交手；兩人沒有交談，彼此間只發出一聲槍響。

那天傍晚，他在一個四面白牆的房間裡醒來——也就是御林軍醫院的胸腔科病房。院方向他表示，他沒有生命危險。雖然如此，他還是不斷自問，自己怎麼還活著？

後來，院方說這個傷不會再威脅到他的性命，只是子彈卡住的位置不太好。他領會到「不會再」這個用詞的微妙之處，但並不欣賞。外科醫生從他體內取出異物之前，已經檢視了好幾個星期的X光片，他們說這個傷絕對不會造成危險，而且正好相反，他會完全康復——如果他凡事看得開的話。但從此以後，他便不再相信他們了。

儘管如此，他也只能凡事看開。他別無選擇。

現在他們說他已經完全恢復了。不過這一回同樣也有個附注：「就生理上而言」。此外，他不能抽菸，他的氣管原本就不好，如今一顆子彈穿過他的肺，更是雪上加霜。傷口癒合之後，疤痕附近也已出現一些詭異的痕跡。

馬丁．貝克下了床。他穿過客廳走到廳廊，撿起門口踏腳墊上的報紙，進到廚房，同時眼光掃過頭版的標題。外面的天氣不錯，根據氣象預報，這樣的天候會持續下去。然而除了天氣之

---

*《驛馬車》（*Stagecoach*），一九三九年的美國經典西部名片，由約翰．韋恩主演

** 約翰．加羅汀（John Carradine, 1906-1988），美國演員。

外，一如往常，其他的事物卻是一日不如一日。把報紙放到餐桌上之後，他從冰箱裡拿出一罐優格。這優格的味道依舊不好，也不怎麼壞，只是有點發霉及加工味道。這盒優格大概放太久了，可能在他買回來之前就已經放了很久。從前在斯德哥爾摩，你不必花費許多精神和金錢，就能買到新鮮的東西，但如此好景早已不再。他接著進浴室洗臉、刷牙，之後回到臥室整理床鋪，脫掉睡褲，開始著裝。

他邊穿衣服、邊無精打采地環顧自己的住處。這是科曼街上某棟建築的頂樓，位在舊市區。大多數斯德哥爾摩人會稱之為「夢幻之屋」。他在這裡已經住了三年多，生活過得自在舒適，直到在屋頂上出事的那個春日。

如今的他覺得自己既封閉又孤單，就算有人來訪時亦然。這應該不是這房子的問題。最近他發覺自己患上幽閉恐懼症，即使人在戶外也一樣。

他有種莫名衝動想抽根菸。沒錯，醫生告誡過他必須戒菸，但他沒放在心上。不抽的最主要原因是他抽慣的那家菸草公司停產了。市場上現在完全沒有硬紙的濾嘴香菸，有兩、三回他嘗試其他牌子，但就是抽不習慣。他繫著領帶，疲倦地端詳著自己的模型船。三艘模型船就放在床頭的書架上，兩艘成品，一艘半成品。他從八年多前就開始組模型，但從去年四月開始，他就沒再碰過這些東西了。

從那時起，這些模型船就開始積灰塵。女兒提過幾次要把它們處理掉，不過他都叫她別動。

現在是一九七二年七月三號上午八點三十分，星期一，一個非常重要的日子。在這個特別的日子，他要重返工作崗位。

他仍是警察——正確地說，是刑事組長，警政署凶殺組的頭頭。

馬丁・貝克穿上夾克，把報紙塞進口袋，打算搭地鐵時看——這不過是他即將重新開始的一小項例行作息罷了。

他在陽光中沿著史克邦街走，吸進不少污濁的空氣。他覺得自己又老又空虛，但這些都沒有表現在他的臉上；他看起來反而健康、精力充沛，行動也迅速靈活。馬丁・貝克的膚色黝黑，下巴堅毅，寬廣的額頭下有一雙冷靜的灰藍色眼睛。他今年四十九歲，不久就要五十了，但是大多數人都以為他比實際來得年輕。

4.

一走進瓦斯貝加路南區警察總部的這個房間，便可看出那位凶殺組的代理組長已進駐此地甚久。雖然內部保持得很乾淨整齊，而且還有人不嫌煩地放了一盆藍色的矢車菊和延命菊在桌上，但整體風格還是讓人隱隱覺得有點粗枝大葉、表面，以及一目瞭然，而且挺隨意、富有家居感的，尤其是書桌抽屜——那人顯然已經清出許多東西，但還是有很多物件遺留下來，例如到期的計程車收據和電影票，壞掉的原子筆和空糖果盒，在筆筒裡還有迴紋針做的雛菊鏈、橡皮圈、方糖塊和幾包糖精錠；再者就是兩盒濕紙巾、一包可麗舒面紙、三個彈匣及一只壞掉的Exacta手錶；另外還有一大堆字條，上面散亂地寫了一堆筆記，字跡相當清晰。

馬丁．貝克在局裡四處逛逛，和大家打招呼。他們大多是老面孔，但有些不是。他在書桌前坐下，檢視那只手錶。這只錶已經完全不能用了，水晶錶面底下全是霧氣，而且搖動那只錶時，錶殼內還發出沉鬱的沙沙聲，好似當中的螺絲全都鬆掉了。

萊納．柯柏敲敲門，走了進來。「嗨！」他說，「歡迎回來。」

「謝謝。這是你的錶嗎？」

「對啊。」柯柏哀怨地說，「我不小心把它放進洗衣機裡，我忘了先掏口袋。」他看看他，不好意思地繼續說，「其實我上個星期五曾經想修理，不過有人來找我。唉，你知道的……」

馬丁·貝克點點頭。柯柏是他在漫長的休養期間最常見到的人，而且他們之間也沒什麼新話題。

「你節食的效果如何？」

「很好，」柯柏說，「我今天早上減了一磅，從二二九減到二二八。」

「所以你從開始節食到現在只增加了二十磅？」

「十七磅而已啦，」這似乎傷了柯柏的自尊。他聳聳肩，繼續抱怨，「效果真是糟透了，這個計劃根本違反自然法則，而且葛恩只會嘲笑我，波荻也是。對了，你好嗎？」

「還好。」

柯柏皺起眉頭，但沒說什麼。他只是拉開公事包的拉鍊，拿出一個淡紅色的塑膠檔案夾。當中的報告似乎不太厚，也許三十頁吧。

「這是什麼？」

「姑且稱它為一個禮物吧。」

「誰拿來的？」

「我啊！不是啦，是剛瓦德・拉森和隆恩拿來的，他們認為這非常可笑。」

柯柏把檔案放在桌上，然後說：「不幸的是我得走了。」

「去哪兒？」

「警政署。」

「為什麼？」

「為了那些可惡的銀行搶匪。」

「可是那有特別的小組在處理吧。」

「特別小組需要人手。上個星期五又有一個笨頭笨腦的呆瓜被槍殺。」

「嗯，我在報上看到了。」

「所以上頭立刻決定要加強特別小組。」

「要你去？」

「不是。其實，我認為他們是要你去。但上週五命令派下來的時候，這裡還是由我掌管，所以我就自己決定了。」

「你的意思是——」

「也就是赦免你遠離精神病院，由我自己去加入特別小組。」

「謝謝。」

馬丁・貝克是說真的。加入特別小組也等於表示每天都要面對一堆麻煩的人，例如刑事局長、至少兩個部門的長官、相關的督察長和喜歡唱高調的外行人。柯柏自願扛下這些麻煩。

「嗯，」柯柏說，「不過我也因此拿到這個東西。」

他肥厚的食指指著檔案夾。

「那是什麼？」

「一件案子的檔案，」柯柏說，「一件非常有趣的案子，不是銀行搶劫之類的，只可惜……」

「可惜什麼？」

「你不看偵探小說。」

「怎麼說？」

「因為你要是有看偵探小說，就會更覺得有趣。隆恩和剛瓦德・拉森以為每個人都愛看偵探小說，其實那是他們的案子，但他們現在手邊的案子太多了，所以到處在找人處理零星案件，只求有人接手就好。這件事只需要動腦筋，安靜坐著想就可以。」

「好吧，我會看看。」馬丁．貝克不為所動地回說。

「報紙根本沒有這個消息。你不覺得好奇嗎？」

「當然好奇，再見。」

「回頭見。」柯柏說。

踏出門後，他停下來站了幾秒，皺著眉頭。他接著困惑地搖搖頭，走向電梯。

5.

馬丁·貝克說他對紅色檔案夾裡的內容物很好奇，其實不然。事實上，那對他根本沒有吸引力。那為什麼他給了一個含糊的回答？是為了讓柯柏高興？才不是。為了要欺騙他？這更離譜。他沒理由這麼做，也不可能這樣做。他們對彼此了解太深，也相識多年了；此外，柯柏是他見過最不容易受騙的人。也許他是要欺騙自己？就連這個念頭也是荒謬。

馬丁·貝克在收拾辦公室時仍不斷想著這個問題。整理完抽屜，他開始調整室內擺設，把椅子移動一下，調整書桌角度，把檔案櫃朝門移近幾吋，將桌燈的螺絲轉下來，把燈擺在書桌右角。他的代理人顯然比較喜歡把燈擺在左邊，要不然就是它只是剛好擺在那裡。柯柏對於小事時常是隨興而為，但若是要緊的大事，他就會變成完美主義者。例如他遲至四十二歲才結婚，只為了找到一個完美的妻子。他一直等到那個女子出現才告別單身生涯。

馬丁·貝克則截然不同，他有一段將近二十年的失敗婚姻，那個對象絕對稱不上是他的夢中情人。無論如何，他現在已經離婚了，他覺得自己實在是拖得太久。

在這六個月裡，在思考過一切之後，他有時懷疑離婚是不是一個錯誤。一個嘮叨、煩人的妻子可能還是比沒有妻子來得刺激吧？

唉，想這些也沒有用了。他拿起花盆，將花送給一位祕書，這個舉動似乎讓她非常高興。馬丁・貝克坐回桌前，看看四周。所有東西全都歸回原位了。

他是否想對自己證明一切都沒改變？這是個毫無意義的問題，為了盡快忘掉，他把紅色檔案夾拉了過來。這個塑膠夾是透明的，所以他立刻看見這份檔案與凶殺案有關。這無所謂，處理凶殺案正是他的專業。不過，案發地點——保斯街五十七號，幾乎就在南區警察總部的門口。

通常，他會說這與他或他的部門無關，是斯德哥爾摩刑事警察局的事。一時之間，他有股衝動想拿起電話，打到國王島街那邊隨便找個人，問問這究竟是怎麼回事；或者，就把它裝進信封裡退回去給寄件人。他急切地想採取強勢和嚴厲的作法——這股急切強烈到他得用盡所有力氣，才將之壓抑下來。他看看時鐘，好轉移注意力。已經到午餐時間了，但是他不餓。

馬丁・貝克起身，走去盥洗室喝了一杯溫水。

回到辦公室時，他注意到裡面的空氣變得溫暖但有怪味，不過他沒有脫下夾克或鬆開衣領。

他坐下來，拿出那些報告細讀。

二十八年的警察生涯讓他學會了許多事，包括看報告的技巧和如何過濾重覆、瑣碎的事，也就是找出特定模式的能力——如果那當中有模式的話。

他花不到一個小時就仔細讀完整份文件。大部分的字都寫錯，有一些根本讓人看不懂，不少段落的陳述也不知所云。他馬上就知道這份報告出自誰的手筆：埃拿．隆恩。說得客氣一點，這位警官似乎是在模仿他的某位官場同僚，這位仁兄在其著名的交通規則布告中，曾寫下像是「街燈亮起之際，夜幕籠罩」之類的廢話。

馬丁．貝克又翻翻那份報告，偶爾在某些地方停下來細讀內容。然後，他放下報告，手肘撐著書桌，額頭埋在掌間。他皺眉想著那些較清晰的片段。

故事分成兩個部分。第一部分不算新鮮，但令人相當反感。

十五天前，也就是六月十八號星期日，國王島上的保斯街五十七號有住戶打電話報警。根據記錄，該通電話是在下午兩點十九分打的，但要到將近兩小時後，兩位巡警才開著車抵達那個地點。那棟房子距離斯德哥爾摩警察總部最多不到九分鐘路程，不過這些耽擱很容易理解。首都的警力嚴重不足，而且正逢放假期間，又是星期日；再說，那通電話也沒有跡象顯示非常緊急。那兩個巡警，克勒．克里斯森和肯尼斯．瓦思特莫，進入那棟建築後，也和報警的人談過話。那是一個女人，她住在該棟房子面街的二樓。她表示，這幾天她都被樓梯間一股難聞的氣味嗆得很難受，她認為這個味道極不尋常。

兩名巡警馬上就聞到那股氣味。瓦思特莫認定它發自某種腐臭的東西，根據他的說法，這種氣味非常類似腐肉的惡臭。仔細吸聞了一會兒之後（也是瓦思特莫），兩人循線走到一樓住戶的門前。根據可靠的說法，這是一個單間套房，有一個年約六十五歲的男人在這裡住了一段時間，他的姓名可能是卡爾・愛德溫・司瓦德——門鈴下方的硬紙板手寫名牌上正寫著這個名字。由於這種味道可能發自某個自殺或自然死亡的人的屍體，或是一隻死狗（還是瓦思特莫說的），也可能來自某個病人，或求救無援的人，所以他們決定強行進入屋內。門鈴似乎壞了，他們敲了幾次門也沒有任何回應。他們想找房東、守衛或管理員等會有鑰匙的人，但都找不到。

結果兩名警察向上申請破門而入，也得到了批准，因此他們就去請鎖匠過來；這一來又耽擱了半小時。

鎖匠抵達之後，發現門鎖無法以鐵橇穿過去，而且也沒有投遞郵件的縫孔。於是他用了幾個特別的工具，才終於把門鎖鑽掉，但還是無法開門。

那時已經超過克里斯森和瓦思特莫的下班時間了，他們重新請求指示，獲准直接將門撞開；他們還問刑事警察局的人是否應該出面，結果他們收到簡要的回答說沒人有空。鎖匠這時認為自己已無計可施，所以就先離開。

到了下午七點，瓦思特莫和克里斯森合力敲下了鉸鍊上的大釘子。但他們又遇到新的困難。

他們發現，門是用兩個堅固的金屬門栓和所謂的暗鎖給鎖死的，有一點金屬的反光從門柱上反射出來。又努力了一個小時之後，兩名警察終於進到屋內，一踏進室內，一陣燥熱和屍臭頓時迎面撲鼻而來。

他們在那個面向街道的房間裡發現一具男屍。屍體仰躺，距離面向保斯街那邊的窗戶大約三碼，遺體旁邊有一台運轉中的電暖器——熱氣就是從這兒散出的。這熱氣加上天候炎熱，使得屍體脹到至少是常人體積的兩倍大，而且已嚴重腐爛，還生出一大堆白蛆。

面對街道的窗戶鎖著，百葉窗也是拉下來的。另一扇窗戶在小廚房，從那兒可以看到院子，窗戶上面緊貼著窗紙，看來已經有很長一段時間沒打開過。屋內的家具不多，裝潢也相當簡單，整個房間的天花板、地板、牆壁、壁紙和油漆，狀態都像是年久失修的模樣；小廚房和客廳裡也只有幾件物品。

從他們找到的證明文件上得知，死者是六十二歲的卡爾・愛德溫・司瓦德，是一名倉庫管理員，提早六年退休，全靠養老金生活。

這具遺體在一位叫葛斯塔夫森的巡佐檢查過後，就被移往國立法醫中心進行例行解剖。初步研判這是一起自殺案，但也不排除死因可能是飢餓、疾病或其他自然原因。

馬丁・貝克在外套口袋裡摸索著那包不存在的佛羅里達牌香菸。

報紙上沒有刊出任何關於司瓦德的消息，這種事件實在太平凡。斯德哥爾摩市的自殺率是全球數一數二的高，每個人都小心地避談這檔子事，一旦它被搬到檯面上，他們也會試著以各種經過設計和不真實的統計數字來掩飾。最常見、也最簡單的解釋就是：其他國家的統計數字都是騙人的。然而這些年來，就連政府官員也敢高聲或當眾談論此事了。也許是因為感覺到，無論如何，大眾還是比較相信自己眼睛所見，不再相信政客的解釋。就算最後終於證明事實並非如此，也只是使得這件事更加令人難堪。這個事件代表著這個所謂的「福利國家」，其實到處都是病老貧孤，充其量以狗食維生，去世或病死在他們的狗窩裡也無人聞問。不，這不關一般大眾的事，更不是警察的事。

但是這還沒結束。提早退休的卡爾・愛德溫・司瓦德的故事還有後續。

6.

馬丁．貝克從事這一行已經很久了，久到知道像這樣一篇令人費解的報告，百分之九十九是因為撰寫人太過粗心、犯了錯、筆誤、忽略了事情的關鍵，或是缺乏表達能力。

報告陳述進行到這起事件的第二部分，看來也是令人灰心。首先，事情皆依正常程序進行。星期日傍晚，遺體移往停屍間；隔天房子進行消毒，這是必要的工作，而克里斯森和瓦思特莫也呈上他們的報告。

驗屍工作安排在星期二，負責此案的部門隔天就收到了結果。驗屍報告原本就乏善可陳，何況在早知死者可能是自殺身亡或自然死亡的情況下，內容更是枯燥乏味。此外，如果該死者沒有顯赫的社會地位——例如他不過是一個提早退休的倉管員——那麼這整件事就連最後一丁點趣味也沒有了。

驗屍報告上的署名是個馬丁．貝克從未聽過的人，他猜想，應該是個臨時約聘人員。報告內文充斥著科學術語，看來相當深奧，這也許是它會被打入冷宮的原因。就他了解，這些文件是過了一週才送到隆恩手上；文件也是到了那裡才得到應有的重視。

馬丁・貝克把電話拉過來，打出許久以來的第一通公務電話。他拿起話筒，右手擱在撥號盤上，接著就那麼呆坐著。他忘了國立法醫中心的電話號碼，所以得先找找。

那名法醫似乎相當驚訝。「當然，」她說，「我當然記得。報告是兩個星期前送出的。」

「我知道。」

「裡邊有什麼地方不清楚嗎？」

他認為她的語氣聽來有點受傷。

「只有一些事我不太了解。根據你的報告，這個人是自殺的。」

「當然。」

「方式呢？」

「我的表達能力真有那麼差嗎？」

「哦，不是，完全不會。」

「那你到底不了解什麼？」

「老實說，有很多地方不了解，而這個，當然，是由於我個人的無知。」

「你是指裡面的術語？」

「這是其中之一。」

「如果缺乏醫學知識，」她略感安慰，「總是會遇到這類的困難。」

她的聲音很輕柔，而且很清楚。她一定很年輕。

馬丁．貝克沉默了好一會兒。此刻他應該要說：「親愛的小姐，這份報告不是給病理學家看的，而是要給一般人看的。既然是市警局請你來做，你就應該用一般警官看得懂的文字來寫。」

但是他沒有說出口。為什麼？

他的思緒被法醫打斷，法醫說：「喂，你還在嗎？」

「是的，我還在。」

「你還有什麼特別的事情要問嗎？」

「有。首先，我想知道，你是依據什麼判斷這是自殺。」

她回答時聲音變了，而且略帶驚訝：

「這位親愛的先生，我們是從警方那兒接收這具屍體的。解剖之前，我和那個應該是負責此案的警官在電話裡談過。他說這是例行工作，他只想知道一件事。」

「什麼事？」

「那個人是不是自殺的。」

馬丁・貝克氣炸了，他揉了揉胸口。子彈穿過之處有時還是會痛。醫生說這是心理或情緒引起的，只要他的潛意識能忘掉過去，自然會痊癒。而剛才，是「現在」深深激怒了他，而且這是他潛意識裡根本毫不在乎的事呀！

那個警官犯了基本的錯誤。一般來說，警方在解剖前不應該給出任何暗示。讓法醫知道警方的猜測算是怠忽職守，尤其在病理學家這麼年輕、又沒有經驗的情況下。

「你知道那名警官的姓名嗎？」

「是亞道・葛斯塔夫森巡佐。我印象中，他是負責這件案子的人。他好像很有經驗，也知道自己在做什麼。」

馬丁・貝克不知道亞道・葛斯塔夫森巡佐及其資歷。他說：

「所以那個警官給了你一些指示？」

「可以這麼說，沒錯。反正，那個警官明白表示，他懷疑這是一宗自殺案。」

「這樣啊。」

「自殺的意思，你應該知道，就是有人殺了自己。」

貝克沒有回答她，反而問道：

「驗屍過程很困難嗎？」

「還好，屍體外觀有一些改變，解剖起來多少有點麻煩。」

他懷疑她到底驗過多少屍體？但是他壓抑住沒問。

「你花了很多時間檢驗嗎？」

「一點也不。既然已知是自殺或是急性疾病，我直接就剖開他的胸腔了。」

「為什麼？」

「死者是個上了年紀的男人。」

「你為什麼假定他是暴斃的？」

「那個警官讓我覺得是這樣。」

「這怎麼說？」

「他直接就這麼表示。我記得好像是這樣。」

「他說了什麼？」

「『那個男人要不就是自行了結，要不就是心臟病發作』，類似這樣。」

他在心中暗自叫道：又是一個錯誤的推論！司瓦德在瀕臨死亡之前，是否有可能已經癱在那裡，或是無助地躺了好幾天？

「嗯，所以你剖開他的胸膛。」

「是的，而且立刻就有了答案。有一個推論無疑是正確的。」

「自殺？」

「當然。」

「方式呢？」

「他朝自己的心臟開了一槍，子彈還留在胸腔內。」

「有打中心臟嗎？」

「非常接近，最嚴重的是傷到大動脈。」她簡短地暫停一下，略帶不耐地說：「我說得夠清楚了嗎？」

「當然。」馬丁・貝克小心地提出下一個問題。「你驗過槍傷嗎？」

「我想應該夠多了。總之這個案子不算複雜。」

她這輩子究竟驗過多少槍下亡魂的屍體？三個？兩個？或者只有一個？

那個法醫也許感覺到了他無言的懷疑，因而解釋道：

「兩年前，約旦內戰期間，我曾在那裡工作。槍傷在那裡從來沒有少過。」

「但是應該沒有那麼多自殺的人。」

「是沒有，不多。」

「嗯，是這樣的——」馬丁・貝克說，「很少有人自殺會瞄準心臟，大多數人都是朝嘴巴開槍，也有些人會對著太陽穴。」

「可能吧，但這個傢伙絕不是我碰過第一個這麼做的人。我以前上心理學時聽過，自殺者、尤其是比較浪漫的人，都會出自本能地瞄準自己的心臟，顯然這是很普遍的傾向。」

「你認為司瓦德中彈後還能活多久？」

「不會太久，一分鐘，也許二、三分鐘。他的內出血很嚴重，若要我推測，我會猜一分鐘，就算不對也差不多。這很重要嗎？」

「也許不太重要，但是還有其他讓我感興趣的事情。六月二十號當時，屍體還在你那兒？」

「對，沒錯。」

「你認為那時他死多久了？」

「嗯……」

「你的報告對這一點只是含糊帶過。」

「事實上這很難說，也許比較有經驗的病理專家能給你更精確的答案。」

「但依你看呢？」

「至少兩個月。不過……」

「不過？」

「不過這還要看死亡現場的情況判定。溫暖和潮濕的空氣會造成很大的差異。如果屍體暴露在高熱下，會讓研判出的時間變得較短；另一方面，如果腐敗得很嚴重，我是說……」

「那子彈穿進去的傷口呢？」

「組織分解的問題使得這個狀況變得很難解。」

「槍是直接接觸到身體的嗎？」

「依我看來並沒有。但我可能有錯，我必須強調這一點。」

「那你認為是什麼情形？」

「他用的是另一種方式。畢竟有兩種經典方式可選擇，不是嗎？」

「的確，」馬丁・貝克說，「你說得沒錯。」

「他可以把槍抵著自己，扣下扳機；不然就是拿著手槍或什麼的，再將武器反轉，把手伸直，對著自己。我猜無論哪種情況都得用拇指來扣扳機。」

「的確是。所以這是你認為的案發經過？」

「是的，但這些都是很保守的猜測。要根據一具變形得那麼厲害的屍體來判斷槍是否抵著身體，實在非常困難。」

「我懂你的意思。」

「不過現在換成是我有問題了，」那個女孩輕快地說，「你為什麼要問這些？他是怎麼開槍的真有那麼重要嗎？」

「有，似乎如此。司瓦德被人發現陳屍在自己家中，所有窗戶和門都是從屋內關上，而他躺在電暖器旁邊。」

「這就可以解釋為何屍體腐壞得那麼嚴重了。要是那樣，一個月可能就夠了。」

「真的嗎？」

「是的，同時也能說明，為什麼找不到近距離直射後應該留下的焦痕。」

「原來如此。」馬丁．貝克說，「謝謝你的幫忙。」

「哦，小事一樁。如果有任何事我能說明的，儘管打電話來。」

「再見。」

他放下電話。她在說明問題上真是個老手，一下子就讓案子只剩一個謎團待解。只不過，這個謎團更令人疑惑。司瓦德不可能是自殺——不用槍，卻能把自己射死，這可不容易。

保斯街上的那間房子裡根本找不到任何武器。

7.

馬丁・貝克繼續打著電話。他想連絡上當天最先被叫到保斯街的那兩名巡警，可是兩人此刻都不在當值。問過許多人之後，他才弄清楚，其中一人正在休假，而另一個則是前往地方法院作證，所以也沒來上班。剛瓦德・拉森正在開會，而埃拿・隆恩剛接到電話出去了。

馬丁・貝克等了很久，才聯絡上最後把報告送到凶殺組的那位巡佐。針對報告送來已經是二十六號星期一的事，馬丁・貝克認為他不得不問：

「那份驗屍報告果真早在那個星期三就送到了？」

那個男人回答的聲音顯然在發抖：

「我不太確定，我也是到星期五才看到報告的。」

馬丁・貝克沒說什麼，他在等某種解釋。巡佐說：

「我們這個管區的警力不到人家的一半，所以除了最緊急的事件之外，根本沒時間去管其他小事。報告總是堆積如山，而且一天比一天多。」

「所以，在這之前都沒有人看過驗屍報告？」

「有，我們局長看了。星期五早上他還問我是誰處理那把槍的。」

「什麼槍？」

「司瓦德自殺用的槍。我是不知道這回事啦，但我想是某個打電話來的巡警找到的。」

「我手邊正好有他們的報告，」馬丁・貝克說，「如果屋子裡有槍，報告當中應該會提到。」

「我想那個巡警應該不至於犯錯。」

那男人開始有所防備。他是在為自己人辯護，而且不難知道為什麼。前一陣子，社會大眾對警察的批評與日俱增，警民關係也大不如前，偏偏警務工作量又倍增，結果造成許多警察離職，而且很不幸這些人都是最優秀的人才。儘管瑞典失業情形非常嚴重，但警界要找到新人也相當困難，而且新訓中心的規模比以前縮減許多，所以那些留下來的警察更覺得他們應該團結一致。

「也許吧。」馬丁・貝克說。

「他們確實完成任務了。他們進門發現死者之後，就立刻通知他們的長官。」

「那個叫葛斯塔夫森的傢伙？」

「沒錯，刑事局的。除了屍體不是他發現的之外，找出死因和公布消息的都是他。我當時猜想，他們有把槍拿給他看，而且他也把槍拿走了。」

「然後卻不想在報告中寫出來？」

「這種事常常有。」那名警官冷淡地回應。

「嗯，目前看來，那個房間裡沒有任何武器。」

「是沒有，但我也是到了星期一才發現，也就是我在一個星期前和克里斯森和瓦思特莫談過之後。因此我立刻就把文件送去國王島街。」

國王島街警局和刑事局就在同一個街區。馬丁．貝克冒昧地說：

「是啊，畢竟兩邊也不算遠嘛。」

「我們沒有做錯。」這個男子說。

「事實上我較感興趣的是司瓦德究竟發生什麼事，而不是誰犯了什麼錯。」馬丁．貝克說。

「好吧，如果真有錯，也絕不是市警局的錯。」

這句反駁略有含沙射影的意味。馬丁．貝克覺得他最好就此打住。

「謝謝你的幫忙。再見。」

下一個，他打給刑事警官葛斯塔夫森巡佐。他似乎正忙得不可開交。

「哦，這件事啊，嗯，我根本不清楚，但是我想這種事的確會發生。」

「哪種事？」

「不可思議的事，就是找不到答案的謎。所以你一看到就可以放棄了。」

「麻煩你現在過來。」馬丁・貝克說。

「現在？過去瓦斯貝加？」

「是的。」

「對不起，不可能。」

「我不這麼認為。」馬丁・貝克看看手錶，「三點半吧。」

「但是我不可能……」

「三點半見。」馬丁・貝克說。

他放下電話，起身離開座位，開始在房間裡踱步，兩手交握在背後。

這點小爭執說明了過去這五年來的變化。開始調查前，你變得得先去弄清楚這些警察到底做了什麼，這常常比調查案子的真相還困難。

四點零五分，亞道・葛斯塔夫森走了進來。馬丁・貝克對這個名字沒印象，但是他一見到這個男人就認出他了：骨瘦如柴的傢伙，大約三十歲，黑髮，有種難纏、冷漠的神情。馬丁・貝克想起過去曾在斯德哥爾摩刑事局的辦公室及一些不算正式的場合見過此人。

「請坐。」

葛斯塔夫森坐上最好的一張椅子，翹起腿，拿出雪茄，點燃之後說：

「很荒謬的事件，不是嗎？你想知道什麼？」

有好一會兒，馬丁・貝克就靜靜地坐著，手裡不停轉著原子筆。他說：

「你是什麼時候到達保斯街的？」

「晚上，大約十點。」

「當時情況如何？」

「恐怖死了，到處都是白色的蛆，臭氣沖天，一個巡警還在門廳裡吐了出來。」

「當時那些警察在哪裡？」

「一個人在門外看著，另一個坐在車裡。」

「他們一直看著門口嗎？」

「是呀，至少他們是這麼說。」

「那你做了什麼？」

「我直接進去，看了一眼。實在恐怖，就像我剛說的。這可能是刑事局的事，誰知道。」

「但是你的結論卻不是這樣？」

「當然，因為這件事根本就一目瞭然。門從裡面用三、四種方式鎖住，那兩個傢伙花了許多力氣才進到裡面。而且窗戶鎖著，窗簾也是拉下來的。」

「窗戶當時還關著嗎？」

「沒有，顯然是他們進去時打開的，否則裡面沒戴防毒面具根本不能待人。」

「你在那裡面待了多久？」

「沒幾分鐘，不過足以讓我知道這不需要刑事局來處理——不是自殺，就是自然死亡。所以剩下的就交給市警局了。」

馬丁・貝克翻了翻那份報告。

「這報告裡沒有列出任何你們找到的物品。」

「沒有嗎？噢，我想應該有人想到才對。不過這也沒關係，那老頭沒幾樣東西，就一張桌子、一把椅子和一張床吧，我想，再不就是小廚房裡還有一些垃圾而已。」

「可是你還是四處看了一下吧？」

「當然，我在下命令之前，把每件東西都檢查過了。」

「下命令做什麼？」

「什麼？你的意思是……」

「在你下什麼命令之前？」

「當然是移走屍體啊！我們一定要解剖那老頭，不是嗎？即使他是自殺，我們還是得剖開他，這是規定。」

「你能總結你觀察的結果嗎？」

「當然，很簡單。屍體大約距離窗戶三碼。」

「大約？」

「是的，事實上我當時沒帶碼尺。屍體看起來大概放了兩個月，也就是說，腐爛得很厲害。房間裡有兩把椅子、一張桌子和一張床。」

「兩把椅子？」

「對啊。」

「剛才你說一把。」

「哦，是嗎？反正我想是兩把。還有一個放著舊報紙和書的小架子；小廚房裡有幾個燉鍋和咖啡壺，還有幾樣普通的東西。」

「普通的東西？」

「是啊，開罐器、刀叉、垃圾桶等等。」

「我懂了。地板上有什麼東西嗎？」

「沒有，我是說除了屍體之外。我問過那兩個巡警，他們也說沒有找到什麼東西。」

「房子裡還有其他人嗎？」

「沒有。我問那兩個傢伙，他們說沒有。沒有別人進去過，除了我和他們兩個。接著那些開著箱型車的傢伙就來了，他們把屍體裝進塑膠袋裡就帶走了。」

「然後就知道司瓦德的死因了。」

「是啊，沒錯。他對自己開了一槍，這實在令人費解。不知道他是怎麼處理那把槍的？」

「你沒有合理的解釋嗎？」

「沒有。這整件事實在愚蠢到家，就像我說過的，無解的案子。這不常發生，嗯？」

「那兩個巡警有什麼意見嗎？」

「沒有。他們只看到死者，還有那個完全鎖閉的地方。如果有槍，他們或是我一定會看到。反正，槍只可能掉落在那個死人身旁的地板上。」

「你知道死者是誰嗎？」

「當然。他的名字是司瓦德，不是嗎？就寫在門口名牌上啊。你一看就知道他是哪一種人。」

「哪一種？」

「嗯，社會問題人物，八成是個老酒鬼。那種人都是自己害死自己，也就是說，如果不是喝到死，就是得到心臟病之類的。」

「你還有沒有什麼要說的？」

「沒有了，就像我剛才說的，這已經超過我們所能了解的，百分之百的謎團。我想就算是你也解決不了。總之，我們還有其他更重要的事要辦。」

「或許。」

「是的，我想是的，我現在能走了嗎？」

「還不行。」馬丁・貝克說。

「我知道的都說完了。」亞道・葛斯塔夫森在菸灰缸裡捻熄雪茄。

馬丁・貝克起身走向窗戶，背對他的客人站著。

「我有些事要說。」他說。

「哦，什麼事？」

「有不少。我想先說的是，上個星期有幾位犯罪學家檢查過那個地方。雖然現場所有線索都已遭破壞，他們還是立刻在地毯上發現一大塊和兩塊較小的血跡。你有看到任何血跡嗎？」

別。」

「沒有，當時沒有發現任何血跡。」

「顯然你沒去找。那你找到什麼？」

「沒有什麼特別的。這案子似乎相當簡單。」

「如果你沒看到那些血跡，那我想你應該也錯過其他東西。」

「無論如何，現場沒有槍是真的。」

「你有注意到死者的穿著嗎？」

「沒有，我沒細看，畢竟他已經完全腐爛，我猜應該也就是一堆破布吧。反正那也沒什麼差別。」

「而你立刻注意到的卻是死者又窮又孤單，不是你認為的顯要人士。」

「當然。要是你見過的酒鬼和接受福利救濟的人和我一樣多……」

「那怎麼樣？」

「嗯，你就會知道這社會上有形形色色的人和事。」

馬丁・貝克懷疑葛斯塔夫森是否真的知道。他大聲說：

「如果死者有比較好的社會地位，也許你就會比較認真？」

「是啊，在那種情況下，你就得小心自己的言行。事實上我們有一大堆案子要處理。」他看看四周，「你在這裡可能也不清楚，我們的工作已超出負荷了，你不能每次碰到一個死掉的無賴，就要去扮演福爾摩斯。還有別的事嗎？」

「有，還有一件事。我想說，你處理這案子的方式實在糟糕透頂。」

「什麼？」葛斯塔夫森站了起來。他突然覺得馬丁·貝克此刻的態度可能會危及他的事業——而且也許是認真的。

「等一下，」他說，「只因為我沒看到那些血跡和一把不在現場的槍……」

「粗心這個罪並不嚴重，」馬丁·貝克說，「雖然這也是不可原諒的。舉例來說，你叫來法醫，而且給了她一個錯誤、又先入為主的基本指示。再者，你誤導了那兩名巡警，讓他們以為這案子非常簡單，你只需要走進房間四處隨便看看，然後就把所有物件全部清除掉；而在宣稱這不需要做刑事調查之後，你就讓人搬走屍體，連一張相片也沒照。」

「可是，天哪，那個老傢伙絕對是自己了結的啊。」葛斯塔夫森說。

馬丁·貝克轉過頭來盯著他。

「你這些是正式的批評嗎？」葛斯塔夫森有些驚慌。

「是的，非常正式。再見。」

「等一下，我會竭盡所能……」

馬丁・貝克搖搖頭，那個男人於是離開了。他似乎很擔心，但在門關上之前，馬丁・貝克聽到他吐出：「老混蛋……」

亞道・葛斯塔夫森顯然不應該擔任巡佐，甚至任何種類的警察。他實在沒有天份，行事也很魯莽，為人又自負，而且以全然錯誤的方式在執行自己的工作。最好的警力總是被調進刑事局裡，現在還是一樣嗎？如果像他這樣的人在十年前就升為刑警，真不知道以後會變成什麼樣子？

馬丁・貝克覺得他第一天的工作結束了。明天，他會親自去那個上鎖的房間看看。今晚要做什麼？吃點東西，隨便什麼都好，然後坐著翻翻他應該要讀的書，再躺上床等待睡意來襲，感受孤獨……

在他自己那間上鎖的房間。

8.

埃拿．隆恩是那種老愛往外跑的人，他選擇警察這一行，是因為可以時常在外活動。但隨著時光流逝，升遷不斷，他被綁在桌子前、無法走動的時間也變長了，而他要呼吸新鮮空氣（斯德哥爾摩的空氣還稱得上新鮮）的機會也就越來越少；因此，回到家鄉拉普蘭的山野間度假，對他的生活相當重要。其實他厭惡斯德哥爾摩。雖然年紀不過四十五歲，他已經開始在思考退休的事，而且打算回到阿耶普洛的家鄉終老。

他的年假就快到了，他開始擔心，那起銀行搶案要是理不出頭緒，上頭隨時可能會要求他犧牲這個假期。

為了讓調查有些結果，他決定這個週一晚上開車到索隆恩涂納。親自去和一個目擊者談談，而不是回到法靈比的家中與妻子相聚。

他不僅主動要去拜訪這名目擊證人（他很有可能會接到刑事局的例行傳喚），也對這項任務表現出高度熱忱，剛瓦德．拉森還因此懷疑他是不是和溫妲吵架了。

「當然是，絕對沒有。」隆恩以其前後邏輯不一的獨特方式回道。

隆恩要去見的這個人，就是那名三十二歲的鐵匠。剛瓦德・拉森先前已經問過他在鹿角街銀行外目睹到的事。此人名叫史丹・史約格，獨自住在松加瓦根一棟與鄰戶共用一道牆的房子裡。他正在屋前的小花園裡澆著玫瑰花叢。一看到隆恩下車，他就放下澆水壺，跑來打開庭院的門。他將手在褲子上抹了抹之後，才伸手和隆恩握了握。隨後又跑上階梯去幫隆恩開門。

房子很小，一樓除了廚房和走廊，只有一間房間，門斜開著，屋內空空的。這男人看出了隆恩的疑惑。

「我老婆和我才剛離婚，」他解釋，「她帶走了幾件家具，所以目前不是很方便，不過我們可以到樓上。」

樓上是一間很大的房間，有一個開放式壁爐，前面有一張白色矮桌，旁邊是幾張互不搭配的扶手椅。隆恩坐了下來，但那個男子還是站著。

「你要喝點什麼嗎？我可以熱些咖啡，不過我想冰箱裡還有一些啤酒。」

「謝謝，和你一樣的就可以。」隆恩說。

「那我們就喝啤酒吧。」

他跑下樓去，隆恩聽到他在廚房裡弄出很大的聲響。

隆恩環視房間。沒有幾件家具，有一組音響，還有幾本書。火爐旁的籃子裡有一些報紙，有《每日新聞》、《我們》、一份共產黨的報紙《今天》，以及《金屬工人報》。

史丹．史約格拿著杯子和兩罐啤酒回來，他把東西放在桌上。他是個身形精瘦的傢伙，有一頭火紅的亂髮，髮長在隆恩看來還算正常。他的臉上有很多雀斑，還掛著率真的笑容。開瓶將酒倒進杯子裡之後，他在隆恩的對面坐下，拿起杯子喝了一口。

隆恩嚐了一口啤酒後說：

「我想聽聽你上個星期五在鹿角街看到的情況。希望這麼久之後你的記憶還沒消退。」

這番開場白聽起來還真不賴，隆恩有點自鳴得意地心想。那男人點點頭，放下杯子。

「好。如果早知道那是搶劫和謀殺，我一定會仔細看清楚那個女孩和車裡那個人的長相。」

「你是我們目前找到最有力的證人。」隆恩鼓勵道，「那麼，當時你正走在鹿角街上……你是往哪個方向走呢？」

「我是從閘門廣場走過來，要往圓環路那個方向去。那個女孩子從後面追上來，而且經過我旁邊的時候還狠狠撞了我一下。」

「你能描述一下她的模樣嗎？」

「我恐怕沒有辦法說得很清楚，其實我只看到背影，還有在她鑽進車子時有幾秒鐘看到了她的側面。我猜她大約比我矮六吋，我有五呎十吋半；她的年紀不太好判斷，但我想不會小於二十五歲，也不可能超過三十五歲，我想大概三十歲吧。她穿著牛仔褲，藍色的普通款式，一件淺藍色上衣或襯衫，衣角放在褲子外面。腳上穿的我沒注意，不過她戴了頂帽子，一頂帽緣很寬的丹寧帽。金髮、是直的，不像時下一般女孩子留的那麼長，可以說只有中等長度。她還背著一個綠色背包，就像美國軍用包那種。」

他從卡其上衣的口袋拿出一包菸，遞給隆恩，但隆恩搖搖頭。

「你有看見她手上是否拿著什麼嗎？」

那個人起身從壁爐架上拿了一盒火柴，點燃一根菸。

「沒看到，我不太確定。不過我想她手上可能有拿著東西。」

「她的體型呢？是瘦，是胖，還是……」

「中等身材吧。反正不是特別瘦或特別胖就是了，應該說是普通身材。」

「你完全沒有看到她的臉？」

「在她鑽進車子裡時大略看到一下，不過也只看到她那頂帽子，還有就是她戴了一副很大的墨鏡。」

「如果再看到她，你認得出來嗎？」

「認臉的話大概沒辦法。只要她換套衣服，或是穿得正式一點，我可能也認不出來。」

隆恩若有所思地啜了一口酒，然後說：

「你非常確定那是個女人？」

那男人很驚訝地看著他，他皺起眉頭，語帶遲疑地說：

「對，至少我認為那應該是個女孩。不過經你這麼一提，我也不太確定了，那只是我的直覺。一個人是男是女，通常感覺得出來，雖然現在偶爾會很難分辨。我不能發誓她一定是女的，因為我來不及去看她的胸部是凸是平。」

他停了一會兒，透過菸霧偷望著隆恩。「不，你是對的，」他慢慢說著，「那未必是個女孩子，也很有可能是個男人。這樣好像也比較合理，畢竟我們很少聽到女人會搶銀行又開槍殺人。」

「你的意思是，那也很有可能是個男人？」隆恩問道。

「是啊，你這一提倒提醒了我——那一定是個男人。」

「噢，那另外兩個人呢？你能描述他們的樣子嗎？還有那輛車？」

史約格抽了最後一口菸，把菸屁股丟進火堆。壁爐裡已經積了許多菸蒂和火柴棒。

「那輛車是雷諾十六，這點我很確定。車身是淡灰或米色……我也不知道該怎麼形容那種顏色，不過很接近白色。我不太記得車號，但好像是A開頭；而且我印象中號碼有兩個三，當然也可能有三個，不過至少有兩個。還有，它們好像是連在一起，就在一串號碼的中間。」

「你確定是A開頭的嗎？」隆恩問道，「不是AA或AB之類的？」

「不是，只有A，我記得很清楚，我對看過的東西都記得很清楚。」

「是，那很好。」隆恩說，「要是目擊證人每個都能像你這樣，那我們的日子可就好過多了。」

「噢，那是一定的。」史約格說。「《我是部攝影機》，你讀過這本書嗎？伊修伍德[*]寫的。」

「沒有。」隆恩說。他其實看過同名電影，但沒說出來；他是因為仰慕茱莉・哈里斯[**]才去看的，不過他不認識伊修伍德，也不知道那部電影是小說改編的。

「那你一定看過電影吧？」史約格說，「好書都會被改編。所以大家都看電影而不花時間去看原著了。那部片子真是棒，雖然片名有點蠢。如果改叫『柏林激情夜』，你覺得如何？」

「噢，」隆恩很確定他去看時，那部電影片名就叫《我是部攝影機》。「是啊，片名是有點蠢。」

天色漸暗，史丹・史約格因此起身去打開隆恩座椅後的燈。他回座後，隆恩說：

「那麼我們繼續。你正要說到車裡那兩個人的模樣。」

「是的，雖然我當時看到車裡只有一個人。」

「噢？」

「另一個站在人行道上，半開著後車門在等她。那是個高大的傢伙，比我高很多，體型也很壯碩；不胖，可是看起來孔武有力，分量十足。年紀很可能跟我差不多，大概三十到三十五歲。他有一頭鬈髮，和哈波．馬克斯***幾乎一模一樣，但是髮色比較深，鼠灰色。他穿著黑色褲子，看起來很緊，下面是喇叭褲管，上身是一件黑得發亮的襯衫，釦子一路開到胸口，我想他脖子上掛著一條銀色項鍊。他的臉有日曬痕跡，或者應該說是曬到發紅。那個女孩——如果那是個女孩子的話——跑過去的時候，他替她打開後車門，她順勢跳了進去，然後他用力把門關上，自己坐進前座，接著車就火速衝出去了。」

「往哪個方向？」隆恩問他。

---

* 伊修伍德（Christopher Isherwood, 1906-1986），英裔美籍小說家、劇作家。其一九三〇年代以柏林為背景的作品最為著名，例如《再見柏林》。

** 茱莉．哈里斯（Julie Harris, 1925-2013），美國女演員，電影《養子不教誰之過》（*East of Eden*）的女主角。

*** 哈波．馬克斯（Harpo Marx, 1888-1964），美國演員，喜劇團體「馬克斯兄弟」其中一員。

「轉向右，穿過街，然後開往瑪莉亞廣場。」

「噢，這樣啊。那另外那個人呢？」

「他坐在駕駛座，所以我沒有看得很清楚，不過他看起來比較年輕，二十出頭吧；身材很瘦、臉色蒼白。我只看到這些。他穿著一件白色T恤，手臂細得出奇；頭髮是黑色的，很長，而且好像很髒，油油的，亂七八糟。他戴著墨鏡。對了，我記得他左手腕上還戴著一只很大的黑色手錶。」

史約格向後靠著椅背，手裡拿著啤酒杯。

「嗯，我已經把我能回想到的全告訴你了。你覺得我有漏掉什麼嗎？」

「我不知道。」隆恩說，「要是你突然想起什麼，希望可以和我聯絡。你最近這幾天都會在家嗎？」

「是啊，很不幸。」史約格說，「其實我正在休假，可是卻沒錢出去玩，所以我想也只能待在家裡了。」

隆恩喝完他的酒，站起來。

「很好，我們之後可能還會需要你幫忙。」

史約格也起身和隆恩一同下樓。「你是說我還得再重覆一次剛才所說的嗎？」他說，「錄音一次解決不是比較好？」他打開門讓隆恩出去。

隆恩回說，「我是說，要是我們逮到人，可能會需要你來指認。我們也可能會請你到局裡來一趟，看一些相片。」他們握著手，隆恩繼續說，「唉，再說吧，也許不必再麻煩你。謝謝啤酒招待。」

「噢，沒什麼，如果有什麼需要我幫忙的，儘管來找我。」

隆恩開車離開時，史丹·史約格站在台階上和善地揮著手。

9.

撇開警犬不談，職業警探和一般人並沒有什麼不同，即使手上正在進行重大調查，他們也會表現出常人會有的反應。例如，在審視一個僅存的關鍵證物時，他們也會覺得不堪負荷。

銀行搶案特別小組當然也不例外，此刻他們就像那些權威的不速之客一樣都屏住呼吸。暗房裡的所有目光全都盯著那面方形螢幕，等著鹿角街銀行搶案發生時錄下的影像出現。他們不只將看到一宗持械銀行搶劫及謀殺案，也將看到那名罪犯，那個在晚報的關注及想像下、容貌已經呼之欲出的人。晚報封她為「性感尤物殺手」及「戴墨鏡的金髮神槍女」——由這些綽號可看出，那些想像力貧乏的記者是如何找尋靈感的。這起案件的核心——持槍搶劫和謀殺，對他們而言已太平淡無奇。

上一個因搶銀行而被捕的「性感女神」，是個扁平足、滿臉粉刺的四十五歲熟女。據可靠來源透露，此女重達一百九十二磅，下巴的皺褶比一本書的頁數還多。即使她在法庭上還不小心掉了假牙，在媒體眼中，這也未能嚇阻他們做出那些濫情的報導，還是有一大群不挑剔的讀者終其一生都認定她是個眉清目秀的美女，應該去參加環球小姐選拔才對。

事情通常都會如此發展。只要犯下一起駭人聽聞大案的是女性，晚報就會把她渲染成好像是剛從英格・瑪倫努女中訓練出來的模特兒。

搶案當時拍下的影像剛剛才處理好。這是因為那卷帶子已經壞掉，一如往常，攝影部門必須非常小心處理，以避免損壞已曝光的底片。最後，他們還得費勁把帶子抽出，並在不刮傷底片的情況下將之沖洗出來。這次底片的曝光總算沒問題，所以據傳結果還令人滿意。

「是什麼片子？」剛瓦德・拉森嘲弄道，「唐老鴨嗎？」

「頑皮豹比較好看。」柯柏說。

「當然啦，」剛瓦德・拉森說，「也有人巴不得看的是『納粹在紐倫堡集會』。」

他們倆就坐在前排高談闊論，後面則是一片緘默。現場高層全都到齊，有警政署長和督察長莫姆，他們未發一語。柯柏納悶這些人到底在想什麼。

無疑，他們正想著該如何讓底下這些頑劣的部屬日子更難過。他們的思緒也許已飄回當年叱吒風雲的時光——也就是海德里奇獲得眾人鼓掌通過，當選為國際警察協會會長的那段日子；也許，他們正想著也才不過一年前的那些美好歲月，也就是有人膽敢反對他們再次委由軍中保守勢力負責警察培訓工作之前。

唯一在竊笑的，是綽號「推土機」的奧森。

先前，柯柏和剛瓦德．拉森根本毫無交集，但近年來某些共同的經歷改變了這種情況。兩人當然還不到能稱兄道弟，或是在工作之餘一起喝酒聊天的程度，但他們逐漸發現彼此的頻率相同。而今天，在這個特別小組裡，他們勢必得同聲一氣。

技術上的準備工作已經完成，房間裡一陣暗潮洶湧。

「嗯，我們要開始了。」推土機熱切地說。「如果影片有他們說得那麼好，我們今晚就能在電視上公布，大家在那個小螢幕中就可以把那幫匪徒從頭到腳看透透。」

「看長腳鷸的話也可以啊！」剛瓦德．拉森說。

「或者瑞典色情片也是啊。」柯柏說，「真奇怪，我從來沒看過小電影。你知道，就是像〈路易絲〉、〈十七歲〉、〈裸體〉那類的片子。」

「那邊給我安靜點！」警政署長厲聲說道。

影片開始了。焦距完美，現場眾人沒有人看過效果這麼好的影像，通常那些賊人都只是一些模糊的影像，或是像一顆顆白煮蛋，然而這次的影像卻非常清楚。

那部攝影機架設的位置很巧妙，剛好可以由後照到櫃台；而且也要慶幸有這種高感度的底片，才能清楚照到站在櫃台另一邊的人。

剛開始，還沒有人出現當中，不過半分鐘後有一個人走進鏡頭，他停下來四處觀望，先向右望，再朝左看；之後那位可疑人士直接面向鏡頭，好像是刻意要讓鏡頭照到正面似的。

就連他的衣著也都照得一清二楚：皮夾克和剪裁合身的襯衫，上面還有一排直到領口的小點。

那張臉很有魄力，也很冷峻；一頭金髮全都梳向後方，金黃色的眉毛則是雜亂無章，一雙眼睛流露著不滿。接著，那傢伙舉起毛茸茸的手，從鼻孔裡拔出一根鼻毛，細細看著。

大家立刻認出那個人：

剛瓦德・拉森。

接著燈亮了，整個小組的人都無言地坐著。

警政署長是第一個開口的人：

「這件事不能洩漏出去。」

當然了，這絕對不能洩漏出去。

督察長聲音顫抖地說：「這絕對不能讓外界知道。」

柯柏突然捧腹大笑。

「怎麼會這樣？」推土機說著，連他都覺得被耍了。

「嗯，」影片專家說，「這應該可從技術層面解釋。也許是按鈕卡住，所以攝影機比預定晚了一點才啟動。有些裝置是很敏感的，你也曉得。」

「如果讓我在媒體上看到一個字，」警政署長怒氣衝天地說，「那……」

「那內政部就要把某人辦公室裡的地毯給換了。」剛瓦德．拉森說，「換個覆盆子花樣的也許還不錯。」

「她的穿著倒是挺時髦的嘛。」柯柏哼了一口氣。

警政署長用力把門一推便走了出去，督察長也跟著離開。

柯柏倒抽一口氣。

「我們能說什麼呢？」推土機說。

「不過我個人倒是認為，」剛瓦德．拉森一本正經地說，「這部片子實在不錯。」

10.

柯柏打起精神，懷疑地看著那個人，那個目前他得視為上司的人。推土機是特別小組的召集人，他愛上了銀行搶案，而這類案件在過去幾年接連不斷，他也就跟著水漲船高，身分不可同日而語。只有他才有那種活力和點子，日復一日，每天工作十八個小時，從不抱怨、從不沮喪，甚至從未顯露疲態。有時候，他那些疲憊不堪的同事甚至懷疑，也許他就是那個瑞典犯罪公司的總經理，這個邪惡的組織相當出名。對推土機來說，警察工作是這世上最有趣、最刺激的事。

這無疑是因為他自己並不是警察。

他是個地方檢察官，專門承辦一些棘手的持械銀行劫案的初步調查工作。目前有一個案子已有頭緒，幾名涉案罪犯已被拘留；有些人甚至已經遭到起訴。只是現在每週都有好幾宗新搶案發生，大家都知道這些案件多少有些關聯，但究竟有何關聯，卻是沒有人清楚。

更嚴重的是，銀行並非唯一目標，一般大眾被搶的例子也有大幅增加的趨勢。從早到晚，時時刻刻都有人遭到襲擊，在路上、廣場上、商店裡、地下鐵中，甚至在家裡，到處都有可能。可是搶銀行被認為是其中最嚴重的罪行，攻擊屬於社會大眾的銀行等於是在向公權力挑戰。

現存的社會體系顯然已經不可行了，除非每個人都秉持良心，它才有可能正常運作。但即便是警察也做不到這一點。過去這兩年來，光是斯德哥爾摩積壓下來的案件就多達二十二萬件；即使是非常重大的刑案（雖然只占一小部分），也只偵破了四分之一。

事到如今，那些應該為此擔負全責的人也無能為力了，他們只會搖頭嘆息，擺出一副人事已盡的模樣；有好一陣子，大家都在相互指責，現在甚至已經找不到對象可去責怪了。最近唯一比較有建設性的提議，就是大家應該少喝點啤酒。然而啤酒的消耗量在瑞典已經算是非常低的。由此可知，所謂國家最高決策當局的思考方式，有多麼不切實際。

有件事倒是相當明顯：警方要為此負大部分責任。自從一九六五年警力中央化之後，所有警力全收歸一個單位指揮，而領導者的位子打從一開始就被一個不適任的人坐上。

長久以來，分析家及研究人員不斷想了解警政署領導人的基本理念。這當然是個無解的問題。為了遵行「凡事不容外洩」這項教條，警政署長基本上不會給予任何答案；但另一方面，他又是個非常喜歡高談闊論的人，只是他講話的內容即便堪稱是修辭典範，卻仍是完全索然無味。

幾年前，警界有人發現一種竄改犯罪統計數字的方法，這個手法雖然簡單，卻不容易被識破；它雖非直接做假，卻嚴重地誤導了大眾。他們最初是要求更有戰鬥力和同質性強的訓練，以及更精良的技術支援，尤其是火力更強大的武器。為了達到此目的，有必要誇大警方面臨的危險。這類說詞既然沒有什麼政治上的說服力，他們因此也就有必要尋求另一種方式，也就是直接竄改統計數字。

就在這個關鍵時刻，那些六〇年代後期發動的政治示威遊行，正好給了警方更容易捏造數據的機會。遊行示威的群眾要求和平，卻受到暴力反制，他們除了一些標語和自身的信念外，根本沒有帶其他東西，然而他們面對的是催淚瓦斯、強力水柱和橡膠警棍。這些非暴力的示威活動，最後很少不是以喧囂及混亂的場面告終。那些不過是想自衛的人遭到拉扯、逮捕，甚至被控「襲警」或「拒捕」；這些也都被計入統計數字。這個方法完美極了，每一次警方都會派幾百名警力去「控制」遊行秩序，被指為反抗警方的人數也因此迅速攀升。他們鼓勵穿著制服的警察「不要動粗」（這是他們的用詞），而這些警察也非常樂意遵從這個命令，因為持警棍追打酒鬼，他會還手的機率可是相當高的。

這是每個人都學得來的把戲。

這種計策很管用。瑞典警察如今出門都是全副武裝，轉眼間，以往只需帶著鉛筆和少許常識就能解決的狀況，現在也需要一卡車配有自動步槍和防彈背心的警察出動。

然而，長久下來，也出現了始料未及的情況。暴力管制不但增加了民眾的反感和怨恨，也升高了人民的不安全感和恐懼。

最後，事情變得一發不可收拾，人與人之間相互懼怕，斯德哥爾摩成了一座擁有數萬個驚懼的居民的城市，而生活在驚懼中的人民也是最危險的人民。

六百個巡警中大部分都突然失蹤了——事實上是辭職了。因為他們害怕，對，即使全副武裝，他們大部分時間也只是坐在車裡。

當然，有許多人是因為其他理由才逃離斯德哥爾摩；有些是不喜歡這裡的環境，有些則是憎恨那些自己得遵循的處置方式。

這個社會制度已受到反抗。至於其最深層的動機，則依然隱藏於黑暗之中，然而，這種黑暗讓人隱隱嗅聞到當中有一絲納粹色彩。

類似的處理方式多不勝數，有一些已呈極端的犬儒主義。政府一年前實行了一項政策，要對付那些使用假支票的人。許多人的銀行戶頭都已透支，其中有些錢是進了不肖份子的口袋。當局看到未偵破的小詐欺案數目，視之為奇恥大辱，因而要求採取激烈措施。於是警政署拒絕認可本來視為法定貨幣的支票。所有人都了解，這表示大家得帶著大把鈔票出門。這無異是讓路上那些搶匪有機可趁，而這正是當前的社會狀況。當然，假支票消失了，警方可以炫耀如此成果，然而每天都有市民遭搶遭襲的事實卻被忽略了。

這就是暴力風氣漸盛的部分原因，而唯一解決之道就是增加更多、更強而有力的武裝警察。

但是要到哪裡去找這麼多警察？

在政策初執行的六個月裡，官方公布的犯罪率大幅下降了兩個百分點，儘管眾人都知道案件還是大幅在增加。原因很簡單：警方還沒揭發的都不算犯罪，而每一個透支的銀行帳戶就算是一個犯罪案件。

在政治警察被禁止監聽人民的電話後，警政署裡的理論家立刻伸出援手，透過嚇人的文宣及說服國會通過法案，當局准許警方在查緝毒品時監聽電話。從此之後，那些反共人士便高枕無憂地繼續竊聽；而毒品交易也達到空前的盛況。

不，當警察根本不好玩，萊納．柯柏心想，眼睜睜看著自己所屬的單位逐漸腐敗，他又能如何？聽到法西斯鼠輩在牆後大放厥辭，他又能如何？他這大半輩子都忠誠地奉獻給這個單位了。該怎麼辦，說出你的想法，然後被開除？不太好。一定有更具建設性的作法吧？當然，想必會有其他警官和他看法相同，但那會是誰？又有幾個？

推土機就沒有這種問題。對他而言，生活只是一場歡樂的遊戲，而大多數事情都有如水晶那般清清楚楚。

「可是有一件事我不懂。」他說。

「是嗎？」拉森說，「什麼事？」

「就是那輛車的下落呢？那些路障不是應該有用嗎？」

「照理說是的。」

「所以五分鐘之內，每座橋上都應該已經有人才是。」

斯德哥爾摩南邊是個小島，與內陸有六個連接點。特別小組早就規劃過詳細步驟，可在最短時間內封鎖斯德哥爾摩市中心的所有區域。

「當然，」拉森說，「我和市警局核對過，當時一切行動都已在進行中。」

「是哪種車款？」柯柏問道。他到現在都還沒有時間去了解各項細節。

「雷諾十六，淺灰或是米色，車牌為『A』開頭，號碼裡有兩個三。」

「他們應該會用偽造車牌。」拉森插嘴說。

「顯然是。可是我聽說在瑪莉亞廣場和閘門廣場附近，有人可以替車子重新噴漆；假設他們換了車……」

「然後？」

「那麼第一輛車到哪兒去了？」

推土機奧森在房間裡踱步，額頭埋在巨大的手掌中。他四十多歲，身材微胖，比一般人矮些，膚色有些紅潤，動作就像他的才智一樣活躍。他正自問自答說著：

「他們把車停在地鐵站或巴士站附近的停車場，然後一個人用錢幣刮車漆，另一個人裝上新牌照，接著他也幫忙刮車。到了星期六，那個接車人回來替車重新噴漆，然後昨天早上那輛車就準備上路。可是……」

「可是什麼？」柯柏問他。

「可是我的手下直到昨天深夜一點，都還在檢查每一輛離開南區的雷諾汽車。」

「那麼，要不是它已經找到空檔溜掉，不然就是還在這兒。」柯柏說。

剛瓦德・拉森沒說什麼，反而審視著奧森的衣著，心中升起一股強烈的厭惡感。皺巴巴的淡藍色外套，鮮粉紅色襯衫，以及大花領帶，腳上是一雙黑色短襪和棕色有縫線的尖頭鞋，顯然沒刷乾淨。

「你說的接車人是指什麼？」

「他們不會自己安排車子，通常都會特別找人把他們載到特定地點，而且事成之後再去接他們。這種人一般都來自其他地方，像是馬爾摩或哥登堡。他們對潛逃時所用的車一向非常小心。」

柯柏看起來更加疑惑了。「他們？誰是他們？」

「當然是馬斯壯和莫倫啊。」

「馬斯壯和莫倫是誰？」

推土機盯著他，一臉楞相，不過這表情隨即消失。

「啊，也是，當然了，畢竟你才剛加入這個小組，可不是嗎？馬斯壯和莫倫是我們掌握到的兩個聰明的銀行搶匪。他們四個月前才剛放出來，這是他們出獄之後犯下的第四起搶案。他們二月底剛從庫姆拉監獄開溜。」

「可是庫姆拉監獄看守得應該相當嚴密啊！」柯柏說。

「馬斯壯和莫倫不是逃獄出來的，他們是獲得週末假釋，結果沒再回去。就我們所知，他們一直到四月底之前都沒有犯下任何案子——這段時間他們一定是到加納利群島或甘比亞度假了，也許去玩了十四天左右。」

「然後呢？」

「然後他們添購了武器裝備，他們通常是在西班牙或義大利買這些東西。」

「可是上星期五襲擊銀行的是個女人，不是嗎？」柯柏強調。

「那只是一種偽裝，」推土機一副經驗老到的樣子。「用金色假髮和一些東西偽裝。不過，我十二萬分肯定那是馬斯壯和莫倫幹的。還有誰會這麼大膽或這麼聰明地突然來這麼一下？這是個特殊案件，你看不出來這是個極為周詳的計劃嗎？相當驚險刺激。事實上這就像……」

「像在和棋王下棋。」剛瓦德．拉森說，「姑且不論他們是不是頂尖角色，馬斯壯和莫倫至少都是彪形大漢，這無法否認。他們兩人都有二百零九磅，鞋子都穿十二號，手臂則像兩把鐵鎚。莫倫的胸圍四十六英吋——比安妮塔．愛克柏格*最胖的時候還壯上五倍。我很難想像他穿起洋裝又戴乳墊會是什麼樣子。」

「那個女人不是穿褲子嗎？」柯柏問他，「而且身材挺瘦小的吧？」

「那顯然他們派了另一個人來，」推土機平靜地說，「那是他們常玩的把戲。」

他走到一張書桌旁，抓起一堆紙。

「他們一共搶了多少錢？」他自問自答，「在玻堯斯搶了五萬，在古邦根搶了四萬，在默斯塔搶了兩萬六；加上這次的九萬，已經超過二十萬克朗了！所以他們很快就會準備好。」

「準備好？」柯柏問道。「準備好什麼？」

「他們的大買賣啊！這筆交易是天文數字，他們現在犯的這些案子不過是要弄到資本。現在隨時都會發生驚天動地的案子了。」推土機看起來非常激動，不停在房間裡走來走去。「可是會

---

* 安妮塔．愛克柏格（Anita Ekberg，一九三一年出生於馬爾摩的瑞典女星，胸圍傲人。她曾於義大利知名導演費里尼執導的名片《甜蜜生活》中演出）

在哪裡，各位，會在哪裡呢？讓我想想，讓我想想，我們必須思考。如果我是華納・盧斯，現在我會做什麼？我要怎麼將他的軍？你會怎麼做？又會在什麼時候？」

「這個華納・盧斯又是誰？」柯柏再次發問。

「是個航班班機的事務長。」剛瓦德・拉森說。

「首先要搞清楚，他是個罪犯，」推土機高聲喊道。「就他所從事的這個勾當而言，他是個天才，籌劃所有細節的正是他。沒有他，馬斯壯和莫倫不過是無名小卒。他專門負責動腦筋，要是少了他，其他人就沒輒了。他是個卑鄙至極的傢伙！他是那種……」

「別他媽的那麼大聲，」剛瓦德・拉森說，「你現在不是在地方法院。」

「我們會抓到他的。」推土機的語氣就像他是已經有了一個好點子，「我們一定能逮到他，馬上！」

「接著明天再把他給放了。」剛瓦德・拉森說。

「沒有關係，嚇嚇他也好，抓他個措手不及。」

「你想這麼做嗎？這已經是今年第五次了。」

「無所謂。」推土機邊說邊走向門口。

推土機真正的姓名是史坦・奧森，然而除了他的妻子之外，已經沒有人記得這個本名；不過話說回來，她倒是很可能已經忘了他的長相。

「這當中好像有很多我不了解的事。」柯柏抱怨道。

「關於盧斯，推土機說的可能是對的。」剛瓦德．拉森說，「他是個狡猾的惡魔，一向有不在場證明，絕妙的不在場證明；只要有事情發生，他人總是遠在新加坡、舊金山或是東京。」

「但推土機怎麼知道這起案件是馬斯壯和莫倫在暗中操控？」

「某種第六感吧，我猜。」

剛瓦德．拉森聳聳肩說，「可是這合理嗎？雖然馬斯壯和莫倫從沒承認自己是搶匪，但這兩個流氓也進出監獄好幾次了；等到最後他們終於被關進庫姆拉監獄，卻又准許他們在週末假釋！」

「唉，我們也不能把一個人永遠關在只有一部電視機的房間裡，對吧？」

「是不行，」剛瓦德．拉森說，「那倒是真的不行。」

他們沉默地坐了一會兒。兩個人都在想著同一件事：政府如何花了數百萬蓋了庫姆拉監獄，設置可靠的防護措施，將那些不容於社會的人與外界隔絕開來。對刑事制度頗具經驗的各地外國人士都認為，庫姆拉的管理制度有可能是世上最不人道、最不具人性的。就算床墊上沒有蝨子或食物裡沒有蟲，也取代不了人與人的接觸。

「就鹿角街這件凶殺案來說……」柯柏開口說。

「那不是凶殺案，可能只是意外。她不小心開槍，可能她根本不知道裡面有子彈。」

「確定是個女孩子嗎？」

「確定。」

「那這關馬斯壯和莫倫什麼事？」

「噢，可能是他們派個女孩子……」

「沒有指紋嗎？就我所知，她甚至連手套都沒戴。」

「當然有指紋，就在門把上。可是在我們採集之前，一個銀行行員把指紋給弄糊了，所以不能用。」

「有做彈道分析嗎？」

「當然有！專家分析過子彈和彈殼，說她用的是一把點四五，可能是美洲駝自動手槍。」

「很大的槍，尤其對女孩子來說。」

「是啊。根據推土機的說法，這又證明案子是馬斯壯、莫倫和盧斯幹的。他們一向習慣用又大又重的武器。那是可以嚇嚇人，可是……」

「可是什麼？」

「馬斯壯和莫倫不會向人開槍，至少沒這麼做過。如果有人惹麻煩，他頂多朝天花板開一槍，讓他乖一點。」

「有人想過，乾脆去把盧斯這傢伙抓起來嗎？」

「嗯，我想推土機在打的算盤是，如果盧斯又像以前一樣有完美的不在場證明，比如說，他上星期五人在橫濱，那麼我們就能確定這次搶案是他策劃的；反過來說，如果他人在斯德哥爾摩，那事情就比較棘手了。」

「盧斯本人都怎麼說？他不會大發雷霆嗎？」

「從來不會。他說馬斯壯和莫倫確實是他的老朋友，他也覺得他們的生活那麼不順，實在令人難過；上次他甚至問我們，有什麼是他可以幫忙老朋友的。莫姆當時剛好也在，他差點腦溢血。」

「那奧森呢？」

「推土機只會吼叫，他喜歡這樣。」

「那他還在等什麼？」

「等他們的下一步行動。你沒聽到他說嗎？他認為盧斯正在策劃一項大行動，馬斯壯和莫倫會負責執行。看來馬斯壯和莫倫想搜刮一大筆錢，好悄悄移民，然後靠這筆錢度過餘生。」

「那需要搶銀行嗎？」

「推土機認為，除了銀行之外，其餘的都不值得一提。」剛瓦德・拉森說，「他們都說，那是他的觀點。」

「那目擊證人呢？」

「埃拿的那個？」

「是啊！」

「他早上來過，看了一些相片，可是沒有認出誰來。」

「但是，車子他總能確定吧？」

「完全可以。」

剛瓦德・拉森靜靜坐著，輪流扯著手指，讓各個關節喀喀作響。過了好一陣子，他才說：

「關於那輛車，還有些地方不夠清楚。」

11.

看來這會是個炎熱的一天。馬丁・貝克從衣櫥裡拿出那件最輕便的外套，淺藍色的那件，那是他一個月前剛買的，只穿過一次。他穿上褲子後，發現右膝蓋附近有一大塊黏黏的巧克力漬，讓他想起那天和柯柏兩個孩子聊天的情形。他們當時縱情享受了好些糖果和巧克力球。

馬丁・貝克脫下褲子，拿到廚房，把毛巾一角浸入熱水，接著他用沾濕的毛巾在那塊污漬上擦著。污漬馬上散開，不過他沒有放棄，他咬緊牙關，繼續和那塊東西奮戰。也只有在這類情境下，他才會想起英雅——這也清楚說明了他們倆之前的關係。那隻褲管已經濕透了，污漬似乎也消失了些。他捏著褲子拉了拉皺摺，把褲子掛在椅背上，拿到打開的窗戶下，那兒有陽光透進來。

現在才八點，不過他已經醒來好幾個鐘頭了。昨晚他早早就上床睡覺，這一夜他睡得異常安穩，連夢都沒有。真的，雖然這是他過了這麼久之後第一天上班，但是工作相當繁忙，讓他筋疲力盡。

馬丁・貝克打開冰箱，看了一下盒裝牛奶、奶油棒和僅剩一瓶的Ramlosa礦泉水——這提醒了他今晚回家前得去採購，買些啤酒和優格。或者他早上也許不該再吃優格，那真的不太好吃，可是這樣他就得再找別的東西當早餐。醫生告訴他，他必須補回出院後損失的體重，最好再多幾磅。

臥室的電話響起，馬丁・貝克關上冰箱，走進臥室拿起話筒。是老人之家的碧爾姬修女。

「貝克女士的情況惡化了，」她說，「她今天早上發高燒到三十八度。我想你應該會想知道。」

「當然。她現在清醒著嗎？」

「是，五分鐘之前醒來。不過她很疲倦。」

「我馬上過去。」馬丁・貝克說。

「我們必須把她移到一個可以就近觀察的房間，」碧爾姬修女說，「不過，請你先來我辦公室一趟。」

馬丁・貝克的母親已經八十二歲了，最近兩年都住在老人之家的病房。她的病拖了很久，一開始的症狀只是輕微頭暈，久了之後越來越嚴重，發暈次數也益加頻繁，最後半身不遂。去年一整年她都只能坐在輪椅上，到了四月底已無法下床。

馬丁・貝克在自己慢慢復原的那段期間常去探望她。但是眼見歲月和疾病逐漸讓她的意識模糊，健康狀態也越來越差，他的心也跟著痛苦起來。前幾次他去探望母親，她甚至把他當成她的丈夫，而他的父親早在二十二年前就已經過世了。

看到她孤單地待在病房裡，過著與外隔絕的生活，他十分心痛。暈眩症狀開始出現初期，她還會出門，有時甚至會進城，只是逛逛商店、探望鄰居或是打電話給僅存的幾個朋友。她也時常到巴卡莫森去看英雅和洛夫，或是去找她那個在石得桑獨居的孫女英格麗。當然，生病之前，她在老人之家也時常感到寂聊，可是只要還健康，還能走動，偶爾還是有機會看到耄耄老人之外的事物。她還是會看報紙、電視，聽廣播，有時候甚至會聽場音樂會或看場電影，仍舊和周遭世界有所接觸，也能從中得到些許樂趣。可是一旦被迫隔離，她的心智很快就退化了。

馬丁・貝克就這樣眼看著她變得日漸遲緩，對病房之外的生活失去興趣，到最後完全不再與現實接觸。他心想，她的內心一定有一套防衛機制，將她的意識束縛在過去，現在的世界沒有什麼能振奮她，讓她回到現實。

雖然她見到他似乎很開心，也知道他是來探望她的，但當他得知母親平常如何度日之後（即使她還能坐上輪椅），他非常震驚。每天早上有人幫她梳洗穿衣，把她放上輪椅，然後讓她吃早餐，之後她就獨自坐在房間裡了。由於聽力衰退，所以她不再聽廣播，而且閱讀也變得非常吃力，手則連針線都拿不穩。到了中午會有人送午餐過來，三點時，看護過來幫她更衣，把她放回床上，然後下班；再晚一點，有人會送點心過來，但她通常沒有食慾，不吃任何東西。有一次她告訴他，看護都指責她不吃飯。可是這無所謂，至少這表示還有人會來和她說說話。

馬丁・貝克知道老人之家人員短缺的情形很嚴重，護士和看護人力相當缺乏。他知道這類人員其實都非常和善，也很體貼老人——儘管薪水低得可憐，工作時數長得煩人——他們依然盡力在照顧他們。他常在想，該怎麼讓母親的日子過得更舒服，也許可以讓她搬到私立養老院，她在那裡可以得到更多照料。然而念頭一轉，他馬上了解母親在這裡所受的照顧，是別的地方比不上的，而他能做的就是盡量抽空來探望她。他盡可能找尋能讓母親健康有所改善的方法，卻發現有許多老人的情況其實更加悲慘。

一個人如果又老又窮，而且無法照顧自己，那表示過往那些活躍的日子已離你遠去，你的自信和自尊霎時全被剝除，最後注定要和其他老人一起在社會福利機構老死，一起被放逐，一起等待死亡降臨。

現在他們甚至不稱之為「福利之家」或「老人之家」，而稱它是「退休人員之家」或「退休人員旅舍」，以掩飾住客是在非自願的情形下，被所謂的福利局強押到這裡；而福利局的人根本不想再管他們的死活。這是殘酷的刑罰，而他們的罪，不過是太老了。一旦變成社會機器中那個磨損的小齒輪，你的下場便是被丟進垃圾堆裡。

馬丁．貝克明白，無論如何，母親已經比大多數生病的老人幸福得多。她以前就有積蓄，不亂花錢，以免年紀大了之後成為別人的負擔。雖然嚴重的通貨膨脹使得她的積蓄大幅貶值，但她仍得到醫療照護，有營養的食物可吃，而且在那間又大又清爽的單人病房裡還有一大堆她珍藏的物品圍繞著──至少她利用以前的積蓄能買到這麼多福利。

這時，他的長褲在陽光充足的窗口下漸漸乾了，那塊污漬也幾乎消失。他穿上褲子，打電話叫了一輛計程車。

老人之家的花園很遼闊，維護得也很好，園裡有高大、茂盛的樹木，深幽小徑蜿蜒在涼亭、花圃和草坪之間。母親在生病之前，最喜歡依偎著他，在這裡散步。

馬丁．貝克直接走往辦公室，可是碧爾姬修女不在，辦公室裡空無一人。到了走廊，他遇見一名女傭。她端著托盤，上面有好幾個熱水瓶。他問她是否知道碧爾姬修女在哪兒。她用一種歌唱似的芬蘭腔告訴他：碧爾姬修女正和一個病人在一起。他再問她貝克女士的房間在哪兒，她朝走廊另一端的一扇房門點點頭，隨後便拿著托盤離開了。

馬丁．貝克向房間裡探探頭。那個房間比她母親之前住的小，看起來也更像病房，除了窗旁桌上一束他兩天前帶來的紅色鬱金香之外，裡面一片雪白。他的母親躺在床上，望著天花板。每次見到她，他都覺得那雙眼睛又變大了些。她的手正抓著床單，他站到床邊，握著那雙骨瘦如柴的手，她慢慢轉過頭來看著他的臉。

「你怎麼來了？」她氣若游絲地說。

「不要浪費體力說話，媽。」

他放下她的手，坐下來看著那張疲倦、卻鑲著一雙熱切眼眸的臉龐。

「還好嗎，媽？」他問道。

她沒有馬上回答，只是看著他，眼睛眨了一兩下。她似乎連撐開眼皮也得費盡力氣。

「我很冷。」最後她說道。

馬丁．貝克看看房間，發現床腳旁的椅子上有一條毛毯。他拿起毯子，蓋在她身上。

「謝謝你，親愛的。」她輕聲說著。

他又靜靜坐著，看著她。他不知道該說什麼，只是握著她瘦小而冰涼的手。

她呼吸時喉嚨發出混濁的聲音。漸漸地，她的呼吸平息下來，閉上眼睛。他仍然坐在旁邊握著她的手。一隻黑鳥在窗外唱著歌，除此之外，四周一片寂靜。

他坐在那裡動也不動。許久之後，他輕輕放下她的手，起身輕撫她的臉頰，她的臉頰又熱又乾。他看著她，準備走向門口。這時，她張開眼睛看著他。

「把羊毛帽子戴上，」她輕聲地說，「外面很冷。」

然後她又閉上眼睛。

過了一會兒，馬丁．貝克彎下身，輕輕吻了她的額頭，離去。

12.

那天破門進入司瓦德住處的巡警是肯尼斯．瓦思特莫，他今天要到地方法院作證。馬丁．貝克見到他在市政府走廊上正坐著等候傳訊，便在他進入法庭之前，及時問了他兩個很重要的問題。

之後，馬丁．貝克離開市政府，走過兩個街口，來到司瓦德生前的公寓。這段路不長，不過他在路上經過了警察局兩側的兩棟高樓。南邊通往亞瓦福特的地下鐵正在開挖，再往前也有人正在施工、鑽鑿、鋪設地基，那兒正在蓋新的警察大樓，不久之後他也會在那大樓裡有間辦公室。在這當下，他很慶幸自己的辦公室是在南區警察總部，而不是這裡。和這裡的空氣壓縮鑽頭挖地基，加上卡車發出的噪音相比，索德拉來路的擾攘車流簡直是小巫見大巫。

那間一樓套房的前門已經裝回去，而且貼上封條。馬丁．貝克拆掉封條，走進房裡。

面向街道的窗子關著，他聞到一股很淡、但依然刺鼻的腐臭味，那是從牆壁和寥寥可數的幾件家具散發出來的。

他走到窗戶那兒檢視一下。那是一扇老式的窗戶，朝外開，環形鉸鍊固定在窗戶外框上，窗子關上時還會自動扣上。上面共有兩個鉸鍊，但靠下方的那個扣環已經不見，油漆也掉了。窗子外框以及窗台下面的木頭也已損壞，可能是從隙縫鑽進來的風雨造成的。

馬丁・貝克將窗簾放下。那窗簾是深藍色的，有點舊，顏色也褪了。他繼續走到門口，看看房間。這是那兩個巡警闖進屋內時所看到的狀況，至少瓦思特莫是這麼說的。他走回窗子旁，扯扯繩子，那面窗簾發出一陣軋軋聲，捲了上去。他打開窗戶，向外望去。

右手邊是那片嘈雜的工地，再過去可看到刑事局的窗戶就夾雜在國王島街其他建築物當中；左邊前面一點就是保斯街，向前延伸到消防隊那兒就到盡頭。有一小段路將保斯街和漢維卡街連接起來，馬丁・貝克心想，調查完之後要走那條路回去。但他想不起來那條街的街名，或自己是否走過那條路。

窗戶的正對面是庫諾丘公園，它就像斯德哥爾摩一般的公園，是依自然的高地地形而設計的。以前他在克里斯丁堡工作時，常從這裡抄捷徑。他習慣從靠波荷街這頭角落的台階進去，穿過公園，走到另一邊那片猶太古墓園。有時候他會停下來，在坡上那幾株菩提樹下的長凳上坐著抽菸。

他突然很想抽根菸，雙手不自覺地摸向口袋，但又隨即意識到自己根本沒帶菸。他失望地嘆了口氣，覺得應該開始嚼口香糖，或是含顆喉糖也好，不然就學馬爾摩的梅森那樣咬根牙籤。

他走進廚房，廚房的窗戶比臥室的還要破，只是上面的裂痕被人用膠帶貼了起來。

屋裡的東西都很破舊，不只是油漆和壁紙，就連家具也一樣。馬丁・貝克不禁有股莫名的感傷。他打開所有抽屜和櫥櫃，裡面也都沒多少東西，只有一些基品的器皿。

他走到外面那條狹窄的門廳，打開廁所門。裡面沒有洗臉盆，也沒有蓮蓬頭。接著他檢查一下大門，發現上面各式各樣的鎖相當符合報告中的描述，很可能當那扇門被打開或以警方術語來說，被「撬開」時，是全部鎖上的。

這的確相當費解。門和兩扇窗戶都鎖著，瓦思特莫說，他和克里斯森進入屋內時，並沒有看到任何武器；而且他也說，現場一直都有人看守，不可能有人進去拿走任何東西。

馬丁・貝克又走回門口，看著屋內擺設。在靠裡面的牆邊有一張床，旁邊是一個架子。架子上面有一盞罩著黃色皺紋布的桌燈、一個裂掉的綠色玻璃菸灰缸、一大盒火柴，還有兩本破舊的雜誌和三本書。右手邊靠牆放著一張椅子，鋪著白綠相間的條紋布椅墊，坐墊上還有小圓點。而靠遠處的牆邊則有一張棕色桌子和一把木椅。地板上有一台電暖器，黑色電線一路纏繞到牆上的插座附近，插頭已經被拔掉了。這裡原本還有一張地毯，可是已被送到實驗室化驗。除了一大堆污漬和灰塵之外，他們還在地毯上發現了三塊血跡，和司瓦德的血型符合。

一個衣櫥緊鄰著房間，地板上有一件難以形容是什麼顏色的法蘭絨髒襯衫、三隻髒襪子和一只磨損嚴重的棕色空帆布袋。衣架上吊著一件嶄新的毛外套。壁鉤掛的則是一件法蘭絨長褲，口袋裡空空的。此外還有一件手織的綠色毛衣、一件長袖灰色背心。全部就這些東西。

這個司瓦德有可能是在別處被槍擊中之後，才回到住處將門鎖上，拴上鍊子，躺在地上死去──那位病理學家表示無法完全排除這種可能。在這方面馬丁・貝克誠然是個門外漢，不過他的經驗告訴他，她是對的。

那麼，這一切究竟是如何發生的？如果屋內沒有別人，而他又不可能自己動手，那他怎麼會被槍擊中？

一開始，馬丁・貝克發現本案的處理方式相當草率時，他曾判斷這個所謂的神祕事件，不過是因為某個人粗心大意所造成的。但現在，他確定這房間裡根本沒有任何武器，司瓦德是獨自把自己鎖在房裡，這也使得他的死變得完全無法解釋。

馬丁・貝克再次細細看過每個地方，但還是沒發現能解釋這一切的任何證據。最後他走出去，希望其他房客能提供他些許蛛絲馬跡。

四十五分鐘後，他回到街上，仍舊毫無收穫。這個六十五歲的倉庫管理員卡爾・愛德溫・司瓦德顯然是個非常孤獨的人。他在那地方已經住了三個月，竟然只有少數幾個房客知道他的存在。看過他進出的人也從沒見過他和別人在一起；沒有人和他說過話，也沒有人看過他喝醉，或是聽過他的住處傳出紛雜的噪音。

馬丁．貝克站在公寓大門外，抬頭看著對街蓊鬱的公園。他動念想走到那棵菩提樹下坐坐，但隨後決定去查看山坡上的那條小徑。

「歐羅夫佐丁街」，他看著寫在牌子上的街名，想起多年前他才知道歐羅夫．佐丁原來是十八世紀時國王島街上一所學校的老師。他心想，不知那所學校當年是否就位在漢維卡街上那所高中的現址。

波荷街旁的山腳下有一家菸店，他進去買了一包濾嘴菸。在往國王島街的途中，他點了一根菸，覺得味道奇差無比。他想著卡爾．愛德溫．司瓦德，覺得有些鬱悶，有些迷惑。

13.

當那班阿姆斯特丹飛阿蘭達的班機在週二中午降落時，入境大廳裡已有兩名便衣警察在等著機艙事務長。上面命令他們行動要謹慎，除非必要，否則勿採取任何行動。當那名事務長終於出現，和一群空服員一同走過來時，他們決定繼續在旁邊等待更好的時機。

不過華納・盧斯立刻就發現他們了。可能是因為稍早前見過，或是直覺他們就是警察，他立刻覺得他們出現在此，想必是跟他有關。他停了一下，和空姐們說了些話，接著就走出玻璃門來到入境大廳。

華納・盧斯踩著平穩的步伐走向那兩名警察。他個頭高大、肩膀寬闊、膚色黝黑，穿著一身深藍色制服。他一手拿著帽子，一手提著寬背帶的黑色皮革包。他有一頭金髮和長長的鬢角，還有雜亂的瀏海。他的濃眉訝然地皺著，下巴微微揚起，冷靜而沉鬱地望著他們。

「呦，這算是哪門子的接機團？」他問道。

「奧森檢察官想和你談談。請你和我們到國王島街……」一名警員說。

「他是瘋了不成？我兩個星期前才剛去過，今天我也沒什麼要再補充的。」盧斯說。

「是是是，」比較老的那名警員說，「你自己去跟他說。我們不過是來執行命令的。」

盧斯不耐地聳聳肩，隨後走向出口。他們走到車子旁時，他說：

「那你們得先載我回默斯塔，我要換件衣服，你們知道地址。」

他坐進後座，一臉不悅，雙手交叉在胸前。

開車的年輕警員大聲抗議自己竟被當成計程車司機使喚，不過他的同事安撫他，告訴他那個位在默斯塔的地址。

兩名員警隨著盧斯去到他的住所，在門廳等他。他換上了一條淺灰色長褲，一件高領毛衣，還有絨皮外套。接著他們就開回斯德哥爾摩的國王島街警局，到達後，他們把他帶往一間房間，推土機已經在現場等著。

門一打開，推土機就從椅子上跳了起來，揮揮手示意那兩名便衣警員離開。他拉了張椅子給華納・盧斯，自己則坐回書桌旁，愉快地說：

「盧斯先生啊，沒想到我們那麼快又見面了。」

「我想這是你早就計劃好了的吧。」盧斯說，「那些真的不是我的問題。我倒是想知道你這次要用什麼名義逮捕我。」

「呦，盧斯先生，別這麼嚴肅嘛。這麼說吧，我只是想從你這邊要一點消息，至少開個頭嘛！」

「我還是認為你沒有必要動用手下，把我從工作崗位上帶過來，我有可能此刻還要飛呢。更何況，我可不願意為了你一時興起坐在這兒胡言亂語，就賠上我的工作。」

「不要這麼緊張嘛！我知道你有兩天休假，可不是嗎？所以我們有很多時間，不礙事的。」推土機和藹地說。

「你不能把我留在這兒超過六小時。」華納・盧斯瞥了一眼手錶說。

「是十二個小時，盧斯先生，視情況需要還可以更久。」

「檢察官先生，要是這樣，能否麻煩您開個金口，告訴我我有什麼嫌疑？」華納・盧斯傲慢地說。

推土機拿出一包王子牌香菸遞給盧斯，但他不屑地搖搖頭，接著從口袋裡拿出一包班森海駒牌香菸。他用一個鍍金的Dunhill打火機點菸，等著推土機以火柴棒點著他的菸。

「盧斯先生，截至目前，我都沒說過我懷疑你。」他邊將菸灰缸推向前，邊說著，「只是我的直覺告訴我，我們應該談談上星期五的事。」

「上星期五的事？什麼事？」華納・盧斯裝傻說。

「鹿角街那家銀行發生的事。行動很成功，九萬克朗是筆不錯的收入；可惜那個顧客不幸被槍殺，算是個敗筆。」推土機冷淡地說。

華納・盧斯驚訝地盯著他，接著慢慢搖著頭。「看來你真是走投無路了。」他說，「你是說上星期五嗎？」

「沒錯。」推土機說，「那段時間，當然，你正在旅行，盧斯先生；在飛，我應該這麼說。讓我想想，上個星期五我們在哪兒？」

推土機向後靠著椅背，愉快地看著華納・盧斯。

「奧森先生，你上個星期五在哪兒，我不知道；而我，我人在里斯本，你大可向航空公司查詢。我們在當天下午兩點四十五分降落，晚了十分鐘；隔天星期六，我搭早上九點十分的飛機回阿蘭達，下午兩點三十分到達。上星期五我在堤沃里飯店吃晚飯，也在那兒過夜，你也可以去查查。」

華納・盧斯也向後靠著椅背，一臉洋洋得意看著推土機，而推土機則露出高興的表情。

「漂亮！」他說，「一個漂亮透頂的不在場證明，盧斯先生。」他傾身向前，在菸灰缸裡捻熄了菸，接著不懷好意地說，「不過馬斯壯和莫倫當然不在里斯本，對吧？」

「他們幹嘛要在里斯本？況且，馬斯壯和莫倫要做什麼，根本不關我的事。」

「不關你的事嗎，盧斯先生？」

「不關我的事，我先前告訴過你很多次了。我最近根本就沒時間看瑞典的報紙，所以你說什麼上星期五的事和什麼銀行搶劫案，我完全不知情。」

「那麼我可以告訴你，盧斯先生，那起搶案就發生在銀行快關門的時候。一個扮成女人的傢伙搶了九萬克朗的現金，而且射殺了一個銀行客戶，接著搭上一輛雷諾汽車逃離現場。你當然明白，這一槍讓這次行動的層次不一樣了，盧斯先生。」

「我不明白，你們怎麼會認為我和這件事有關？」盧斯惱怒地說。

「盧斯先生啊，你最近見到我們的朋友馬斯壯和莫倫，是在什麼時候？」推士機問。

「我上次不是就告訴過你了嗎？我從那次之後，就沒見過他們了。」

「你也不知道他們的行蹤？」

「不知道，我知道的全都是剛才你告訴我的。自從他們被關進庫姆拉之後，我就沒再見過他們了。」

推土機望了華納．盧斯一眼，在面前的筆記簿上寫了些東西，而後闔上筆記，站了起來。

「噢，好吧。這應該不難查到。」他冷淡地說。

推土機走到窗邊，放下窗簾，遮住午後射進屋內的陽光。

華納・盧斯等他坐下後才接著說：

「反正我知道的就這些。如果有人被槍殺，那一定和馬斯壯和莫倫無關。他們才不會那麼蠢。」

「開槍的可能不是他們，但也不能說他們和此事完全無關……比方說，他們坐在車子裡接應，嗯？」

盧斯聳聳肩，望著地板，下巴埋在毛衣領子裡。

「此外，他們也不無可能利用同夥，也許還是個女性同夥。」推土機熱切地繼續說道，「我們應該考慮這種可能，是的。他們上回在幹最後一票時，不是也把馬斯壯的未婚妻給拖了進來？」他彈了一下指頭，「葛妮拉・伯格斯壯，是的！她被判了一年半徒刑，所以我們知道該去哪裡找她。」他說。

盧斯連頭都懶得抬，只是瞄了他一眼。

「她還沒逃獄，」推土機補充說，「可是還有一大堆女孩可以做這件事，而且這兩位男士顯然不反對女士加入。或者你有其他看法，盧斯先生？」

華納・盧斯仍然只是聳聳肩，伸直腰。

「唉，我能說什麼呢？」他語氣平淡地說，「反正這些都與我無關。」

「是啊，當然與你無關。」推土機看著盧斯，若有所思地點著頭，然後他將身體向前傾，雙手攤在書桌上。「所以你還是堅稱過去六個月沒見過馬斯壯和莫倫，也沒有他們的消息？」

「是啊。」華納．盧斯說，「我早說過了，我和他們的所作所為完全無關。我們在中學時期就認識了，這點我從沒否認。我們從那時起偶爾會見見面，我也從沒隱瞞過這件事，但這不代表我們常常碰面，或是他們會讓我知道他們要去哪兒、做些什麼的。如果他們有什麼越軌的行為，我會第一個感到難過，但我對這些案子真的是一無所知。就像我之前說的，我很希望幫助他們步上正軌，可是，真的，我已經很久沒見過他們了。」

「盧斯先生，你應該了解，你現在所說的話很可能會被當作呈堂證供，而且如果我們發現你曾經見過這兩人，那麼你的嫌疑就更重了。」

「我看未必吧。」盧斯說。

推土機露出親切的微笑：

「噢，我想你一定非常清楚！」他雙手拍著桌面，再度起身。「我現在還有別的事要處理，」他說，「所以我們的談話必須中斷一下，待會兒再繼續。失陪了，盧斯先生。」

推土機快步走出房間，關上門之前，他瞥了華納．盧斯一眼。

他覺得盧斯已經顯露出驚慌及難堪了。推土機興沖沖地搓著手，一路衝下走廊。

推土機關上門之後，盧斯站了起來，走到窗邊。他從窗簾隙縫往外看，悠揚地吹著口哨，看了一下他的勞力士錶，皺起眉頭，快步走到推土機的位子坐下。他將電話拉過來，拿起話筒撥出一個號碼。在電話接通之前，他把抽屜逐一打開來翻一翻。

另一端有人接起電話。盧斯說：

「喂，小鬼，是我。是這樣的，我們晚上是否可以晚點再碰面？我得和某人談點事，大概要幾個小時。」

盧斯從抽屜裡拿出一枝寫有「公物」的筆，邊聽電話，邊用它掏耳朵。

「當然，我們可以一起吃飯，我都快餓死了。」他仔細地看著那枝筆，又把它丟回原位，然後關上抽屜。「不，我現在是在飯店的酒吧裡，不過這裡的東西不怎麼樣，所以還是等我們見面之後再吃。七點可以嗎？很好，那我七點去接你，再見！」

盧斯放下話筒，站起來，雙手插進褲袋，吹著口哨在房間裡走動著。

推土機跑去找剛瓦德・拉森。

「我把盧斯抓來了。」

「呦，那他上星期五人在哪裡？吉隆坡？還是新加坡？」

「里斯本。」推土機開心地說，「他真是個擅於保護自己的混帳。還有誰能弄出這麼完美的不在場證明？」

「他還說了什麼？」

「什麼也沒說，什麼都不知道，至少對銀行搶劫案一無所知，而且他好久沒和馬斯壯及莫倫見面。他真像泥鰍一樣滑溜，像螯蝦一樣能鑽，而且說起謊話來流暢得跟馬在奔馳一樣。」

「換句話說，他是一座到處旅行的動物園。」剛瓦德．拉森說，「那你打算拿他怎麼辦？」

推土機坐到拉森面前。

「我打算放他走，然後派人盯住他。你能否找個人跟蹤他，一個他不認識的人？」

「要跟蹤到什麼地方，檀香山嗎？要是這樣，我倒是自願下海。」

「我是說真的。」推土機說。

剛瓦德．拉森嘆了口氣。

「我得去安排一下。什麼時候開始？」

「現在。我馬上就會放他走。他休假到星期四下午，這段時間內，只要掌握到他的行蹤，他就會告訴我們馬斯壯和莫倫躲在哪裡。」

「星期四下午，那至少要有兩個人輪班。」剛瓦德．拉森說。

「而且跟蹤技術一定要是最棒的。絕對不能讓他發現，否則就前功盡棄了。」

「給我十五分鐘，」剛瓦德・拉森說，「搞定之後我再告訴你。」

當華納・盧斯二十分鐘後在國王島街上鑽進計程車時，魯尼・艾克警官已坐在一輛灰色Volvo的駕駛座上了。

魯尼・艾克已經五十多歲，身材臃腫，頭髮花白，戴著眼鏡，還有胃潰瘍的毛病。醫生告誡他要嚴格實行節食計劃，因此在隨後的四個小時內，他只能獨自坐在榭拉歌劇院餐廳裡，卻沒點什麼東西。而華納・盧斯和那個紅髮女郎則坐在陽台靠窗的席位，顯然不論甜鹹都照單全收。

而後，艾克又躲在哈索比區的一叢接骨木後方，偷窺著那位紅髮女郎的酥胸，以此度過一個漫長而清涼的夏夜。她的胸部就像馬拉倫湖的湖面一樣不停起起伏伏；而華納・盧斯則像個現代泰山似地趴伏在她身上。

當早晨的陽光從樹梢間灑下時，艾克仍蹲在哈索比區一間小平房外的樹叢中繼續監視。確定那兩個剛洗完澡的人還在房裡後，他花了半個鐘頭清理自己頭髮和衣服上的小樹枝。

又過了幾個小時，艾克的心情放鬆下來，而華納・盧斯仍未露面——任誰都能理解，要離開那個紅髮女郎的懷抱去見馬斯壯和莫倫（希望能如願），一定得花上他好一段時間。

14.

如果有人曾將銀行劫案的調查小組與那些搶匪相互比較，就會發現，雙方人馬在許多方面其實旗鼓相當。

調查小組有許多可運用的資源，但他們的對手卻有龐大的資本和企圖心。

如果有人能引導他們投身這個奇怪的行業，馬斯壯和莫倫應該會是好警察。他們的體格非常壯碩，智商也不算太低。

除了犯罪之外，他們沒有從事過其他職業。而現在，他們一個三十二歲，一個三十五歲，都已經算得上是專業罪犯了。只不過「搶匪」這個名稱還是無法贏得大眾的尊敬，所以他們還是用了其他職稱——在他們的護照、駕照和其他證明文件中，他們都自稱是「工程師」或「主任」。在一個滿街都是工程師和主任的國家，這種身分可說是上上之選。他們所有的證件上用的都是不同的姓名，證件當然都經過精巧的偽造，讓人一時之間無法分辨真偽。例如他們持用的護照就經過多次試煉，不管是在瑞典或鄰近國家，都能暢行無阻。

如果你看到馬斯壯和莫倫，你也會認為他們是值得信賴的人。他們予人的印象是友善正直，很健康，一副精力充沛的模樣。四個月的自由生活，讓他們的外表有了些許變化，現在都曬得很黑，馬斯壯留了落腮鬍，而莫倫不僅留長鬍子，甚至長出鬢角。

他們不是在一般人常去的馬瑤卡島或加納利群島旅遊時曬黑的，而是到東非參加三個禮拜所謂的「攝影狩獵」時曬來的。那純粹是休閒。之後，他們為了工作，也去了一些地方，一次是到義大利購買裝備，另一次則是去法蘭克福找幾個有效率的好幫手。

他們回到瑞典後幹了幾起小規模的銀行搶案，還偷了兩家支票兌換中心的錢，這些兌換中心因為做帳上的理由，因此不敢報警。

這幾件案子為他們賺進了可觀的收入，但他們花得也很凶，而且最近又有一筆龐大的開銷。然而，投資得越大，紅利也越多——這是他們從瑞典那套半社會、半資本主義經濟理論學來的，沒有人會認為馬斯壯和莫倫的胃口太大。

馬斯壯和莫倫有個想法，儘管這個想法了無新意，但沒有因此而缺乏誘因。他們想再幹一票，然後退隱。總有一天，他們會進行這項超級大計劃。

現在，他們準備得差不多了，所有財務問題都已解決，計劃也如期進行，只是時間和地點尚未確定。不過他們對最重要的那件事有十足把握，那就是怎麼完成。他們的目標已在眼前。

馬斯壯和莫倫雖然絕對稱不上是一流的罪犯，但據說身手已經算不錯了。一流的罪犯絕對不會被捕，也絕對不會去搶銀行，他只需要坐在辦公室裡操控大局，既不冒險，也不會去褻瀆社會大眾的信仰。相反的，他只從事合法的勒索，只奪取私人的財務。一流的罪犯能從任何大大小小的事情中牟利——他們毒害大自然及所有社會大眾後，還以不當的藥物假稱要補償損失；或是蓄意讓整座城市淪為貧民窟，目的是拆毀這些地方，以便建造新的建築。結果，新的貧民窟建築對人民健康反而造成更大的危害。但最重要的是，這些一流的罪犯永遠逍遙法外。

然而馬斯壯和莫倫有一種堪稱可憐的被逮天份。不過，他們相信自己之所以被捕，是因為他們做的案子都太小兒科了。

「你知道我洗澡的時候在想什麼嗎？」馬斯壯說。他剛從浴室出來，小心翼翼地將一條毛巾攤在面前的地板上。他身上還有兩條，一條圍在臀部，另一條披在肩上。馬斯壯有點潔癖，這是他今天洗的第四次澡。

「當然知道，不就是在想馬子嘛。」莫倫說。

「你怎麼猜到的？」

莫倫坐在窗邊，專注地看著眼前底下的斯德哥爾摩。他穿著短褲和薄的白襯衫，正拿著一具雙筒望遠鏡向外望。

他們住的這個公寓是丹維克懸崖上最大的一棟，所以視野絕對不差。

「工作和馬子是不可兼得的。」莫倫說，「你已經得到教訓了，不是嗎？」

「我從來沒有把這兩者搞在一起。」馬斯壯反駁，「只是想想都不行嗎？」

「當然可以，」莫倫說得大方，「要是喜歡，你就儘管想吧！」

他將望遠鏡對準一艘正駛往溪流飯店的白色汽艇。

「沒錯，是諾史可號。真想不到，它竟然還在跑。」

「誰還在跑？」

「你不會有興趣的。你在想誰？」

「想奈洛比那些小妞。真是性感尤物，可不是嗎？我以前就說過，黑人很特別的。」

「黑人？」莫倫糾正他說。「應該說是黑妞吧，不能叫黑人。」

馬斯壯一絲不苟地在腋下及某些部位噴上香水。

「隨你怎麼說。」

「不過黑妞也沒什麼特別的，」莫倫說，「你可能是太飢渴了，所以才會這樣覺得。」

「才不是！」馬斯壯反駁說。「對了，你找的那個，毛多不多？」

「多啊，」莫倫說，「現在想想她的毛還真是多到嚇人，而且好硬、好大一叢，還髒兮兮的。」

「那她的奶頭呢？」

「黑的，」莫倫說，「還有點下垂。」

「我記得我找的那個，她說她是maîtresse（情婦），還是mattress（床墊）。我說對了嗎？」

「她說她是waitress（女侍）。你的英文實在很糟糕。不過她以為你是火車機師。」

「是啊，不過反正她是個妓女。你那個呢？」

「打孔機操作員。」

「喔。」

馬斯壯拿起一個密封塑膠袋，裡面裝著他的內衣褲和襪子。他打開袋子，開始穿衣服。

「你會把所有財產全浪費在買內褲上。」莫倫說，「這根本是個怪癖。」

「是啊，內褲現在真的是貴得離譜。」

「通貨膨脹吧，」莫倫說，「我們也要負部分責任。」

「怎麼可能？」馬斯壯問他，「我們在裡面待了好幾年耶。」

「我們花了很多不必要的錢。小偷通常都揮霍無度。」

「可是你不會。」

「沒錯，但我是特例。不過我還是花了不少錢在吃上面。」

「你連在非洲那地方都不願意花錢買妞，結果害我們晃了三天才找到那兩個自願免費的。」

「不完全是錢的因素，」莫倫說，「當然也不是為了減輕肯亞的通貨膨脹。依我的看法，完全是因為公家單位不乾不淨，才讓錢貶值的。如果說誰該為此被關進庫姆拉，那一定是政府。」

「嗯。」

「還有那些企業大亨也是。我以前讀過一篇分析通貨膨脹的文章。」

「哦？」

「一九一八年十月，英國占據大馬士革的時候，大軍攻進中央銀行，搶走了所有現金。那些士兵不知道那到底有多少錢，只知道其中一個澳洲騎兵去撒尿時，叫一個小孩幫他牽著馬，回來後他給了那個小孩子五十萬。」

「馬撒尿的時候需要拉著嗎？」

「物品的價格一時間飆漲百倍，只不過幾個小時，一捲衛生紙就要兩百塊。」

「澳洲那時候真的有衛生紙嗎？在那個時代？」

莫倫嘆了一口氣。有時，他覺得成天只能跟馬斯壯說話，似乎像是在消磨他的智慧。

「大馬士革，」他沉悶地說，「是在阿拉伯。說得精確點，是在敘利亞。」

「不會吧？」

馬斯壯這時已整裝完畢，正在鏡子前整理儀容。他自言自語地撥弄鬍鬚，撣掉西裝外套上那些正常人都看不見的灰塵。他將毛巾一條一條地在地上鋪好，然後走到櫃子邊拿出他們的武器，將之依序排好，再拿出幾塊絨布和一罐清潔劑。

莫倫懷疑地看著這個小型軍械庫。

「你都擦過多少次了？這些全是剛出廠的，或至少都還算新的。」

「東西一定要整理得有條有理，」馬斯壯說，「槍械需要保養。」

他們手上的東西絕對足夠發動一次小規模的戰爭，或至少一場革命。計有兩把自動步槍、一把左輪手槍、兩管衝鋒槍，還有三把短的霰彈槍。那兩管衝鋒槍是瑞典步兵的制式配備，其他的則來自國外。

兩把自動步槍都是大口徑的，一把是九厘米的西班牙火鳥，還有一把是美洲駝九型；左輪手槍也是來自西班牙，是奧斯亞·肯迪士點四五口徑。還有一把霰彈槍，是馬利札型的；另外兩把是從歐陸某處得來的，一把比利時大陸超級豪華型，還有一把奧地利佛拉克型，它還有個浪漫的名字，叫「Forever Yours」。

手槍保養完畢之後，馬斯壯拿起比利時來福槍。

「鋸掉這把來福槍的人，真該被人打爛卵蛋。」他說。

「我猜他取得這把槍的途徑和我們的不同。」

「什麼？我不懂。」

「就是以不正當手段啦。」莫倫嚴肅地說，「也許是偷來的。」他又轉頭望著那條河。「斯德哥爾摩真是個奇特的城市。」他評論道。

「什麼意思？」

「你得從遠處去體會它的美，所以我們不必太常出門真是件好事。」

「你是怕有人在地鐵站偷襲你嗎？」

「不只這些，還有可能被人在背上捅一刀、被人用斧頭砍破頭，或是被一匹發瘋的警騎給踢死。我真是替這些人感到悲哀。」

「人？什麼人？」

莫倫揮了揮手。

「底下那些人啊！你想想，他們工作做得死去活來，只為了攢錢去繳車子和度假小屋的分期付款，同時，他們的孩子卻吸毒致死；他們的老婆如果晚上六點過後出門，還可能會被強暴；至於他們自己，甚至連去晚禱都不敢去。」

「晚禱？」

「只是舉個例子罷了。你身上如果帶超過十克朗就有可能被搶，要是不到十克朗，搶匪還可能因為不爽，一刀就捅進你肚子。我有一次看到報導說，現在就連警察都不敢單獨行動了，街上的警察越來越少，治安也越來越難維持……諸如此類的，這可是某個大人物在司法部說的。對，最好離開這裡，永遠不要回來。」

「那就永遠看不到《突擊隊》了。」馬斯壯沮喪的說。

「真受不了你的庸俗。你在庫姆拉反正也不可能看到。」

「我們偶爾還是會在電視上看到啦。」

「不要提起監獄裡那些可怕的人。」莫倫說。

他起身打開窗子，伸了伸手臂，將頭向後仰，像是在和大眾說話。

「嗨，下面的人。」他喊叫道，「這就和林頓．詹森[*]在直昇機上發表競選演說時一樣。」

「誰？」馬斯壯說。

門鈴響了。他們使用的暗號很複雜，所以他們專心地聽著。

＊林頓．詹森（Lyndon Johnson, 1908-1973），第三十六任美國總統。

「我猜是毛立宗，他一向很準時。」莫倫看著錶說。

「我不信任這個混蛋。」馬斯壯說，「我們現在不能冒險，」他將彈匣裝進一把機槍，「拿去。」他說。

莫倫拿起槍。

馬斯壯也拿起奧斯亞左輪手槍跑到前門。他左手握著槍，右手打開幾道不同的門鎖，馬斯壯是個左撇子。莫倫就站在他後面六呎的地方。

馬斯壯很快地把門拉開。

門外的那個人早就預料到這種情況。

「哈囉。」他緊張地望著那把左輪手槍。

「嗨。」馬斯壯說。

「進來，快進來。親愛的毛立宗，歡迎你來。」莫倫說。

那男人走了進來，手上拎著大包小包的食物。他把東西全放下來之後，眼光飄向那一堆槍械。

「你們是在準備革命起義嗎？」他說。

「那一直都在我們的計劃內，」莫倫說，「雖然現在時機還不夠成熟。你有帶螯蝦來嗎？」

「現在是七月，你們叫我到哪兒去生螯蝦？」

「你認為我們為什麼要付你錢啊？」馬斯壯恐嚇地說。

「很合理的疑問，」莫倫說，「我不懂，你為什麼弄不到我們要的東西。」

「總有個極限吧。」毛立宗說。「天啊，我不是給你們弄來這些東西了嗎！房子、車子、護照、門票……只不過是螯蝦罷了！就算國王也沒辦法在七月吃到螯蝦啊！」

「可能是吧。」莫倫說，「可是你以為他們在哈普森*做什麼？那些該死的政府官員可能正坐在那裡大啖螯蝦呢。帕爾米．傑爾，還有凱爾……那一整票狐群狗黨。不行，我們無法接受你這種藉口。」

「還有刮鬍水，根本就沒有那種牌子啊。」毛立宗急忙說，「我就像隻無頭蒼蠅，跑遍全城，可是已經好多年都沒有人在用那種刮鬍水了。」

馬斯壯的臉瞬間垮掉。

「至少其他東西我都搞定了，」毛立宗繼續說著，「還有，這是今天寄來的信。」

他拿出一封沒寫地址的信交給莫倫。莫倫直接就把信放進褲袋。

＊哈普森（Harpsund），位在瑞典東南邊靠海的一處莊園，這個莊園從一九五二年開始，就充作瑞典首相的鄉間度假地。

毛立宗和他們兩個是截然不同的典型。他四十出頭，體型較一般人矮小，身材精瘦結實；他的鬍子刮得很乾淨，金黃色的短髮。大多數人、尤其是女性，會覺得他長得還不錯。他的穿著和舉止都很現代化，但卻不太顯眼。像他這樣的人很常見，所以不容易記住，也不太引人注目，這些特點對他來說有許多好處。他有一陣子沒蹲監牢了，現在也沒有被通緝或受監視。

毛立宗有三個職業，全都很有賺頭：販毒、賣色情書刊、拉皮條。就一個生意人來說，他做事很有效率、精力旺盛，而且有條有理。他應該慶幸瑞典有如此清晰的法律規範，使得任何形式的色情書刊都能合法印製，而且還可以無限量進口，而後再轉出口回去，主要是賣到西班牙和義大利，因為那兒的利潤比較好。他還有一項收入，就是走私，主要是安非他命和其他禁藥，不過他也接受武器訂單。

在圈內，大家都認為毛立宗無所不能，謠傳說，他甚至曾經從一名阿拉伯酋長那裡走私了兩頭大象，代價是兩名十四歲的芬蘭處女和滿滿一抽屜的保險套；更誇張的是，據說那兩名處女還是假處女，處女膜是用塑膠和卡爾森膠水合成的，還有那兩頭大象是白色的——不巧的是，這個故事毫無真實性。

「你有帶新的槍套來嗎？」馬斯壯問道。

「當然有，就在裝食物的袋子最底下。請問，舊的槍套有什麼不好？」

「派不上用場。」馬斯壯說。

「毫無用處，」莫倫說，「你在哪兒買的啊？」

「警用商品社買來的。這些新的都是義大利製的。」

「這還差不多。」馬斯壯說。

「還要什麼東西嗎？」

「嗯，這裡都列好了。」

毛立宗飛快看了一眼，然後很快唸出來：

「一打內褲、十五雙尼龍襪、六件網狀內衣、一磅魚子醬、四個唐老鴨橡膠面具、兩盒九厘米自動手槍子彈、六雙橡膠手套、亞本塞起司、一罐小洋蔥、棉衣、一個觀象儀……這是什麼鬼東西？」

「用來測量星星高度的儀器。」莫倫說，「我想，你可能得去骨董店找找。」

「知道了，我盡量去找。」

「很好。」馬斯壯說。

「不要別的東西了？」

莫倫搖搖頭，可是馬斯壯皺著眉頭想了一下說：「還有，腳部噴霧劑。」

「要什麼特別的牌子嗎？」

「最貴的。」

「知道了。不要馬子？」

沒有人回答。毛立宗把這段沉默當成是猶豫。

「我可以幫你們找到你們想要的任何類型。你們倆像兩隻貓頭鷹似地整天窩在這裡不好，找兩個活潑的馬子可以促進新陳代謝。」

「我的新陳代謝很正常。」莫倫說，「而且我想到的女人顯然都不可靠，我不要塑膠處女膜。感謝。」

「少來了，外面有一大票很騷的小妞，她們很願意……」

「你這麼說簡直是侮辱我，」莫倫說，「不要，就是不要。」

而馬斯壯仍在遲疑。「倒是……」

「啊？」

「那個你所謂的助理，我看她好像很聰明。」他比了個懇求的手勢。

「莫妮塔？我保證她不是你喜歡的類型。她不夠漂亮，那方面也不特別在行，只是普通貨色而已。對女人，我的品味很簡單，反正一句話，她也不過爾爾。」

「好吧，你都這樣說了。」馬斯壯失望地說。

「而且她已經離開城裡了，她有個偶爾會碰面的姊姊。」

「那就這樣了。」莫倫說，「反正以後還有時間，而且日子也快到了……」

「什麼日子？」馬斯壯滿臉狐疑。

「可以比較有品味地去滿足肉慾、還能自己挑對象的日子啊！我在此宣布今天的會議就此結束，休會到明天此時。」

「好吧，」毛立宗說，「那讓我出去吧。」

「還有一件事。」

「什麼事？」

「你最近叫什麼名字？」

「和平常一樣，連納．荷姆。」

「這麼問只是為了萬一有事，我們可以很快聯絡到你。」

「你知道我住在哪兒。」

「我也還在等我的螯蝦。」

毛立宗聳聳肩，接著走了出去。

「真是混帳。」馬斯壯說。

「為什麼這麼說？你不欣賞我們這位誠實的伙伴嗎？」

「他臭得跟發汗的胳肢窩沒兩樣。」馬斯壯不滿地說。

「毛立宗是個卑鄙的傢伙，」莫倫說，「我不欣賞他的作為——噢，不是，我當然不是指他替我們做的事。不過，賣毒品給小孩子，還賣色情書刊給不識字的天主教徒，這實在不道德。」

「我不信任他。」馬斯壯說。

莫倫從口袋拿出那只棕色信封，仔細地審視。

「還有呢，你真說對了。這傢伙有利用價值，但不能完全信任。你看，他今天又把這封信打開來看過。真搞不懂他是怎麼拆的？我猜可能是用蒸的吧。要不是盧斯在上面黏了根頭髮，還真看不出有人動過手腳。也不想想我們付了他多少錢？真是不值得。他為什麼那麼好奇？」

「他是個該死的窩囊廢，」馬斯壯說，「就這麼簡單。」

「我想也是。」

「從開始到現在，他從我們身上撈了多少錢了？」

「大概十五萬克朗。當然他也拿了不少去買武器、車子、支付旅費等等，而且還要擔一些風險。」

「擔個頭啦，」馬斯壯說，「除了盧斯，根本沒有人知道我們認識他。」

「還有那個名字像汽艇的女人。」

「他還想用那鬼女人訛詐我哩。」馬斯壯憤怒地說，「顯然她根本不夠看，而且還可能從昨天開始就沒洗澡。」

「客觀上來講是沒有錯，不過你這樣說並不公平，」莫倫反駁，「事實上，他已經告訴你貨色是怎麼樣了。」

「是嗎？」

「以你的衛生標準呢，你很可能會先替她消毒。」

「我才不會。」

莫倫從信封裡抽出三張紙，攤在面前的桌上。

「來了！」他說。

「哦，什麼？」

「我們等的就是這個，兄弟，快來看。」

「我先去洗個手。」馬斯壯說。

接著他就進了浴室。幾分鐘後他出來了，莫倫高興地搓著雙手。

「是什麼？」馬斯壯說。

「一切安排就緒，這就是計劃書。太完美了。裡面還有時間表，連最小的細節都考慮到了。」

「那豪瑟和霍夫呢？」

「明天會來。你看看這個。」

馬斯壯讀著信。莫倫突然大笑起來。

「你在笑什麼？」

「那些密碼啊！例如『珍的鬍鬚很長』。你知道他為什麼會用這種密碼、還有它原來的意思嗎？」

「誰知道。」

「哦，不知道就算了。」

「裡頭有提到二百五十萬克朗嗎？」

「當然！」

「淨賺？」

「淨賺，所有花費都扣掉了。」

「也扣掉盧斯的百分之二十五？」

「完全正確，我們每個人可以分到整整一百萬。」

「那毛立宗那個豬腦袋知道多少？」

「不多——只知道時間表而已，當然。」

「什麼時候開始？」

「星期五，下午兩點四十五分，但這裡沒說是哪一個星期五。」

「不過街道名稱也在上面。」馬斯壯說。

「別管毛立宗了。」莫倫平靜地說，「你有看到底下寫的字嗎？」

「有啊！」

「你應該還記得那是什麼意思吧，嗯？」

「當然，」馬斯壯說。「我當然記得，那一定會讓局面完全改觀。」

「我也這麼想。」莫倫說，「天啊，我真想吃螯蝦。」

15.

霍夫和豪瑟是德國的幫派份子，他們是馬斯壯和莫倫到法蘭克福「洽公」時雇得的人。這兩人都帶著很好的介紹信前來，整件事其實透過信件往返就能完全談妥，但馬斯壯和莫倫非常謹慎，行事就如同他們做計劃一樣仔細；而且他們的德國之行有部分是要看看這兩個即將共事的人長什麼模樣。

這次見面是在六月初。他們先在木蘭花酒吧見到豪瑟，豪瑟之後又介紹霍夫給他們認識。位在法蘭克福市中心的木蘭花酒吧又小又暗，只見橘色燈光從隱蔽的裝潢後方透出，牆壁和整片地毯則是紫羅蘭色的；幾張粉紅色矮凳繞著一些合成玻璃小圓桌。半圓形的黃銅吧台閃閃發亮，音樂非常輕柔，吧台內的女服務生都是金髮，個個胸部堅挺，還穿著低胸衣服，而且，這裡的酒飲很貴。

馬斯壯和莫倫坐進現場唯一的空桌。酒吧內的顧客雖然不到二十人，但看來似乎快要擠爆了；店裡僅有的女性就是吧台內那兩名金髮女郎，而顧客全是男性。

一位女服務生走過來，身體向前傾，兩顆粉紅色的乳頭一覽無遺，還飄來一陣汗水和香水交雜的刺鼻氣味。馬斯壯點了一杯螺絲起子，莫倫則要了一杯不加冰塊的奇瓦士。酒來了之後，他們倆的目光就在店裡搜尋著豪瑟。他們不知道他長什麼樣子，只知道他是個難纏出了名的客人。

馬斯壯先看到他。他站在吧台另一邊，嘴角叼著一支細長的小雪茄，手中拿著一杯威士忌。他穿著一件沙褐色的麂皮西裝，身材高瘦，肩膀寬闊；他留著濃厚的鬢角，前額微禿的深色頭髮順著頸背向內捲。他冷漠地靠在吧台邊，對女服務生說了些話。她稍微遲疑，接著就走過去和他說話。他像極了史恩・康納萊。金髮女郎眼神欽慕地注視著他，做作地呵呵笑著；她把手掌弓成杯狀，放在他咬在唇間的雪茄下方，接著手指輕輕一彈，就把前面一截菸灰彈進手裡。他裝作沒看到。過了一會兒，他喝光威士忌，隨即又再點了一杯。他面無表情，嚴峻的藍眼瞄著女郎飄逸長髮後方某處。他瞧都沒瞧她一眼，就只是站在那兒，如同別人形容的那樣，不動如山。就連莫倫也覺得很有意思。他們在等他看向這個方向。

一個矮小而古板的男人走過來和他們同桌，他穿著不合身的灰色西裝和白色尼龍襯衫，還繫著一條酒紅色的領帶。他坐進第三張椅子。此人的臉圓而紅潤，無框的厚鏡片裡是一雙藍色大眼；微鬈的頭髮旁分，而且剪得很短。

馬斯壯和莫倫冷漠地瞥了他一眼，就回頭繼續觀察吧台那個有詹姆士・龐德風格的人。

過了一會兒，剛才在他們身旁坐下的男子低聲說了些話。剛開始，他們還不曉得他是在和他們說話，一段時間之後才弄清楚，原來眼前這個圓潤可愛的男人才是古斯達夫．豪瑟，吧台邊那個人不是。

他們稍後離開了木蘭花酒吧。

馬斯壯和莫倫楞楞地跟著豪瑟。他披著墨綠色的皮大衣，戴著泰倫尼帽走在前面，領著兩人來到霍夫的公寓。

霍夫大約三十多歲，是個開朗的人。他介紹了他的家人：他的妻子、兩個小孩，還有一隻臘腸狗。後來，這四個男人一起出去吃晚餐，談論大家共同的嗜好。霍夫和豪瑟在這一行已是老江湖，而且各自擁有幾項特殊而實用的專長；此外，他們倆坐了四年牢才剛出獄，急著重操舊業。

和新夥伴相處了三天之後，馬斯壯和莫倫回到住處，繼續張羅這次的超級計劃。那兩名德國人保證會做好準備，屆時一定會出現。

他們必須在七月六號星期四現身。兩人於是在週三抵達瑞典。

豪瑟連車帶人從崔格爾搭早上的渡輪來到林漢，而霍夫則是搭歐雷桑公司的船在中午進港，他們約定好豪瑟要在斯德哥爾摩的史克邦街接霍夫。

霍夫從沒來過瑞典，連瑞典警察長什麼樣子也不知道，這可能就是他為什麼在入境時內心有些迷惑，舉止有些莽撞的原因。當他從阿布薩龍號的舷梯上走下來的時候，一名穿著制服的海關人員朝他走來，霍夫當下認為這個穿制服的人是警察，一定是走漏了風聲，所以他們是來逮捕他的。

就在同時，他看到豪瑟就坐在停在對街的轎車裡，開著引擎在等他。霍夫驚慌之下拔槍指著那名驚訝的海關。這位海關人員的未婚妻剛好在阿布薩龍號的餐廳裡做事，他只是來找她而已。在眾人都還來不及反應之前，霍夫已跳過碼頭和人行道之間的路障，橫衝直撞穿過幾部汽車、躍過另外一邊的路障、閃掉兩部長途卡車的夾殺，最後拔出手槍整個人撲進豪瑟的車裡。

豪瑟看到霍夫朝他衝過來，便用力打開車門，在他跑到之前讓車開始滑動；豪瑟接著猛踩油門，在眾人都沒來得及注意到車牌照號碼之前，就消失在轉角附近。他一路狂飆，直到確定無人前來阻攔，也沒有人跟蹤為止。

16.

據說好運和厄運總是此消彼長，所以當一個人走了楣運，一定有另一個人在走好運；反之亦然。

不論好運或厄運，毛立宗自認他都承受不起，所以他很少去碰運氣。他所有的行動都有一套他自行設計的雙重保全方案，足以保證安全，除非是許多不同的厄運在最不可能的組合下同時發生，才有可能導致無法避免的災難。

當然，職業上的挫折在所難免，但大都只是財務問題。然而，幾個星期前，義大利某個憲兵中尉出乎意料地不接受賄賂，查封了他們整車的色情書刊。不過要從那裡追到毛立宗身上是不可能的。

另一方面，毛立宗在幾個月前也捲入一起簡直莫名其妙的事件。然而這個事件並沒有任何影響，而且他覺得類似的事情大概要再過好幾年才會發生。根據某種自信，他認為他被捕的機會，比他在三十二個足球賭注中猜中十三個的機會還低。

毛立宗很少閒著，而這個星期三的節目尤其排得滿滿。他要先到中央車站去取別人委託他運送的毒品，再將毒品送往厄斯特馬地鐵站的寄物櫃；而後，他要把鑰匙交給某人，以交換一只裝了錢的信封；接著，他要去那個常有神祕信件要給馬斯壯和莫倫的固定地點查看有無來信。這讓他有點不快，因為儘管他努力想破解，卻還是猜不出寄信者是誰。然後，他會去購物，買內衣褲之類的。行程表的最後一項也是每天的例行公事——前往丹維克懸崖上的那間公寓。

那些毒品包括安非他命和大麻，全都巧妙地塞在一條麵包和一塊乳酪當中。而這麵包和乳酪則連同許多其他不會引人注意的東西，一起放在一個普通的購物袋內。

毛立宗拿到貨了，正站在中央車站外的行人穿越道上。他看起來就像是一個矮小、平凡卻正派的男人，手中正拿著購物袋。

有個老太太站在他旁邊，另一邊則有一個穿著綠色制服的女交警和其他人。在人行道上與他相隔五碼處，還有兩個看起來畏畏縮縮的警察，雙手背在後面站著。交通狀況一如往常，也就是非常擁擠，空氣中充滿讓人難以呼吸的廢氣。

燈號終於轉綠，眾人開始推擠，想打敗其他過路行人。有個人不小心撞到那位老太太，她回過頭來很害怕地說：

「我沒帶眼鏡所以看不清楚；不過現在是綠燈，不是嗎？」

「是的，」毛立宗親切地說，「我扶您過馬路，女士。」

經驗告訴他，助人的好心通常也會有些好報。

「真是謝謝你，」老太太說，「現在很少有人會想到我們這些老人了。」

「我不趕時間。」毛立宗說。他輕輕扶著她的手臂帶她過馬路。就在他們才走了離路緣三碼的距離時，另一個匆忙的行人又撞到老太太，她因此晃了一下。正當毛立宗抓住她、免得她跌倒時，他聽到有人喊道：

「嘿，你！」

他抬起頭來，看見那個女交警指著他，而且大呼小叫：

「警察！警察！」

老太太向四周看了看，有些不知所措。

「抓住那個小偷！」那個女交警大叫。

毛立宗皺起眉頭，但仍舊靜靜站著。

「什麼？」那位女士說，「怎麼了？」然後也跟著叫道：「小偷！小偷？」

那兩個警察衝了過來。

「發生什麼事？」其中一個警察大聲問道。

因為他說話有一種內爾徹*當地方言的哭腔，所以很難發出警察應當具備的嚴厲、冷酷聲調。

「搶皮包！」那個女交警手指著他喊著，「他想搶老太太的手提包。」

毛立宗看著她，心裡有一個聲音說：「閉上你的狗嘴，你這個該死的人猿！」

他大聲地說：「抱歉，這當中想必有點誤會。」

那名女交警的頭髮是金黃色的，年紀大約二十五歲，因為想設法將那張不太好看的臉弄得漂亮些，所以在上面畫塗了口紅也撲了粉，反而卻是弄巧成拙。

「我親眼看到的。」她說。

「什麼？」那個老太太說，「小偷在哪裡？」

「這到底是怎麼回事？」那兩個巡警同聲說。

毛立宗仍然保持冷靜。

「這完全是誤會。」他說。

「這個紳士只是要扶我過馬路。」老太太說。

「應該說是假裝要扶你。」金髮女交警說，「那是他們慣用的伎倆。他拿了這個老太婆——我是說老太太的袋子，所以她剛才差點跌倒。」

「你誤會了，」毛立宗說，「剛才是另一個人不小心撞到她。我只是扶住她，免得她跌倒受傷。」

「這招已經沒用了啦。」那個交通警察頑固地說。

兩名巡警互看了一眼。較具威嚴的那位顯然較有經驗，也比較大膽，他想了一下，採取了一個恰當的作法：

「你們最好跟我們走一趟。」他停頓一下，「你們三個，嫌疑犯、證人和原告。」

老太太似乎完全不知所措，那名交通警察的興致也立刻消失了。

毛立宗變得畏怯起來。

「這完全是誤會，」他說，「當然了，街上有這麼多搶匪，是很容易造成這種誤會。我不反對跟你去一趟。」

「到底是怎麼回事？」老太太問，「我們要去哪裡？」

「到局裡。」那個威嚴的警察說。

「局裡？」

＊ 內爾徹（Närke），位在瑞典中南部。

「警察局。」

他們一群人在來往行人的注視下離開。

「我可能看錯了。」金髮女郎猶豫地說。

平常都是她在記下別人的名字和車號，所以她不習慣別人記下她的姓名。

「沒關係，」毛立宗溫和地說，「保持目光銳利是對的，尤其在這種地方。」

警察們在火車站旁邊剛好有一間辦公室，平時除了能讓他們在這兒喝點咖啡，有時候也可以暫時充作拘留犯人的拘留所。

整套調查程序很複雜。首先是記下證人以及那看似被搶的老太太的姓名和住址。

「我想我弄錯了，」那名證人緊張地說，「而且我還有工作要做。」

「我們得把這事弄清楚。」比較有經驗的那名警察說。「搜他口袋，肯尼斯。」

那名來自內爾徹的男警開始對毛立宗搜身，找到幾件普通的物品；同時另一邊的問話仍繼續著。

「你的名字，先生？」

「亞那・連納・荷姆，」毛立宗說，「大家都叫我連納。」

「你的住址？」

「維克街六號。」

「對，名字沒錯，」另一名巡警說，「他的駕照上就這樣寫，所以應該沒錯。他名字是亞那・連納・荷姆，完全正確。」

然後那個問話的人轉向老太太。

「您有少了什麼東西嗎，女士？」

「沒有。」

「我快受不了了。」金髮女郎尖聲說，「你叫什麼名字？」

「那跟這件事無關。」巡警坦率的說。

「哦，別緊張。」毛立宗坐了下來。

「你有少了什麼東西嗎，女士？」

「沒有，你已經問過了。」

「你身上帶了多少錢，女士？」

「我的錢包裡有六百三十五克朗，還有一張五十克朗的支票和老人證。」

「那些東西還在嗎？」

「當然。」

巡警闔起他的筆記本，看著眼前這群人說：

「這件事大概就這樣了。你們兩個可以離開，荷姆留下。」

毛立宗把他的東西放回口袋。那個購物袋就擱在門邊，一根黃瓜和六根大黃的莖凸出袋外。

「購物袋裡面是什麼？」警察問他。

「一些食物。」

「真的嗎？肯尼斯，你最好也檢查看看。」

那名內爾徹男子開始拿出袋裡的東西，放在門邊那張他們下班後用來放帽子和腰帶的長凳上。毛立宗一語不發，靜靜地看著他的動作。

「沒錯，」肯尼斯說，「袋子裡是食物，就和荷姆先生說的一樣。麵包、奶油、乳酪、大黃和咖啡……是的，沒錯，和荷姆說的一樣。」

「噢，那麼這件事就這樣。肯尼斯，你可以把東西放回去了。」他的同事總結道。

他考慮了一下，又對毛立宗說：

「這樣吧，荷姆先生，這件事很抱歉。可是你應該了解，我們警察有警察的責任，很抱歉把你當成罪犯，希望沒讓你感到不便。」

「絕對沒有，」毛立宗說，「這是你們的職責所在。」

「那麼再見了，荷姆先生。」

「再見，再見。」

門打開來，另一名警察走了進來。他穿著藍灰色的連身工作服，前面牽著一隻狼犬，另一隻手裡還有一瓶汽水。

「受不了，外面還真熱。」他說著，把帽子丟到長椅上，「坐下，傑克。」

他鬆開領口釦子，將瓶子湊近嘴邊。然後他停了一下，生氣地再次說：

「坐下，傑克！」

那隻狗坐了下來，可是隨即又跳起來，嗅聞著那個倚著牆的袋子。毛立宗向門口走去。

「噢，再見，荷姆先生。」肯尼斯說。

「再見，再見。」毛立宗說。

這時，那隻狗的頭完全埋進袋子裡。毛立宗左手打開門，右手去拿袋子，可是那隻狗開始狂吠。

「等等！」穿工作服的警察說。

他的同事看著他，滿臉疑惑。毛立宗推開那隻狗的頭，然後拎起袋子。

「不要動！」這位剛進來的警察把瓶子放在長椅上說道。

「什麼？」毛立宗問。

「這是緝毒犬。」

那個警察說著，同時將手移向他腰間的槍。

17.

緝毒組組長名叫韓立克．雅克布森。他從事緝毒工作已將近十年，而且工作都處於極端壓力之下，大家都以為他應該會胃潰瘍、神經緊張，或是成天喋喋不休，然而他的身心狀況仍能應付大部分的工作，到現在還沒有什麼事能讓他驚訝。

他正對著切開的乳酪、中空的麵包以及裝著大麻和一堆安非他命膠囊的袋子沉思，他的助手則在他面前切著大黃。

毛立宗坐在他面前。他看似相當冷靜，內心卻不斷翻騰。他的雙重保全方案竟然在最不可能和最白癡的情形下被攻破了！這怎麼可能發生？發生一次他還能接受，但類似的事在幾個月前也發生過，這還是第二次。這個星期他應該會中十三張國家足球賽的運動彩票。

能說的他都說了，例如，這個來路不明的購物袋不是他的，是一個陌生人在中央車站交給他，要他轉交給瑪莉亞廣場的另一個陌生人。他知道這筆交易有些詭異沒錯，但他抗拒不了那個陌生人給他的一百克朗。

雅克布森只是聽著，沒有打斷他或做任何評論，但也毫無被說服的樣子。他說：

「唉，荷姆，我說啊，你一定會被關進拘留所，明天早上大概就會被正式逮捕。要是不妨礙調查，不會讓調查工作更加複雜的話，你可以打一通電話。」

「真的那麼嚴重嗎？」毛立宗謙遜地說。

「這就要看你的『嚴重』是什麼意思。我們得看看他們會在你家搜到什麼。」

毛立宗非常清楚他們會在維克街上那間套房裡找到什麼，不過就是幾件家具和舊衣服，所以他並不擔心。他們可能會問其他幾隻鑰匙是做什麼用的，這點他也不擔心，因為他不打算回答。這樣他在高迪特公園阿姆菲德斯街上的另一個住處仍會非常安全，那些笨警察和討厭的四腳獸不可能找到那兒。

「我會被罰款嗎？」他問，態度更加謙遜。

「不會，不會，老傢伙，」雅克布森說，「我確定你會被關進牢裡，所以，荷姆，你的處境相當不利。對了，要喝咖啡嗎？」

「謝謝，要是不麻煩的話，我想要一杯茶。」

毛立宗正在做最壞打算，他的處境比雅克布森說的還糟糕。事實上，他在警局裡留有指紋記錄，不久後，電腦會挑出一張卡片，上面不會是「連納・荷姆」，而是完全不同的姓名，這會引出許多令他難以回答的問題。他們喝著茶和咖啡，而且吃了半塊蛋糕。那個助手始終神情專注，像是專業外科醫生，正嚴肅地用解剖刀將黃瓜切成薄片。

「裡面沒有其他東西了。」他說。

雅克布森慢慢點著頭，咬著嘴裡的蛋糕說：

「這對你也不會有任何影響。」

毛立宗心裡已經做好打算。沒錯，他輸了，但還不到一敗塗地的程度。在被宣告失敗之前，在查證單位把資料放在雅克布森的桌上之前，他必須採取行動，否則之後不論他說什麼，都不會有人相信他的話。他放下紙杯，身體坐正，用一種完全不同的音調說：

「我認輸，不會再玩任何把戲。」

「謝謝。」雅克布森平靜地說。

「我的名字不是荷姆。」

「不是嗎？」

「不是，我是這麼稱呼自己沒錯，但那不是我的真名。」

「那你叫什麼？」

「菲利普．費思佛．毛立宗。」

「這個名字讓你覺得慚愧嗎？」

「說真的，我被關過一兩次，不過那已經是很久以前的事。一旦你被判過刑，大家都知道你的名字，你應該明白這種情況。」

「當然。」

「一旦知道你被關過，那些條子就會來找……對不起，我是說警察。」

「沒關係，我沒那麼敏感。」

雅克布森沉默了一會兒。毛立宗焦急地看了一下牆上的時鐘。

「我不是因為什麼大案子而被捕，真的，只是收了一些贓物、持有槍械等等。還有一次是闖空門，不過那是十年前的事。」

「所以，你從那時起就改過自新了，是這樣嗎？」雅克布森說，「變成好人了？還是你又多學到了一些花樣？」

毛立宗的答覆是一抹奸笑。

雅克布森卻毫無笑意。他說：「你到底想怎麼樣？」

「我不想再進去。」

「但你已經進去過了，而且事過境遷之後，也不覺得那有多嚴重，對吧？這城市多的是坐過牢的人，我每天都會碰到好幾個。只不過是休息幾個月嘛，又不會有什麼傷害。」

毛立宗心想，他面對的可不是短暫的假期。看著眼前那些引起禍端的東西，想到他要是真的被捕，警方過不了多久就會查出所有事情，而且還可能連帶發現另外一些，那麼結果可就完全不好玩了。另一方面，他在特定幾家海外銀行裡還有不少存款，如果能擺脫眼下這個困境，他一定要火速離開這座城市，逃出這個國家；之後一切就能迎刃而解。無論如何，他本來就計劃退出這一行，同時也想結束色情書刊和毒品的買賣生意；而且，雖然待遇很好，但他也不想繼續為馬斯壯和莫倫這種人跑腿了。他想插手乳品業。走私丹麥奶油到義大利的利潤相當可觀，而且這其實算是合法的，唯一風險是可能會被黑手黨幹掉。想想，這種風險倒也不算小。總之，使出絕招的時刻到了。毛立宗說：

「銀行搶劫的案子是誰在負責？」

「推土——」雅克布森脫口而出。

「推土機。」毛立宗立即說。

「地方檢察官奧森。」雅克布森說，「你想告密？」

「我也許能提供一些消息。」

「你不能把這個消息直接告訴我嗎？」

「這件事很機密，」毛立宗說，「我想，只要一通簡短的電話就可以。」

雅克布森考慮了一下。他知道警政署長和他的助理曾說過偵破銀行搶案非常重要，唯一可能比這件案子還嚴重的，是對美國大使丟雞蛋。他把電話拉過去，直接撥給國王島街的特別小組。

接電話的正是推土機。

「我是奧森。」

「我是韓利克・雅克布森。我們逮到一個毒販，他說有事要跟你說。」

「關於銀行搶案的？」

「看來是。」

「我馬上到。」

他確實很快就來了。推土機急切地進到房間，開始一段簡短的談話。

「你想談些什麼，毛立宗先生？」推土機問道。

「你不會碰巧對馬斯壯和莫倫這兩個傢伙有興趣吧？」

「沒錯，正好就是。」推土機舔了舔嘴唇，「非常有興趣。毛立宗先生，你究竟知道什麼？」

「我知道馬斯壯和莫倫人在哪裡。」

「現在？」

「對。」

推土機興奮地搓著雙手，接著才後知後覺地說：

「我想你是要討價還價，對吧，毛立宗先生？」

「我傾向到一個比較愉快的地方討論這整件事。」

「嗯，」推土機說，「我的辦公室會令人比較愉快嗎？」

「那當然，」毛立宗說，「可是，檢察官先生，我想你得先和這位先生討論一下吧？」

雅克布森一直在聽他們的談話，臉上卻沒什麼表情。

「是的，」推土機熱切的說，「我們必須談談，雅克布森。我們能私下談嗎？」

雅克布森順從地點點頭。

18.

雅克布森是個務實的人，所以能冷靜地看待這件事。他和推土機只是泛泛之交，但是另一方面，他也知道大家對奧森的風評，這些就足以讓他還沒開戰就先宣告投降。

他辦公室的陳設很樸實。陰冷的室內擺了一張書桌、兩張椅子和一只檔案櫃，地上甚至沒鋪地毯。雅克布森靜靜地坐在他的桌位。

推土機低著頭走來走去，手交握在背後。

「只有一個重要的技術性問題。」他說，「毛立宗算是被捕了嗎？」

「還沒。」

「太好了，」推土機說，「太完美了，那我們根本不必討論這些了。」

「也許吧。」

「如果你要的話，我們可以聯絡警政署長……還有局長和督察長？」

雅克布森搖搖頭，他太了解那些官居高位的人。

「那這件事就了結囉？」推土機說。

雅克布森沒回答。

「你幹得不錯。你已經知道他是誰，可以開始監視他，以備日後之需。」

「是的，我會跟他說。」

「好極了。」

雅克布森走到毛立宗面前，看了他一陣子，然後說：

「嗯，毛立宗，這件事我想了一下。你是從一個陌生人那兒拿到這個袋子，而且要把袋子交給另一個陌生人。這類交易常常有這種事。我們很難證明你沒說實話，所以沒有理由逮捕你。」

「我明白。」毛立宗說。

「當然，我們會扣留這些東西——我們假設你說的都是實話。」

「這是要放我走嗎？」

「對，只要你願意接受推土……奧森檢察官的吩咐。」

推土機一定是在門邊偷聽，因為門一下子就彈開來，他接著一頭栽進來。

「跟我走。」他說。

「馬上？」

「我們可以到我的辦公室談。」推土機說。

「當然，」毛立宗說，「這是我的榮幸。」

「我可以跟你保證。」推土機說，「雅克布森，再見。」

雅克布森沒說什麼，只是茫然地看著他們離開，這種事他已經很習慣了。

十分鐘後，毛立宗無疑成為特別小組辦公室裡的大紅人。他挑了一張最舒服的椅子坐下，身旁全是一些有名的刑警。

柯柏看著他的購物單說：

「一打內褲和十五雙短襪，是誰要用的啊？」

「莫倫要兩雙，我想其他都是另一個傢伙要的。」

「這個馬斯壯是會吃內褲嗎？」

「我想不是。不過他換下衣服後就會把舊的扔掉。他還喜歡一種特別的款式，法國牌子，只有在莫里斯精品男裝店才買得到。」

「有這種習慣，難怪他得搶銀行！」

隆恩非常疑惑地問：「對了，什麼是天體觀測儀？」

「稍微舊式的六分儀，雖然兩者還是有點不太一樣。」剛瓦德・拉森回答他，而後他也提出疑問：「為什麼兩個男人需要四副唐老鴨面具？」

「別問我，他們已經有兩個了，是我上星期買的。」

隆恩想了一下說：「嗯，『六盒九』是什麼？」

「一種特別的保險套，」毛立宗厭煩地說，「戴上去看起來會有點像根警棍，還有深藍色制服和粉紅色的大鼻子。」

「不要再對這張紙傷腦筋了，」推土機和藹地說，「毛立宗先生沒有義務為我們提供娛樂，我們可以自己找樂子。」

「我們可以嗎？」柯柏認真地問。

「別了吧。我們還是言歸正傳。」推土機拍著手，像是要激勵大家。

他審視了一下自己的兵力：除了柯柏、隆恩和剛瓦德・拉森之外，這個小組還有兩名比較年輕的刑警，一名催淚瓦斯專家，一名電腦處理員，以及一個超級無能的巡警，名字是玻・薩克里森。大家總認為他這個人可有可無，所以他能配合各個特別小組，而現在人手正是青黃不接的時候。

自從看過那部怪異的影片之後，警政署長和其他高層就沒再發布任何命令了，這相當令人欣慰。

「我們現在預演一遍。」推土機說，「毛立宗在六點整會按下門鈴。我們可以再聽一遍那個信號嗎？」

柯柏輕輕敲著桌子。

毛立宗點頭。

「沒錯。」他說。

柯柏再敲一次。

「聽起來就是這樣。」

先是一短聲，然後一長聲；停一下，再四短聲；再停一下，再一長聲；然後馬上是一短聲。

「打死我也學不會那種節奏。」薩克里森垂頭喪氣說著。

「我們先試試看，不然就讓你做其他工作。」推土機說。

「什麼工作？」剛瓦德·拉森問。

他是這個小組裡唯一和薩克里森合作過的人。但彼此配合得不是很好。

「那我要做什麼？」電腦員問道。

「對了，其實我上週一就開始在想這件事，」推土機說，「是誰派你來的？」

「我也不知道，是某個督察叫我過來的。」

「也許你可以想點事情，」剛瓦德・拉森說，「例如告訴我押什麼號碼會中樂透。」

「那是不可能的，」那位專家抑鬱地說，「我每個禮拜都在試，已經試了一年了。」

「我們開始演練吧。」推土機說，「誰要去按門鈴？」

「柯柏。」剛瓦德・拉森說。

「沒錯，很好。馬斯壯來開門，他以為是毛立宗帶著天體觀測儀和內衣褲還有其他東西，不過他看到的是……」

「我們。」隆恩嚴肅地說。

「完全正確。」推土機說，「他和莫倫會非常困惑，不知所措。想想他們的表情！」他在房間裡踱步，沾沾自喜地微笑著。「再想想盧斯那副目瞪口呆的樣子！一舉將死他們。」推土機被這些想法沖昏頭，但他很快就恢復理智，繼續說道，「唯一的問題是馬斯壯和莫倫手上有武器。」

剛瓦德・拉森不在意地聳聳肩。

「這關係不大啦。」柯柏說。

如果真的開戰，他和剛瓦德・拉森都很能打。不過馬斯壯和莫倫看見敵人的火力之後，大概不會有任何反抗。

推土機猜到了柯柏的想法，他說：

「我們要記得，他們可能會不顧一切殺出一條生路。這也就是你要採取行動的時候。」他指著催淚瓦斯專家，專家點點頭。

「我們還會有一個人和一隻狗在門外。」推土機說，「狗可以攻擊……」

「這怎麼解決？」剛瓦德．拉森說，「是要那隻死狗戴上防毒面具嗎？」

「好主意。」毛立宗說。

每個人都狐疑地看著他。

「所以，」推土機說，「第一種可能：馬斯壯和莫倫想反抗，但在警犬和催淚瓦斯的攻擊下被擊敗。」

「兩個一起嗎？」柯柏懷疑地說。

不過推土機正說得興起，所以不在意他人的異議。

「第二種可能：馬斯壯和莫倫不做任何反抗。警察帶著手槍強行進入房內，並且包圍他們。」

「我可不帶槍喔。」柯柏說。

柯柏很有原則，拒絕帶手槍。

推土機這時候已興奮到極點：

「那兩個罪犯被解除武裝，而且銬上手銬；接著我親自走進去跟他們說他們被逮捕了，隨後兩人被押走。」有一下子，他幻想著這些美好的景象。他繼續興致勃勃地說：「我們也有第三種有趣的可能：馬斯壯和莫倫根本不開門，他們非常謹慎，仔細聽著門鈴的信號。現在讓我們考慮這種狀況。如果他們沒有回應，毛立宗說他們的約定是他先走開，到附近等候，十二分鐘後再回來，重覆相同的信號。所以我們也一樣，等十二分鐘再按鈴，接著發生的若不是第一種情況，就會是第二種。這個我們前面已經分析過。」

柯柏和拉森交換了會心的一瞥。

「再來是第四個——」推土機開始說。

但是柯柏打斷他說：

「其他的也不過是這兩種情況中的一種。」

「我不能有任何閃失。第四種情況是馬斯壯和莫倫還是不開門，要是那樣，你們就衝破門，然後——」

「然後準備好我們的槍，衝進去包圍那些罪犯。」拉森說完後深深嘆了一口氣。

「完全正確，」推土機說「就是這樣，最後我走進房間裡將人拘捕。太完美了！大家對整個過程都已瞭如指掌，所有的可能也都考慮到了，對嗎？」

眾人皆沉默不語。然後薩克里森喃喃說道：

「第五種可能：那些歹徒不開門，反而用輕機關槍將我們一一射殺，之後揚長而去。」

「白癡。」拉森說，「首先，馬斯壯和莫倫被捕過很多次，卻沒有一次有人受傷。還有，他們只有兩個人，而我們在門外則有六個警察和一隻狗，樓梯上還有十個人，街上會有二十個，檢察官也會在閣樓或他認為適合自己出現的地方。」

薩克里森看起來有些洩氣，但還是忍不住冒出最後一句話：

「世事難料啊。」

「我也要去嗎？」電腦員問道。

「不必。」推土機說，「我找不到什麼能讓你做。」

「沒電腦你就沒有用了。」柯柏說。

「也許我們可以派個吊車把電腦吊過去給他用。」剛瓦德．拉森說。

「你們都清楚公寓的格局和所有出入口了，」推土機歸納，「那棟房子我們已經仔細觀察了三個小時。一如預期，沒有什麼事情發生，馬斯壯和莫倫不可能知道他們會發生什麼事。各位，我們準備好了。」他從上衣口袋拿出一只古董錶，打開錶蓋，「我們三十二分鐘後行動。」

「他們不可能從窗口逃走嗎？」薩克里森提出疑問。

「我看不會。」剛瓦德・拉森說，「房子在四樓，你知道，而且那裡沒有逃生梯。」

「那是第六種可能。」薩克里森說。

推土機現在轉向毛立宗，毛立宗先前只是冷冷地旁觀他們爭辯。

「我想你不介意跟我們一起去吧，毛立宗先生？也許你會想見見你的朋友？」

毛立宗不知是聳了聳肩，還是抖了一下。

「我想我們可以把你放在一個舒適又安靜的地方，直到整個事件解決。畢竟你是個生意人嘛，毛立宗先生，所以你應該了解，就某方面來說，我也算是。要是我發現你在戲弄我們，我們的交易條件可就不一樣了。」

毛立宗點點頭。

「好。不過我知道他們確實就在那裡。」

「我認為毛立宗是個該死的鼠輩。」剛瓦德・拉森自顧自地說道。

柯柏和隆恩再次研究那棟公寓的平面圖。這張圖是根據毛立宗的描述所畫的，所以相當正確。柯柏將紙摺好，放進口袋。

「好吧，我們可以出發了。」他說。

毛立宗提高聲音說：

「站在朋友的立場，我只想說，馬斯壯和莫倫比你們想像的還危險許多。他們一定會試圖反抗，殺出一條路，所以不要冒任何危險。」

剛瓦德．拉森冷峻地看著毛立宗說：

「你這麼說，根本是存心希望我們當場擊斃你那兩個朋友，這樣你後半輩子就不必擔心走到哪兒都被他們嚇得半死。」

「我只是好心警告，」毛立宗說，「你不必動怒。」

「滾開，你這隻該死的豬。」剛瓦德．拉森說。

他極不願意和他瞧不起的人稱兄道弟，管他是線民或警政署的同事都一樣。

「一切準備都已就緒，」推土機掩藏不住心中的激動說：「行動開始了，我們出發吧！」

•

丹維克懸崖上那棟房子就如預想的一樣，吻合毛立宗描述的細節，「S．安德生」這個名字果真就掛在門牌上。

剛瓦德・拉森和隆恩分別站在門的兩側，緊挨著牆壁。兩人手裡都有槍，剛瓦德・拉森拿的是自己的史密斯&威森點三八，隆恩則握著平常用的七點六五華瑟。柯柏站在他們中間，他身後的樓梯上則擠滿人：薩克里森和手持催淚瓦斯槍的男人，馴犬師和狗，兩個新來的刑警，加上幾個身穿制服的巡警，他們都拿著輕機關槍，穿著防彈背心；推土機應該是在電梯裡。

一個充滿武器的世界，柯柏心想。他看著剛瓦德・拉森手上那只錶的秒針，而他自己，當然，沒有任何武器。

還有三十四秒。剛瓦德・拉森的錶很名貴，可以保持時間精準。

柯柏完全不害怕。他當警察已經太久了，所以不怕馬斯壯和莫倫這樣的人。另一方面，他很好奇這兩個坐擁武器、內衣褲、一堆鵝肝醬及俄國魚子醬、而且與世隔絕的人，都在想些什麼，談些什麼。

十六秒。

他們其中一個，大概是莫倫，顯然是個頂級老饕——如果毛立宗的話可信。柯柏相當了解這種癖好，他自己就是一個雅好美食的人。

八秒。

如果莫倫和馬斯壯被銬上手銬帶走，那些美食怎麼辦？可不可以跟莫倫便宜買過來？還是會被當成贓物沒收？

二秒。

俄國魚子醬，那種有金色蓋子的，萊納．柯柏想著。

一秒。

零秒。

他將右手食指放在門鈴上：非常短的一聲，長聲，停，短聲，短聲，短聲，短聲，停，長聲，非常短的一聲。

每個人都在等。

某個人深深吸了一口氣。

一隻鞋咯吱作響。

薩克里森不知道為什麼讓他的槍發出了聲響。槍怎麼會嘎嘎作響？

嘎嘎槍。這字真有趣，柯柏心想。他的胃發出隆隆聲，大概是想到俄國魚子醬的關係，這讓人聯想到帕夫洛夫的狗*。

---

* 巴夫洛夫（Ivan Pavlov, 1849-1936）俄國生理、心理學家，曾利用狗聽到鈴聲就聯想到食物而流口水的實驗，研究制約反應。

但是一切僅止於此。在這兩分鐘裡，門內的人沒有對鈴聲做出任何反應。依照計劃，他們現在要再等十分鐘，然後再按鈴。

柯柏舉起右手，示意後面的人撤退。這時只有薩克里森、那隻狗、馴犬師和催淚瓦斯專家還在那兒。於是前面三人上了樓梯，其餘的則下樓。隆恩和剛瓦德・拉森留在原地不動。

柯柏對攻堅流程一清二楚，但是他也知道剛瓦德・拉森絕對不會依照計劃行事，所以他悄悄朝著某邊移動。

剛瓦德・拉森也移到門前，打量著這扇門。這扇門看起來不難對付。

剛瓦德・拉森熱愛破門而入，柯柏心想，而且幾乎每次都會成功，但是柯柏原則上並不喜歡這種作法。所以他搖搖頭，一臉不贊成。

一如所料，剛瓦德・拉森根本沒去注意他的表情，反而向後退至牆邊，然後右肩頂著牆壁。

隆恩似乎也在打同樣的主意。

剛瓦德・拉森彎下腰，左肩朝前，準備撞門。他簡直就像是一根活生生的破城槌——六呎三又二分之一吋長，兩百三十八磅重。

到了這個地步，柯柏當然也義不容辭，一定要衝了。然而沒有人能預見下一刻會發生什麼事。

剛瓦德．拉森向前撲過去，而這門竟像從來不曾存在似的，以飛快的速度彈開。

由於毫無阻力，剛瓦德．拉森直衝而去，連煞車的機會都沒有；他完全失去平衡，而且全身都向前傾，就像個高速的起重機，腦袋直接撞到房間另一頭的窗框，身體其他部分則像一塊遵循著地心引力定律的巨大泥塊；他翻了幾轉，但是很不幸地轉錯方向，背部撞破窗玻璃，於是整個人連同一堆碎玻璃往後跌出窗外。

他在最後一刻丟掉槍，用大手抓住突出的窗台。他全身幾乎都吊在五層樓高的窗戶外，因此死命以右手和右小腿鉤著窗戶，鮮血從他手上的傷口裡湧出，他的褲管也開始變紅。

隆恩的動作沒那麼快，但是他仍然在門再次伴隨鉸鍊尖銳的聲響而關上前，跨過了門檻；整個門撞上他的額頭，他向後倒去，跌在地上，槍也掉了。

當門再次打開時（也就是它和隆恩互撞之後），柯柏也衝進房內。他匆匆環顧四周，發現裡面唯一的人跡就是剛瓦德．拉森的一隻手和他的右小腿。柯柏跑向前，雙手抓住那條腿。

眼看剛瓦德．拉森就快要墜樓身亡，柯柏用他全身可觀的重量壓住那條腿，再以右手抓住這位同事不斷揮動的左臂；有那麼幾秒，重量比例好像不對了，他們兩個都有跌出窗外的危險，但是剛瓦德．拉森割傷的右手沒有放鬆，而柯柏則使盡所有力氣，終於把身陷險境的同事給拉了一半進來。雖然衣衫都割破了，全身也都是血，但拉森至少暫時安全了。

這時，尚未失去意識的隆恩已四腳爬過門檻，同時摸索著剛才跌倒時丟掉的槍。

隨後出現的是薩克里森，緊接著狗也跳了進來。薩克里森看見正在爬行的隆恩，看見他額頭上的血不斷滴落在地上的槍上，他也遠遠望見柯柏和剛瓦德・拉森血跡斑斑地糾纏在玻璃粉碎的窗邊，全然無法動彈。

薩克里森大叫：「不要動！警察！」

他接著扣下扳機，一顆子彈射中天花板上的燈，白色玻璃球的爆炸聲震耳欲聾；接著他轉過來，朝那隻狗開了一槍。那隻畜牲立刻跌坐下去，發出一陣痛徹心扉的哀叫聲。薩克里森的第三發子彈穿過浴室開著的門，貫穿熱水管，一條長長的熱水柱噴入房裡；最後他又開了一槍，但沒有擊發，因為他的槍卡死了。

馴犬師睜大雙眼衝了進來：「這個混蛋竟然對著『小子』開槍！」他痛心地喊道，而且掏出槍揮舞著，怒目四射地想找報仇的對象。那隻狗的叫聲更加淒厲了。一個穿著藍綠色防彈背心的巡警拿著一把上膛的輕機關槍衝進門來，但卻絆到隆恩，旋即笨重重地摔倒在地板上，武器順勢飛過鑲木地板；那隻受了重傷的狗馬上用力咬住他的大腿，巡警開始大聲求救。

此刻柯柏和剛瓦德・拉森總算爬進屋內。他們全身是傷，而且筋疲力竭，但是他們倆都清楚知道了兩件事，第一：公寓裡沒有人，馬斯壯或莫倫都不在，更沒有其他人；第二：門沒上鎖，甚至沒關好。

從浴室噴出的熱水柱沸騰地冒著蒸氣，不斷打在薩克里森的臉上。穿著防彈背心的巡警爬向他的輕機關槍，而那隻狗也不放棄地追隨在他身後噴氣，牙齒深深陷進他那條肉多結實的腿裡。

忽然，剛瓦德．拉森舉起他滿是鮮血的手，吼道：「住手！」說時遲，那時快，催淚瓦斯專家已經從門外快速朝內投擲了兩枚催淚彈，就掉在隆恩和馴犬師之間的地板上，而且立刻炸開。

某個人又開了最後一槍——到底是誰，無人確知，也許是馴犬師吧——那顆子彈擦過離柯柏膝蓋半吋的電暖器旁，接著呼嘯地穿進樓梯間，打中催淚瓦斯專家的肩膀。

柯柏試著大叫：「我們投降！我們投降！」，但是他只發得出沙啞的嘎嘎聲。

熱水蒸氣和催淚彈煙霧很快充滿整個房間，沒有人看得見其他人。裡面的六個男人和一隻狗不斷在呻吟、叫喊兼咳嗽。

門外的樓梯上則是催淚瓦斯專家坐在地上呻吟，他的右手壓住左肩。

推土機憤怒地從樓上衝過來問道：

「發生什麼事？怎麼了？怎麼會這樣？」

那個充滿霧氣的房間傳來陣陣哀號、狗掙扎的叫聲和求救的呼喚，還有人大聲咒罵著。

「所有行動全部停止。」推土機有氣無力地下達這個命令，因為他自己也開始咳個不停。那一團瓦斯漸漸朝他逼近，使得他得退到樓上。他挺起腰桿，轉身對著此刻已看不清位置的門口。

「馬斯壯、莫倫，」他以極具權威的聲音說著，同時眼淚也不斷流到臉上。「丟下你們的武器，把雙手舉起來。你們被捕了！」

19.

一九七二年七月六日，在這個星期四的早上，特別小組成員的臉色無不蒼白，卻也很鎮靜；總部裡的氣氛非常凝重。經過昨天的事件之後，沒有人笑得出來，尤其是剛瓦德・拉森。電影裡如果有人衝出窗外，高掛在五層樓高的地方，或許會很有笑點，但這在現實中一點也不好笑，手和衣服被撕裂也不怎麼有趣。的確，剛瓦德最在意的是他的衣服，他總是會從衣櫥中精挑細選最合適的服裝來穿，而他的衣飾也花掉他不少薪水。而現在，不知已是第幾次了，他的貴重衣服再次成為執勤中的犧牲品。

埃拿・隆恩也高興不起來，就連柯柏也無法拿那種滑稽的狀況開玩笑，雖然那真的很滑稽。當時現場那種緊張的情緒，此刻在他腦海中仍舊非常清晰。那時他真的相信他和剛瓦德・拉森在摔落地上成為一攤肉泥之前，只剩五秒能活了。柯柏沒有任何宗教信仰，他不相信天上有一個很龐大的警察總部，裡面住著有翅膀的刑警。

雖然事前他們非常詳細地分析過丹維克懸崖之戰的細節，不過事後撰寫的報告卻相當含糊。

那是柯柏寫的。

光是人員的折損就明顯擺在眼前：有三個人被送進醫院，不過沒有生命危險，也不會造成永久的傷害；催淚瓦斯專家只是肩膀受了點皮肉傷；薩克里森的臉被燙傷，醫生說他受到驚嚇，精神似乎有點不正常，而且連一些簡單的問題也答不出來。不過這可能是因為醫生不認識他，所以高估了他的智力——要再低估也不太可能了。被狗咬到的巡警希望能請幾個星期的病假，因為肌肉裂傷和肌腱受傷無法快速痊癒。

傷勢最嚴重的是那隻狗。獸醫學院外科診所的報告說，雖然他們已經將子彈取出，但萬一傷口感染，還是得將牠安樂死，不過「小子」很年輕也很強壯，他們認為牠的情況大致上還算令人滿意。任何一個熟悉獸醫學院專用術語的人都知道，這種說法就代表希望渺茫。

埃拿．隆恩的額頭上有一大片繃帶和兩塊瘀血，這不過讓上天賜給他的紅鼻子更顯突出。

剛瓦德．拉森確實應該在家修養。右手和膝蓋緊緊纏著繃帶的人實在不宜再來上班，何況他的頭上也腫了一個大包。

至於柯柏，雖然頭脹得發痛（在他看來，那是因為戰場上不新鮮的空氣所致），但已算是情況比較好的。由干邑、阿斯匹靈和妻子纏綿的關懷所組成的特效藥，顯然發揮了短暫但正面的功效。

敵人的損失則不值得一提——他們甚至沒上戰場。警方沒收了幾樣東西：一捲衛生紙、一盒裝著線軸的紙盒、兩罐越橘果醬和幾件穿過的內衣褲。但就連推土機也無法宣稱損失這些物品足以重挫馬斯壯和莫倫的威風，或是阻礙他們未來的行動。

八點五十二分，推土機像一陣暴風似地走進來。他已經參加過兩場晨間會議，一個在警政署，另一個是與詐欺組的人會談。此刻，他一副鬥志昂揚的模樣。

「早早早，」他愉快地大叫。「喂，弟兄們，你們都好嗎？」

這些弟兄變得比平常更像中年人，沒有任何人回應。

「盧斯昨天耍了一些小聰明，」奧森說，「但是我們也不必氣餒，就當成是損失幾個主教和小卒吧。」

「我看啊，比較像是沒棋好下了。」西洋棋高手柯柏說。

「但現在正是我們要採取行動的時候。」推土機叫道，「把毛立宗抓來，我們探探他的意向。他一定有錦囊妙計！他現在一定很害怕，各位先生，很害怕！他知道馬斯壯和莫倫正準備要來收拾他，此刻我們害他的最好方式就是放他走。這一點他清楚得很。」

隆恩、柯柏和剛瓦德・拉森紅著眼，看著他們的頭頭。他們不願意再次依毛立宗的指示行動。

推土機仔細地打量他們，他也一樣雙眼紅腫。

「我昨晚在想一件事，各位兄弟，你們認為如何，我們是不是該找些年紀比較輕、比較有活力的警察來支援？我是說，再碰到昨天那樣的情況時？」在簡短停頓一下之後，他又說：「我們實在不應該讓已經習慣安定、又身居要職的中年人去衝鋒陷陣，開槍撞門的。」

剛瓦德・拉森長嘆一口氣，頭也垂得更低了些。那樣子就像背上剛被人插了一刀。

是呀，柯柏心想，這話說得沒錯。但下一秒他開始憤怒起來。中年人？習慣安定？什麼跟什麼！

隆恩在喃喃自語。

「你說什麼，埃拿？」推土機和藹地問他。

「噢，那不是我們開的槍。」

「是沒錯，」推土機說，「是沒錯。好，我們現在必須重整旗鼓。把毛立宗帶進來！」

毛立宗在牢裡待了一晚，他覺得比平日在家裡還舒適。因為他有自己的夜壺，還有毛毯可蓋，警衛甚至還問他要不要喝水。

毛立宗對這些安排毫無怨言，而且據說他睡得非常香甜，不像之前第一次被捕的那晚。當他得知馬斯壯和莫倫根本不在那裡時，似乎相當煩惱，更別說訝異。

然而，由刑事局的調查得知，他們當時才剛離開那裡。因為現場到處都是那兩個男人的指紋，而且毛立宗的右手拇指和食指指紋還出現在一個果醬瓶上。

「你們知道這代表什麼嗎？」推土機問。

「知道，」剛瓦德．拉森說，「代表照此情況，他和一罐越橘果醬有關。」

「正是！」推土機興奮地說。「事實上，我們已握有對他不利的證據，可以呈上法院的證據。不過我想的不是這個。」

「那你到底在想什麼？」

「這表示毛立宗說的都是事實，而且還能繼續告訴我們他知道的其他事。」

「是啊，有關馬斯壯和莫倫的事。」

「就是這樣。好戲才剛要上場，對吧？」

毛立宗再度坐在他們當中，同樣矮小而不起眼，有禮貌到極點。

「嗯，我親愛的毛立宗先生，」推土機友善地說道，「事情未如我們預期。」

毛立宗搖搖頭。

「這就奇怪了，我不懂，他們一定是有第六感。」

「第六感。」推土機又開始幻想，「是的，有時候你的確可以相信第六感。現在，盧斯如果……」

「那是誰？」

「沒什麼，毛立宗先生，沒什麼，我只是在自言自語。只是還有一件事困擾著我。我們私下的協議不算公平。我已經幫了你一個大忙，毛立宗先生，而我還在等，等一個交換條件。」

毛立宗深思了一會兒。最後他說：

「你是說我還是無法恢復自由？」

「這個嘛，」推土機說，「是，也不是。整體說來，販毒是項重罪。我想，毛立宗先生，你至少會……」他沒有說下去，只是數著手指。「好吧，我想我可以保證八個月，或至少六個月。」

毛立宗平靜地看著他。

「但是另一方面，」推土機的語氣變得比較有生氣地說，「上回我已經答應免除你的罪了，可不是嗎？那是假設我能得到一些交換條件的話。」推土機挺直背脊，雙手合十，接著殘忍地說，「換句話說，如果你不立刻吐出有關馬斯壯和莫倫的一切，我們會把你視為共謀。我們在公寓裡發現了你的指紋，我們會把你送回去給雅克布森，還有，我們會讓你在這裡遭受一陣毒打。」

剛瓦德．拉森很感激地看著這個特別小組的頭子說，「啊，我個人很樂意動……」他沒有再說下去。

毛立宗的眼睛眨都沒有眨一下。

「好吧，」他說，「我有一些情報可能會對找到馬斯壯和莫倫有幫助……而且還能幫你們解決其他案子。」

推土機的眼睛一亮。

「很有趣，毛立宗先生！這個小小的甜頭是什麼？」

毛立宗看著剛瓦德．拉森說道：

「很簡單，你的貓就能解決這件事。」

「我的貓？」

「是啊。不過，要是你又搞砸了，可別怪我。」

「親愛的毛立宗先生啊，講話可別這麼刺耳。我們和你都一樣，想抓到這兩個傢伙。但是老天爺，你究竟知道些什麼？」

「他們下一個行動的計劃，」毛立宗低聲說，「時間表和所有細節。」

奧森檢察官的眼珠子幾乎就快掉出來，他先繞了毛立宗的座椅三圈，然後像個瘋子似地叫道：

「快說，毛立宗先生！把祕密說出來！你已經自由了！如果你要，我們甚至會派警察保護你。不過，快告訴我們，毛立宗，全部說出來！」

特別小組的其他成員也被奧森的好奇心感染，紛紛站了起來，浮躁地圍著毛立宗這個線民。

毛立宗倒也不囉嗦。「好吧。我答應幫馬斯壯和莫倫去處理某些事，像是購物等等的。他們不喜歡外出，懂嗎？我每天還會到伯卡區的一家雪茄專賣店去拿莫倫的信件。」

「哪一家雪茄專賣店？」柯柏立刻問道。

「哦，告訴你也無妨，雖然對你們也不會有什麼幫助。我查過了，看店的是一個老太婆，而信每次都是由不同的老頭子拿去的。」

「哦？」推土機說。「信？什麼信？有幾封？」

「全部只有三封。」毛立宗說。

「都是你拿給他們的？」

「對，可是我都會先打開來看看。」

「莫倫沒注意到嗎？」

「沒有，沒人會注意到我開過他們的信。我有一個非常完美的方法，懂嗎？化學方法。」

「當然。那些信裡都寫些什麼？」

推土機至此根本站不住了，他就像隻肥胖的短腳雞，在炙熱的烤架上東蹦西跳般地走來走去。

「前兩封信並沒有什麼特別之處。大概是說有兩個叫『H』的傢伙，而這兩個『H』要到一個叫『Q』的地方，諸如此類的。只是很短的信，有點像是密碼。我把信封黏回去，然後交給莫倫。」

「那第三封呢？」

「第三封是前天來的，說來也是最有趣的一封。那就是他們下一起行動的計劃表。如同我剛才說的，一個詳細的行動計劃。」

「你把信交給莫倫了？」

「對，有三大張，我當然把信交給了莫倫。不過我先複印了一份，放在安全的地方。」

「噢，我親愛的毛立宗先生，」推土機幾近崩潰，「你把東西放在哪裡？需要多久時間才能拿到？」

「你自己去拿就可以，我不想動手。」

「什麼時候可以去拿？」

「等我告訴你東西在哪裡的時候。」

「到底在哪裡？」

「別緊張嘛，」毛立宗說，「我說的話絕對屬實，你不必擔心。不過，我首先有幾個要求。」

「什麼要求？」

「第一，雅克布森寫的那份報告，就你口袋裡的那份，上面要說我沒有販毒嫌疑，而且初步調查也已因為缺乏足夠證據而暫停等等的。」

「當然，馬上照辦。」推土機把手伸進內袋說著。

「還有，我要另一份類似的文件，上面要有你的簽名，解釋我為何會成為馬斯壯和莫倫的共謀，並說我在調查期間非常合作等等。」

推土機飛奔到他的打字員那兒，兩分鐘不到，那份文件就準備好了。毛立宗拿著兩份文件，從頭到尾細讀了一遍，說：

「好。那封信的複本就在喜來登。」

「那間飯店？」

「對，我把信寄到那裡，就在櫃檯那兒，是待領信件。」

「用什麼名字？」

「菲利普．布蘭登堡伯爵。」毛立宗靦腆地說。

眾人目瞪口呆地看著他。

推土機接著說：「哦，親愛的毛立宗先生啊，我真欽佩你！真的欽佩！你願不願意到隔壁房間坐會兒？可以喝杯咖啡，吃點丹麥捲。」

「我喝茶，謝謝。」毛立宗說。

「茶呀……」推土機心不在焉地說，「埃拿，麻煩你幫毛立宗先生張羅些茶水和一塊丹麥捲，再……跟他做個伴。」

隆恩和毛立宗走了出去。沒一會兒，隆恩又走回來。

「現在我們要做什麼？」柯柏說。

「去拿信，」推土機說，「馬上去！最簡單的方法是你們一個人到那裡，然後說你是布蘭登堡伯爵，要來拿郵件。剛瓦德，就你去吧。」

剛瓦德．拉森藍色的雙眼直視著他。「我？你休想。如果要我去，我當場辭職。」

「那就你了，埃拿。如果我們實話實說，一定會讓他們大驚小怪，也許還會拒絕交出伯爵的信件，那我們可就要喪失許多寶貴時間了。」

「沒問題，」隆恩說。「菲利普・布蘭登堡伯爵。我這裡有張剛才毛立宗給我的名片，他把一些名片藏在皮夾的祕密夾層，這名片看起來還真是相當有貴族氣派呢。」

那張名片是以淺灰色紙張印製，其中一角還綴有銀色字母。

「去吧，」推土機不耐煩地說，「快去！」

隆恩走了出去。

「有件事很奇怪，」柯柏說，「我在想噢，如果我十年來都在同一家雜貨店買東西，然後某天想去賒個一品脫的牛奶，他們都會拒絕。但是，如果像毛立宗這樣的傢伙走進城裡最頂級的珠寶店，自稱是梅立桑德公爵，那他走出店門時，手裡可能會拿著兩枚鑽戒和十串珍珠項鍊帶回去試戴。」

「唉，就是這樣，」剛瓦德・拉森說，「我們活在一個階級分明的社會，非常單純，非常簡單。」

推土機心不在焉地點著頭，他對社會結構的話題沒有興趣。

辦事員看著自己手上的那封信，然後看看那張名片，最後才瞄了一下隆恩。

「您真的是布蘭登堡伯爵嗎？」他滿腹懷疑地問道。

「當然，」隆恩緊張的說，「差不多是，我的意思是……我是他的信差。」

「啊哈，這樣嗎？信在這裡。請告訴伯爵，我們很榮幸為他服務。」

•

每個認識推土機的人大概都會覺得他病得很嚴重，或至少已經失去理智。他這種飄飄欲仙的狀態已經持續了一個小時。他內心有種異常幸福的感覺，只不過沒有溢於言表，然而他的表現——或者應該說他的表情和行為，卻坦露無遺。要他坐著不動超過三秒鐘是非常困難的，他似乎是在房間裡飄浮著，彷彿那套皺巴巴的藍色西裝裡裝的不是那位地方檢察官，而是一艘齊柏林飛船，整個矮小而肥胖的身軀像是充滿氦氣。

結果那個小小的驚喜變成一項艱鉅的工作。但是，那三張寫給「伯爵」的信實在太有意思，柯柏、隆恩和剛瓦德・拉森一個小時前就拿到信，然而，他們到現在還在興致勃勃地鑽研當中的奧祕。

這事是千真萬確的了，特別小組桌上這張直接複印的信，的確是馬斯壯和莫倫下一次搶劫銀行的全盤計劃。這不是普通搶劫，而是一件完美工程，一個警方等待了好幾個星期的行動。而現在，突然地，他們等於事先知道了一切！這計劃會在星期五下午兩點四十五分執行，可能是七號星期五，也就是明天，不然就是一個星期之後，亦即七月十四號那個星期五。

他們希望是下個星期，這樣他們還有整整一週，時間也能綽綽有餘地去預作準備。即使馬斯壯和莫倫現在就動手，光憑這封信所提供的細節，也足以讓警方打亂他們的計劃，讓他們束手就縛。

其中一張紙上畫著銀行平面圖，各處細節都詳細地標示出來，而且似乎還包括所有的布署，列出哪些人應該站在哪個位置、車子停放地點和離城的路徑。總之，全部計劃都詳細地寫在當中。

推土機熟悉整個斯德哥爾摩境內各家銀行，他只看了一眼，就說出他們想搶的是哪一家——是斯德哥爾摩市中心最大、最現代化的那家。

這個計劃雖然簡單，卻非常精巧，所以只有可能是那個人想出來的——華納・盧斯。推土機非常確信這一點。

搶劫行動分成三個獨立的部分。首先是聲東擊西。其次是預防措施，目標指向他們主要的敵人，也就是警察；第三部分才是主要目的，也就是搶劫。

為了要貫徹他們的計劃，馬斯壯和莫倫至少還需要四名現場支援人手。其中兩個人甚至直接指名道姓：豪瑟和霍夫。從信中來看，他們在突擊行動中的任務可能是把風；另外兩個——也或許超過兩個——則可能負責聲東擊西和防堵警察。他們被稱為「企業家」。

聲東擊西的行動在兩點四十分開始，地點在城南的玫瑰園街，道具至少包括兩輛汽車和大量炸藥。

看來這個聲東擊西的行動，是要盡量吸引警方和在市中心和市南郊的巡邏警車注意，調虎離山。到底要怎麼做，信中沒有詳細說明，但可以假設他們打算引爆加油站或是一間房子，負責的人是「企業家A」。

隔一分鐘後——這是正確的戰術——就會展開防堵行動。這部分甚具巧思，同時也非常魯莽——鎮暴小組和國王島街警察局的急備車輛出口全部會被堵住。很難想像要如何做到這點，但中央警力如果事先沒有準備，屆時一定會掉進這個陷阱。這個方案則交由「企業家B」來執行。

兩點四十五分，假設這兩個主要行動都已順利展開，那麼大部分的機動警力無疑會陷在城南玫瑰園街上的混亂當中，而戰略緊備人員則會被困在國王島街市警局的大樓裡。

這時候，馬斯壯和莫倫會在身分神祕的霍夫和豪瑟的協助下，對銀行進行突擊，並在沒有警察干擾的情況下完成這部分的工作。

這就是他們期待已久的那一票，好大的一票。

他們會利用兩輛交通工具逃逸，而後再分別換乘四輛車，每輛車上都只有一個人。考量到所有機動警力可能會被引誘到城南，其餘警察則被牽制在國王島街，這四輛車都會往北方撤退。

就連戰利品的數目也都完整地記在裡面。總數約有兩百五十萬克朗。由最後這一個條目可以知道，行動是在十四號的星期五。因為特別小組在和銀行聯繫後得知，那一天貨幣的流通量很容易達到這個數目；而如果歹徒是明天突擊，他們的收穫至少會減少一半。

當中大部分的指示都是以簡單的瑞典文或易懂的文字寫的。

「『珍的鬍鬚很長』，」柯柏說，「大家都知道這是什麼意思。那是法國反納粹游擊隊在二戰『最長的一日』前夕所用的通訊密碼。」他看見隆恩疑惑的眼神，於是做了說明：「意思很簡單，就是『好了，兄弟們，我們上吧！』」

「最後那一段也夠明白的，」剛瓦德・拉森說，「『棄船』，這是毛立宗不懂的地方，就是命令他們立刻撤退。這也就是為什麼房子會是空的。盧斯大概已經開始懷疑毛立宗，所以叫他們換一個藏身之處。」

「後面還緊接著『米蘭』這個字，」柯柏說，「那是什麼意思？」

「在米蘭碰面，然後分贓，」推土機立刻接口，「但就目前看來，他們連銀行都走不出去——如果我們讓他們先闖進去的話。遊戲是我們在主導。」

「是啊，看來應該是這樣。」柯柏說。

知道這些之後，他們輕鬆地制定出對策：無論玫瑰園街發生什麼事，都盡量置之不理；至於國王島街的急備車輛，只要歹徒採取預防行動之際，不要讓車在那裡就行，而且反而要把車先安置在附近的戰略點上。

「嗯，」推土機像是在對自己說，「這顯然是華納．盧斯擬定的計劃。但我們怎麼證明？」

「也許可以比對打字機？」隆恩說。

「這是以電子打字機打的，幾乎不可能知道是哪一部打出來，而且他也沒有犯下打字上的錯誤。所以我們要怎麼把這個推到他身上？」

「這種小事你當然可以解決啊，」柯柏說，「你是地方檢察官呀！在瑞典，若要把人關起來，只需要起訴他們就好，即使他們是無辜的。」

「可是華納・盧斯有罪。」推土機說。

「我們要怎麼處理毛立宗？」剛瓦德・拉森問。

「當然是放他走。」推土機心不在焉地說，「他已經完成他的工作，可以退出了。」

「是嗎？我懷疑。」剛瓦德・拉森狐疑地說。

「下個星期五，」推土機開始做起白日夢，「想想看，一場好戲在等著我們！」

「是啊，只管想吧。」剛瓦德・拉森聲音粗啞地說著。

電話鈴響。法靈比發生銀行搶劫。這件銀行搶劫案根本不值得一提。一把玩具槍搶了一萬五千克朗，一個小時後，有人發現搶犯在蛇麻花公園東倒西歪地在公園內繞來繞去，到處給鈔票。所幸他犯案後找時間去喝了個爛醉，才被一個野心勃勃的巡警開槍射中腿部。特別小組根本連門都沒有踏出去，就把這件事擺平了。

「你認為這起案子盧斯可能躲在幕後嗎？」剛瓦德・拉森不懷好意地問。

「嗯，」推土機對這種問題很感興趣，「你這個想法非常好。間接來說，盧斯是有罪的。連沒有搶劫天分的人都能從他策劃的銀行劫案中獲得靈感，所以間接地，我認為，你可以說……」

「哦，拜託，」剛瓦德・拉森說，「別鬼扯了好嗎？」

隆恩回到自己的房間。裡面坐著他很久沒見到的人，馬丁・貝克。

「哈囉，」貝克說，「剛打完仗？」

「是啊，」隆恩說，「間接的。」

「怎麼說？」

「我也不太清楚。」隆恩含糊地說，「現在很多事情都很詭異。你來做什麼呀？」

20.

埃拿．隆恩的辦公室位在國王島街的市警局大樓靠後面的地方。他可以看到窗外那個大窟窿——華麗的警政署大樓將會在那地方按工程進度表築起，接著擋住這裡的視野。從這棟坐落在斯德哥爾摩市中心的超現代龐然大物中，警方會將觸角伸向四面八方，緊緊掌握那些無精打采的瑞典市民，或至少某些市民；畢竟他們不可能全都移居國外或是自殺。

警察總部新大樓的興建地點和其龐大的體積，曾受到多方猛烈的抨擊，但警方最後還是如願以償蓋起大樓。

警方，或說得更精確些，警界高層的某些人，真正想要的是權力，這是近幾年暗地裡主導警方的主要理念。因為警察從未在瑞典政治環境中成為獨立的權力決定因素，因此只有少數人了解整個權力核心的想法。正是因為爭權奪利，所以警界近年才會出現種種反常、難解，而且永無止盡的掠奪行為。

這棟新建築是新權力的重要象徵，有助中央極權式組織的興起，同時也是躲避警界之外人士、也就是瑞典全國耳目的碉堡。瑞典警界有一個執念，認為大眾始終在嘲笑警察。不久後就沒有人會再嘲笑了，他們大概就是這麼期待著。

然而除了對少數幾個人之外，這些不過是一種虔誠的期望；如果碰巧走了好運，而且加上政治援助，是有可能孕育出一個恐怖的部會。只不過，國王島街的這片岩地目前還是只見一個大窟窿。

隆恩的窗外仍可見到保斯街上和庫諾丘公園裡茂盛的樹木。

馬丁・貝克從隆恩的桌位起身走向窗邊。從窗畔可以看到卡爾・愛得溫・司瓦德住處那棟房子的窗戶。那人的心臟被一顆子彈打穿，躺在屋裡兩個月，無人聞問。

「在你成為銀行搶案偵辦專家之前，你調查過一件凶殺案，」馬丁・貝克說，「死者名為司瓦德。」

隆恩不好意思地笑了笑，「專家！唉呦，天啊！」。

隆恩這個人沒什麼嚴重的缺點，但是他的個性和馬丁・貝克的截然不同，所以兩人一向覺得彼此合作起來相當困難。

「對啊，我被調差之前是在忙那件案子沒錯。」隆恩說。

「調差？」

「是啊，調到這個特別小組。」

馬丁・貝克心頭冒出微微的惱怒感，也許是因為隆恩下意識用了一個軍事術語。他已經有兩年不用這種詞語了。

「你有得到什麼結論嗎？」馬丁・貝克問道。

隆恩的拇指揉著他的紅鼻子說：

「我還沒有時間去做結論，你知道。你問這幹嘛？」

「因為你大概也知道，這件案子已經轉給我了——當作是某種治療吧，我想。」

「噢，」隆恩說，「那只是個無聊的案子。剛開始看起來就像偵探故事，一個老頭在反鎖的房裡被槍殺，然後……」

他突然沉默，好像是為某件事而慚愧。這也是隆恩愛玩的可惡把戲，你得一直刺激他。

「你要說什麼？」

「噢，剛瓦德說我應該立刻逮捕我自己。」

「哦，為什麼？」

「因為我是嫌疑犯。你不知道嗎？可能是我開槍殺了他，在這裡，從我的房間，從窗戶開槍。」

馬丁・貝克一語不發，隆恩馬上沒了自信：

「嗯，當然他只是在開玩笑。何況司瓦德的窗戶由內關著，窗簾也拉下，窗台也沒有壞掉，還有……」

「還有什麼？」

「還有我的槍法很差。有一次去打獵，我連一頭就在二十五碼外的鹿都打不中。從那次之後，我爸就不再讓我玩槍了，只讓我替他背熱水瓶和白蘭地，還有三明治，所以……」

「嗯？」

「你看，從這裡到那裡大概距離八百呎。一個用來福槍卻連二十五碼外的鹿都打不中的人，當然不可能從這裡用槍殺了他。噢，我的意思不是……對不起……」

「不是什麼？」

「唉，這對你可能沒什麼幫助，在這裡扯些槍和射擊的事。」

「沒關係。那件案子你究竟花了多少功夫？」

「只做了一些，我說過了。我做了點調查，但現場之前已經被人弄得亂七八糟。於是我打給鑑識單位，問他們有沒有對司瓦德的手做過石蠟檢測*，結果沒人做過；而且更糟糕的是……」

「什麼？」

「噢，屍體還被運走，燒成了灰，這故事還真完美。什麼爛調查！」

「你調查過司瓦德的背景嗎？」

「沒有，還沒那麼深入。不過有件事我倒是試著想找出答案。」

「是什麼？」

「嗯，如果他是中彈身亡，那一定找得到子彈。可是我沒聽說有做任何彈道檢驗。所以我打給那個解剖的傢伙，唉呦，其實是個女孩。她說她有發現一顆子彈，而且把子彈裝進信封，放到某個地方——這簡直粗心到極點。」

「嗯？」

「她找不到！找不到那個信封。我告訴她一定得找到，然後送去做彈道檢驗。之後案子就不是我在管了。」

望著保斯街上那一長排高樓，馬丁·貝克的右手拇指和食指揉著鼻梁，沉思著。

「埃拿，」他說，「你私下認為這整件事是怎麼發生的？你個人的看法如何？」

一個警察只會在最親近的朋友面前對正式調查發表個人意見。馬丁·貝克和隆恩既非朋友，

＊ 將石蠟融化後吸附受測者手上的殘留火藥，藉此檢驗該受測者是否有開槍。

也不是敵人。

隆恩坐著，沉默了一段時間，顯然他正想著的事情並不愉快。過了一會兒，他說：「這麼說吧，我相信巡警開門那時，房子裡有一把左輪。」

為什麼是左輪手槍？答案很簡單，因為沒有彈匣。隆恩的思路顯然還是很清晰。那把左輪手槍一定掉在地板某個位置，例如在屍體下面。若是這樣，在移走屍體之前，不論是巡警或是葛斯塔夫森，可能都不會發現。而現在也無法確定屍體移走之後，他們是否檢查過地板。

「你認識亞道・葛斯塔夫森嗎？」

「當然認識。」隆恩在他座位上有些侷促不安，一臉不悅。

但是馬丁・貝克不再追問不愉快的事。他換了個話題：

「埃拿，還有一點很重要。」

「是什麼？」

「你是不是跟克里斯森和瓦思特莫談過？我星期一過來的時候，他們只有一個人當班；現在則是一個人去度假，一個人請假。」

「當然，我把他們倆叫到辦公室來過。」隆恩說。

「那他們說了什麼？」

「他們還是根據所寫的報告說，從打開門到離開，只有五個人進去過那間屋子。」

「也就是他們兩個、葛斯塔夫森，以及那兩個運走屍體的人？」

「沒錯。」

「你有問他們是否檢查過屍體底下嗎？」

「當然。瓦思特莫說他檢查過，克里斯森當時則是一直嘔吐，所以大部分時間都待在外面。」

馬丁．貝克此刻不再猶豫，緊迫盯人地問：

「你認為瓦思特莫在說謊？」

隆恩費了許久時間思索該如何回答。馬丁．貝克心想，他已經透露「A」解答了，所以他沒有理由不直接說出「B」。

隆恩摸著自己額頭上的繃帶說：

「我以前就聽說你很陰沉，很難搞懂。」

「這句話是什麼意思？」

「噢，那些人說得沒錯。」

「那麼你現在就當個乖寶寶，回答我的問題。」

「我不是心理學家，所以不能對證人做任何批評。」隆恩說，「但就我的感覺，瓦思特莫說的似乎是事實。」

「你的邏輯不對，」馬丁・貝克冷淡地說，「你為何一方面相信那把左輪手槍應該在房裡，同時卻又說你認為那個巡警說的是事實？」

「因為沒有其他解釋，」隆恩說，「就是這麼簡單。」

「好吧，埃拿，其實我也相信瓦思特莫說的是實話。」

「但你不是說你沒跟他說過話嗎？」隆恩驚訝地說。

「我可沒這麼說過。其實我上週二和瓦思特莫談過，只是他在和我談的那時，心情不像你和他談的時候那麼平靜。」

隆恩有種被騙的感覺。

「你真是陰沉。」他說。

他拉開書桌的中央抽屜，拿出一本夾環筆記本。他翻了一下，撕下其中一頁交給馬丁・貝克。

「我還有一些你可能會感興趣的資料。司瓦德在國王島街住得並不久，我查過他先前的住處，只是後來我就沒有立場繼續管這件事。總之，這是地址，就給你吧。」

馬丁．貝克看著那張紙。上面寫著一個人名和一個圖立路上的地址；不知為何，那一區過去曾被稱為「西伯利亞」。他將紙摺好，放進口袋。

「謝謝你，埃拿。」

隆恩沒說什麼。

「那麼再見了。」馬丁．貝克說。

隆恩只是略略地點頭。

他們之間的關係從來沒有特別好過，現在似乎又更惡化了一些。

馬丁．貝克離開隆恩的辦公室，不久便走出大樓。他沿著國王島街快步走過，在國王橋轉進國王街，再到西維爾路，接著轉往北方。

他其實可以說點好聽、或至少友善的話，這樣就能輕鬆地改善他和隆恩之間的關係。他有這麼做的理由。司瓦德案從一開始就是一片混亂，不過隆恩接下本案之後，便正確且快速地做了處理。

隆恩立刻察覺到屍體底下會有一把左輪手槍，也知道這是非常重要的證據。屍體移走之後，瓦思特莫真的檢查過地板嗎？如果沒有，也不能責怪他。葛斯塔夫森以瓦思特莫的上司和專家的身分到過現場，自信滿滿地對整個情況做了一番解釋，這讓那兩個巡警的責任小了很多。

如果瓦思特莫沒有檢查，那麼事情馬上可從另一個角度來看。屍體運走之後，那兩個人就查封了房子，然後離開。但在一個這麼特別的案子裡，「查封」代表什麼？

由於警方一定要撬開門上的鉸鍊才能進入屋內，因此勢必會有些破壞；那麼查封也不過只是將一條繩索緊緊綁在門柱間，再掛上告示牌，表示此處已根據法令查封。當然，這其實毫無作用。所以在隨後幾天，隨便誰都能暢行無阻地進去，而每件東西都可能被移動過，例如一把槍。

要是真如此，那可能表示，首先，瓦思特莫故意編造出一個謊言，而且這進一步暗示了他非常善於說謊，不但騙過了隆恩，連馬丁・貝克也都相信了他說的話。但是隆恩和馬丁・貝克在這方面已是經驗老到，大家都認為他們兩個人不容易受騙。

其次，如果司瓦德確實對自己開槍，那為何有人要費盡工夫去偷那把槍？這顯然非常矛盾。何況司瓦德還陳屍在一間反鎖的房間，更糟糕的是，房裡找不到任何武器。

司瓦德似乎沒有任何親友。據知也沒有和任何人往來。如果沒有人認識他，誰會想置他於死地？

馬丁・貝克覺得他得多搜集資料，以便拓寬自己的思路。而這當中，他必須先調查一件在六月十八號星期日發生的事。但是在這之前，他要先多了解卡爾・愛德溫・司瓦德這個人。

在隆恩給他的那張紙上，不只寫著一個在「西伯利亞」的地址，還有一些隨手寫下的東西，一個名字：女房東，黎雅．尼爾森。

馬丁．貝克現在來到圖立路上那棟房子前面。他匆匆看了一下大廳上的名牌，知道女房東確實住在這棟樓裡。這一點值得慶幸，也許對他來說是一種好運。

他爬上三樓，按下電鈴。

21.

這部灰色卡車除了車牌以外，沒有任何標記，使用這部卡車的兩個男人，穿著幾乎和卡車一模一樣顏色的工作服。從外表根本猜不出他們從事何種職業，他們可能是任何一種的修理工，也可能是市政府員工。事實正是如此。

現在將近傍晚六點，如果沒有任何緊急狀況，再過十五分鐘，他們就可以結束今天的工作，回家逗逗孩子，坐在電視前休息。

馬丁・貝克到圖立路要找的人都不在家，不過他找到了另外兩個人。他們正坐在他們的福斯貨車旁喝著瓶裝啤酒。那輛車上飄出陣陣消毒水的刺鼻氣味，但還是有另一種氣味是任何化學藥劑都掩蓋不了的。車後門開著，可以理解，那兩個人要利用這難得的機會讓車內通風一下。

在這個美麗的城市裡，這兩個人有一種特殊、且相當重要的功用。他們的日常工作，就是清除那些自殺者，或是離開現世前往極樂世界的往生者。

少數人，例如消防員和警察，或是某些新聞記者或其他內行人，對這種灰色卡車相當熟悉。

一旦看見這車在街上奔馳，他們便知道有事情不對勁了。但看在大多數人眼裡，這車並沒有什麼奇特之處，不過是另一種交通工具。這正是這輛車想營造的效果。畢竟，實在沒有理由讓大眾更加消沉、恐懼。

就像其他從事略為特殊的工作的人，這些人在工作來臨時默默謹守本分，而且泰然自若；他們很少、或者從不過度誇大自己在社會福利這部機器當中的功能。他們大多只和自己人討論，因為他們很早就知道，大部分人在聽到他們的工作內容之後，反應多會是非常負面的，尤其是在一些愉快的場合，像是和朋友相聚，或是和妻子在咖啡桌前閒聊時。

雖然他們每天都要和警察接觸，但絕大多數都是普通警察。因此，當一位刑事組長對他們的工作感興趣，甚至還約他們出來，他們的確感到受寵若驚。

兩人當中比較多話的那人用手背抹了抹嘴說：

「沒錯，我記得那件事，就在保斯街不是嗎？」

「對。」

「不過那名字我不太記得了。你說是史達？」

「不是，是司瓦德。」

「我沒什麼印象。我們通常是不管名字的。」

「我了解。」

「那也是個星期日。星期日一向都比較忙，你知道嗎？」

「你記得我提到的那個警察嗎？肯尼斯．瓦思特莫？」

「不記得了，名字對我根本沒意義，但是我記得那個直盯著屍體看的警察。」

「在你們移走遺體的時候？」

那個人點點頭。「對。我們認為他是裡面比較難纏的。」

「哦，怎麼說？」

「警察有兩類，你知道嗎？一種是會吐的，另一種不會。那傢伙甚至連鼻子都不遮一下。」

「所以他一直都在那裡？」

「對啊，我剛才說過，不是嗎？他媽的，他就是要確定我們沒偷懶，就為這麼回事。」

另一個人吃吃笑著，然後喝了一口啤酒。

「我再問一個問題。」

「要問什麼？」

「你們抬起屍體的時候，有沒有注意到底下有任何東西，任何物品？」

「會有什麼東西嗎？」

「例如一把自動手槍，或是左輪手槍。」

那個人突然大笑起來。「槍或左輪手槍，」他高聲說，「這有什麼差別嗎？」

「左輪手槍有一個可以轉動的槍膛，而且是用機械裝置帶動。」

「就像牛仔會用的那種嗎？」

「沒錯，就像那種。這的確沒多少差別，但我主要的問題是，究竟有沒有武器壓在死者身體下面？」

「組長，你可聽好了，這個客戶是個熟男。」

「熟男？」

「是啊，大約熟了兩個月。」

馬丁·貝克點點頭。

「我們把他抬到塑膠布上，接著我把蓋布的邊緣封起來，亞那就清掃地板上那些蟲子。我們通常會把蟲子丟進一個裝了殺蟲劑的袋子，這樣可以當場把牠們給解決掉。」

「哦？」

「所以亞那要是同時掃到一把槍，他一定會注意到，可不是嗎？」

亞那點點頭，吃吃笑著，最後一滴啤酒流進他的喉嚨。

「我當然會看到。」他咳了一下。

「所以，現場什麼東西都沒有？」

「什麼都沒有。更何況那個巡警還一直站在旁邊盯著。事實上，我們把客戶放進鋅盒裡離開之後，他還在現場，對吧，亞那？」

「我跟你打包票。」亞那說。

「你似乎很有自信。」

「有自信？還不止呢！那個客戶的身體底下沒什麼東西，嗯，只有一大堆的 *cynomyia mortuorum*。」

「那是什麼？」

「屍蟲。」

「你確定？」

「相當確定。」

「謝謝。」馬丁．貝克說完就離開了。

那兩個穿灰色工作服的男人繼續聊著。

「你把他給唬倒了。」亞那說。

「怎麼說？」

「就是剛才你秀的那個希臘文啊！這樣他們這種大人物就不會認為我們除了打包腐爛的屍體之外什麼都不會。」

前座的車上電話響了。亞那拿起話筒，咕噥幾句後放下電話。

「要命噢，」他說，「又一個混帳把自己吊死了。」

「哦，好吧。」他的同事無可奈何地說。

「老實說，我一直不懂這些人為什麼要上吊。生命的意義到底是什麼，你說？」

「唉，算了吧，快走啦。」

•

就技術上來說，馬丁・貝克現在才弄清楚保斯街上這起神祕死亡案件的大部分細節，至少已經弄清楚警方採取了哪些調查步驟。但還有一個重點：要拿到彈道調查報告，如果有的話。

雖然他花了不少功夫調查死者，但是對於司瓦德這個人，他知道的還是很少。

馬丁・貝克並不關心警方在週三對馬斯壯和莫倫藏身處進行攻堅的那件事，也不知道銀行搶劫案或那些特別小組有什麼困難和難言之隱。他為此感到慶幸。星期二下午在查訪過司瓦德的住處之後，他去了國王島街的警局，現場每個人都在忙自己的事，沒有人有空招呼他，因此他就改去警政署。他在那裡聽到一個謠言，乍聽之下他覺得很荒謬；但在仔細思考過後，卻難過了起來。

有謠傳說他要高升了。但是升到哪裡？督察長？局長？部長？或是變得比較健康、比較有錢、更有地位？

然而這不是重點。這些假設可能都只是毫無根據的閒話。

他最近一次調升是在一九六七年，升任刑事組長，但是他沒有理由被調到更高的位子。如果沒有意外，他最快也要再過四到五年才會晉升。

這點大家都知道。要說有什麼事是官僚們再熟悉不過的，那便是薪水等級和升遷制度，每個人都抱著嫉妒的眼光，緊盯著自己和別人的機會。

這個謠言是怎麼開始的？背後一定有些理由。然而是什麼理由？據他了解，有兩種原因。

第一，可能是他們要讓他當不成國家刑事部門的頭頭，甚至已經準備好要把他丟進更高層的官僚體系。這是最常用來除掉他們看不順眼、或是無能官員的手法。然而這不大可能。他在警政署裡是有些敵人沒錯，但是他對他們根本不構成威脅；而且這麼一來，他們勢必得讓柯柏升官去接他的位子，這可不是他們樂見的。

所以第二種解釋似乎比較可能。但是，這種想法很不幸地會讓所有人顏面盡失。十五個月前，他經歷了生死一線間的危機，瑞典近代歷史中還未曾有高層警官逢此遭遇——被一個所謂的罪犯開槍擊中。這起事件引起許多關注，而他的表現讓他冠上了莫大的光環。然而在警界中，英雄就如同鳳毛麟角一般稀有，這也就是為什麼他們必須誇大這齣戲的歡樂結局。

所以，警界現在有了個英雄，而他們該拿這個英雄怎麼辦？他已經獲得一面獎章了，所以現在只好讓他升官。

馬丁・貝克有充分的時間，可去分析一九七一年四月那個改變他命運的一天究竟發生了什麼事。他早就得到結論：他做錯了。不只是道德上，從專業的角度而言也是。他也了解了，在自己得到這個想法之前，許多同事早已這麼認為。他的行為就像個白癡，所以才會被擊中；而且也因為如此，他們準備給他一個位階更高、責任更大的職位。

他在星期二傍晚曾經思考過自己的處境，然而一回到瓦斯貝加，坐進他的桌位，他就立刻不再多想。星期三，他反而冷靜、不帶情緒、有條有理地投入司瓦德這個案子。他獨自坐在房裡，以自己的方式進行調查。

有時，他私下會想，他應該滿意了：在情況還算不錯的時候跳出來工作，而且可以用自己的方式處理此案，沒有任何外界干擾。

然而，他在內心深處還是有些留戀。為什麼，他也說不上來，也許他從事的正是他的興趣所在。他平時頗樂於獨處，現在更逐漸變成隱士，完全沒有找個伙伴或是破殼而出的意願。他是不是快要變成一個封閉在鍋蓋底下、或是看不見的玻璃圓頂中的機器人？

以他的專業眼光來看，這個案子會發展到什麼情況，他完全不憂心；他要嘛會破案，要嘛不會。他的部門在偵辦謀殺和一般殺人案件上的破案率算是相當高的，這是因為案子大多不複雜，而且他們也有辦法讓那些有罪的人認輸。

更有甚者，刑事局的裝備相當齊全。整個警力中，唯一資源多過工作量的部門是祕密警察。因為他們仍將工作主力放在搜集共產主義者的名冊，同時卻又偏執地忽視各種奇特的法西斯主義組織興起。他們確實毫無作用，因此時間多花在憑空想像政治犯罪及潛在的安全風險，以便有事可做。他們這些活動的成效，也就如預期那般可笑。然而祕密警察可視為是策略性的政治後盾，可用來對抗異議份子，而且運作起來可就一點都不好笑了。

當然了，刑事局也有失敗的時候，調查一旦陷入膠著，最後也只能歸檔。通常他們都知道這些案子的犯嫌是誰，但因為嫌犯堅決否認，所以也就無法定罪。暴力犯罪的方式越原始，證據通常也越少。

馬丁．貝克最近一次的慘敗就是個典型的例子。拉普蘭有一個老男人以斧頭殺了與他同齡的妻子，行凶動機是他長期與較年輕的女管家有染，而且受不了妻子的嘮叨和嫉妒。行凶之後，他將屍體藏在存放木柴的小屋裡。由於時逢冬季，天候寒冷刺骨，所以他等了大約兩個月，才拆下一扇門板放在雪橇上，將妻子的屍體運往最近的村莊；村莊距離他的農場有十二哩。到了那裡，他宣稱那個老女人因為跌倒，頭撞到了火爐，當時因為天候太寒冷，所以他無法早點帶她到村子裡。每個人都知道這是謊言，但老男人堅持這種說法，他的管家也是。當地警察外行的調查手法又破壞了所有犯罪線索，所以他們轉求外援。馬丁．貝克在一間奇怪的旅館裡待了兩個星期，但最後仍是無功而返。白天，他忙於質問那個兇手；到了夜裡，他只能坐在旅館的餐廳裡聽著當地人在背後嘲笑他。然而這種失敗的案子仍算是特例。

司瓦德的故事奇特多了，和馬丁．貝克以往處理的案子不太相同。這理當是一件很刺激的事，但他不是喜歡解謎的人，所以完全不覺得有趣。

他在星期三進行的檔案調查工作也不見成效，罪犯檔案中沒有卡爾．愛德溫．司瓦德的任何資料，這只能斷定他沒有因犯罪留下任何記錄。但是，有許多違法犯紀的人根本沒進過法院……這似乎已偏離制定法律的原意。法律不就是要保護社會某些階層的人，維護他們被弄模糊、且漏洞百出的權益嗎？

國家酒類與烈酒局的回報中也沒有他的任何資料。這可以假定司瓦德不是個酒鬼。像他這樣在社會上的位階，有關當局一定會對他的飲酒習慣進行調查。如果是上流社會的人飲酒，會被視為一種「文化」，而其他階層的小市民有這種需求，卻立刻會被視為酒鬼，或是需要關心和保護的個案。只不過調查完之後，他們既得不到關心，也得不到保護。

司瓦德成年之後就一直擔任倉庫管理員，而他的最後一份工作是在某家貨運公司上班。他的背部受過傷，這在他那行是常見的事，因而在他五十六歲時，公司主管就認為他已不適任而將他辭退。

從那時起，他就只能靠退休金勉強度日，也就是只靠連鎖商店賣給他的狗食和貓食維生。在他的儲藏室裡，那半罐貼著「喵喵牌」標籤的貓食，是唯一看起來能吃的東西。

馬丁・貝克找到一些不太重要的資料，例如司瓦德是在斯德哥爾摩出生，父母四十多歲時就過世；他沒結過婚，也沒有扶養過任何人。他的資料還沒有被轉給福利局，最後任職的那家公司裡也沒有人記得他。

說他不適合該工作的醫生寫了一些診斷說明，說這個病人無法從事勞力工作，年齡太大，無法再接受訓練。另外司瓦德也說過他不想繼續工作，「因為這份工作毫無意義」。

找出是誰殺了他、動機是什麼，也許同樣毫無意義。不過，既然他的死法令人費解，所以最簡單的方法就是先找到兇手，然後問他是如何做到的。

現在是星期四，就快入夜了。他才剛離開那兩個人和那輛發出刺鼻藥味的卡車還不到一個小時。馬丁．貝克再度去探訪圖立路那棟公寓。其實今天的工作應該結束了，但他不想回家。所以他又爬上那兩層樓梯，休息片刻，等待呼吸恢復。他看著那個橢圓形的琺瑯門牌，白底上以綠字寫著「黎雅．尼爾森」。

外面沒有門鈴，只有一條鈴繩。他拉了一下，然後等著。裡面傳出門鈴發出的叮噹聲，可是沒有任何回應。

這是一棟老舊的房子，從門上的毛玻璃可看見玄關處的燈亮著，這表示有人在家，他之前來的時候屋裡都是暗的。

間隔一段恰當的時間之後，他再度拉動鈴繩。清脆的金屬撞擊聲再次響起，裡面也傳出有人拖著腳步過來的聲響。他隔著那面毛玻璃，隱約看見一個人影。

多年的執勤經驗讓馬丁．貝克已習慣先快速地對交手對象做出判斷。以專業術語來說，就是「初步的描述」。

來開門的女人最多三十五歲，但直覺告訴他，她可能還多個幾歲。她個頭不高，他猜大約是五呎二吋。她雖然身材結實，卻給人十分輕盈、穠纖合度的印象，而不是豐滿或笨拙；她的五官明顯，但有些不協調。她的眼睛是藍色的，眼神倔強而沉穩，她直視他的眼睛，彷彿隨時準備進入各種狀況。

她有一頭金色直髮，剪得很短，現在還是濕的，而且有點凌亂；她身上散發出一股清香，很可能是植物性洗髮精的氣味。她穿著短袖開襟羊毛線衫和一條應該洗過無數次的褪色牛仔褲；羊毛衫應該是才剛套上不久，有許多水滴濺到肩膀和胸部附近。她的肩膀比較寬，臀部較小，短頸及手臂曬得很均勻；她的腳短而寬，腳趾很直——彷彿習慣穿涼鞋或木屐，也可能不常穿鞋。

他意識到自己正以職業性的目光檢視她的腳，就像是在查驗血跡或屍首上的痕跡，所以他趕快將目光轉回她的臉上。

那雙眼睛現在正在搜索，她的眉毛微蹙。

「我在洗頭。」她說。

她的聲音沙啞，也許是因為感冒，或是個老菸槍；或者她的聲音本來就這樣。

他點點頭。

「我很大聲地說了兩次『進來』。門沒有鎖，我在家的時候通常都不鎖門，除非我想要自己靜一靜。你沒聽到我在喊嗎？」

「沒聽到。你是黎雅．尼爾森嗎？」

「是啊。你是警察，對吧？」

雖然馬丁·貝克的觀察力已稱得上敏銳且快速，但這次他立刻感覺到自己碰到了強手，才不過幾秒，她就能正確判斷出他的來歷。而且從她的眼神中，好像也已經把他打量清楚了。不過這還有待觀察。

她之所以能快速猜出他的身分，當然可能是因為她預期會有警察上門；不過他不這麼認為。當他取出皮夾，要拿出證件時，她說：

「你只需要報上你的大名就好。該死，唉呦，進來吧！我想這裡應該有你想要的東西。你不會想站在樓梯上說話吧。」

馬丁·貝克感覺到自己的戒心鬆懈了些，這種情形很少發生在他身上。

她轉身領著他走進屋裡。初見當下，那房子的大小和格局超乎了他的理解，但零星、舒適地安放著幾件老家具。幾張小孩子的圖畫以大頭針固定在牆上，顯示她有家庭；除此之外，牆壁上的裝飾很雜亂，有油畫和普通的圖畫，以及鑲在橢圓形相框裡的舊相片，還有一些剪報和海報——其中還有列寧和毛澤東的肖像，只不過這些在他看來應該沒有政治意涵。房間裡還有許多書，有些在書架上，有些則四處堆放著。她有許多唱片和一套音響，還有兩台看來年代久遠、經常使用的打字機；另外有一大堆的文件，大部分都裝訂妥善、疊成一落，看起來就像警方的報告。他猜想這些是她的筆記或什麼的，而她可能在進行一些研究。

他跟著她進去，穿過一個可能是嬰兒房的房間，只是床上非常整齊，所以平常住在這房間裡的人目前應該不在才對。噢，當然了，現在是夏天，那些經濟上負擔得起的父母都把孩子送到鄉下，遠離城市污濁的空氣和荒謬的生活了。

她回過頭來瞥了他一眼，沒有什麼特別的意思。她說：

「你介意我們到廚房坐嗎？要是介意的話只管說一聲。」

她的語氣不算友善，但也不懷任何敵意。

「完全不介意。」

「那請坐。」

他們進到廚房，他在一張大圓桌旁坐下。這裡有六張造型各異且彩色繽紛的椅子，但還有空間再多放幾張。

「等一下。」她說。

她似乎有些緊張不安，但力持鎮定。壁爐前有一雙木屐，她穿上後走開了。他聽到她在忙著什麼，還聽到電動馬達起動的聲音。她說：

「你還沒告訴我你的名字。」

「貝克，馬丁・貝克。」

「你是警察？」

「是。」

「哪一種？」

「刑警。」

「職俸等級二十五等？」

「二十七。」

「哇，不錯嘛。」

「對，不算太差。」

「那麼我該怎麼稱呼你？」

「刑事組長。」

馬達聲音停止，他聽過這種聲音，立刻明白了她在做什麼：用真空吸塵器吹乾她的頭髮。

「黎雅，」她說，「我的名字。當然不必我說，門上就有寫。」

這間廚房很大，舊式房子的廚房通常很大間，因此儘管擺了桌子和許多椅子，還有瓦斯爐、洗碗機、電冰箱、冰櫃等，還是留有許多空間。水槽上有個架子擺著鍋子和茶壺，下面則用釘子掛著許多天然物品，像是苦艾和百里香枝，一些花楸樹莓，幾條乾蘑菇和三串大蒜——這些東西雖然能營造出某種氣氛，而且還會散發芳香，但並非家庭中不可或缺的東西。苦艾及花楸樹莓是搭配白蘭地的絕佳香料；而百里香可以加進豌豆湯裡——貝克以前還能盡情享用瑞典佳餚時，比較喜歡帶甜味的墨角蘭屬植物；如果知道如何處理，蘑菇也是不錯的選擇。不過那串大蒜大概只是裝飾用的，因為那些數量已足夠任何正常人吃上一輩子了。

她回到廚房，梳著頭髮，立刻注意到他在看什麼。她說：

「防吸血鬼用的。」

「大蒜？」

「是啊！你沒看過那些電影嗎？彼得．古辛[*]對吸血鬼的事知道的可多了。」

她換掉了濕羊毛衫，改穿一件綠松石色的無袖衣服，這衣服各方面都讓人聯想到襯裙。他注意到她腋下的金色腋毛，小小的胸部似乎不需要胸罩，事實上她也沒有穿，因此乳頭在布料底下清楚可見。

「警察，刑事組長。」她以一貫直接的眼光看著他，皺著眉頭，「我沒有想到一個二十七職

* 彼得．古辛（Peter Cushing, 1913-1994），英國演員，曾在六〇年代幾部吸血鬼電影中，飾演吸血鬼獵人凡赫辛博士。

等的警官還得出門查訪。」

「是不尋常，的確。」他說。

她在桌旁坐下，但是立刻又站了起來，咬著指關節。

馬丁·貝克知道他可以起頭了。他說：

「如果我猜的沒錯，你對警察的印象不太好。」

她很快地瞥了他一眼說：

「是，我對警察向來沒有好感，我不知道誰會有。不過，我倒是知道他們引起許多人的痛苦和不悅。」

「要是這樣，我會盡可能減少我帶給你的困擾，尼爾森太太。」

「黎雅，大家都叫我黎雅。」

「如果我的資料沒錯，你是這棟大樓的所有人，是嗎？」

「是的，我幾年前繼承來的。不過這裡沒有警察會感興趣的事，沒有吸毒者，沒有賭場，更沒有什麼妓女還是小偷。」她喘了口氣，「也許偶爾會有些顛覆性的活動，精神上的犯罪吧，可是你不管政治上的事吧？」

「你怎麼這麼肯定？」

她突然發自內心地笑了笑。很愉快、很燦爛的笑容。

「我又不笨。」她說。

馬丁・貝克心想，不，當然不笨。他大聲地說：

「你說的沒錯，我只管暴力犯罪。謀殺和一般凶殺案。」

「我們這裡這兩種案子都沒有，過去三年來甚至連打鬥都沒發生過，雖然去年冬天曾有人強行進入頂樓，而且偷走了許多沒什麼用的東西。要不是保險公司堅持，我甚至不想報警。警察沒來，他們沒有時間管這種事，但保險公司還是付了錢。通知警察不過是個形式。」她抓抓脖子，「哦，你想知道什麼？」

「談談你的一個房客。」

她揚起眉毛。「我的房客？」

她特別強調「我的」那個字眼，似乎非常困惑、驚訝。

「不是你現在的房客。」他說。

「去年只有一個人搬走。」

「司瓦德。」

「對，有個叫司瓦德的住在這裡，他去年春天搬走。他怎麼了？」

「他死了。」

「是誰對他做了什麼嗎？」

「對他開了一槍。」

「誰？」

「他有可能是自殺，我們也不確定。」

「我們可不可以輕鬆點？」

「當然可以。不過你說輕鬆點是什麼意思？稱呼彼此的教名嗎？」

那女人搖搖頭說：「正式問話很枯燥，我厭惡那種感覺。當然如果有必要，我也能應付得體，也可以賣弄風騷，擦上眼影和口紅，打扮得漂漂亮亮。」

馬丁・貝克覺得有些不能自己。

突然她說：「要不要喝杯茶？茶很不錯喔！」

雖然確實很想喝杯茶，但是他說：「不必麻煩，我什麼都不需要。」

「亂講，」她說，「胡說八道。你等一會兒，我也順便幫你弄點吃的。來份烤三明治應該不錯。」

他立刻感覺到自己也想來一份。在他能開口拒絕之前，她繼續喋喋不休地說：

「不必十分鐘，我弄吃的手腳很快，一點也不麻煩，而且還很好吃。做什麼就要像什麼，雖然這生活品質越來越差，但是煮點好吃的東西還不難。我先泡茶，再把三明治放進烤箱，然後我們就可以聊天了。」

要拒絕她似乎不太可能。他開始對她有了新的看法：倔強，意志堅強，讓人難以抗拒。

「好吧，謝謝。」他順從地說。

在他還沒有說出口之前，她已經開始去忙了。她弄出許多聲音，但速度和效率卻很驚人。他從沒見過這種情形，至少在瑞典沒有。

在那七分鐘裡，她忙著張羅食物，沒時間說話。六份夾有番茄薄片和現磨起司的熱三明治和一大壺茶。他看著她當場即興做出這點心，心想她到底是幾歲了。

就在這時，她坐到他面前說：

「三十七。雖然很多人認為我年輕些。」

他驚訝得說不出話。

「你在想這件事，不是嗎？吃吧！」

味道不錯。

「我很容易餓，」她說，「一天會吃十到十二餐。」

每天吃十到十二餐的人通常很難維持體重輕盈。

「我吃那麼多也沒胖，」她說，「其實根本沒差別。體重加減個幾磅不會讓你有多大改變，我還是我；不過我要是沒吃東西就會受不了。」

她一下子就吞掉三份三明治。馬丁·貝克吃了一塊，猶豫了幾秒，又吃了一塊。

「我想你對司瓦德有自己的看法。」他說。

「沒錯，可以這麼說。」

他們似乎是心有靈犀，而且很奇怪，彼此也不覺得驚訝，這似乎是不證自明。

「所以他有些不對勁是嗎？」他說。

「對，」黎雅說，「他是個奇怪的人，沒錯，真的很奇怪。你搞不清楚他的來歷，所以老實說，當他搬走那時我還很高興。對了，他怎麼死的？」

「上個月十八號在他的住處被人發現。發現時已經死亡至少六個星期，可能還更久，據推測應該有兩個月。」

她搖搖頭說：「唉呦，我不想知道細節，我對太血腥的事情很敏感，如果你明白我的意思；聽到之後常常會夢到。」

他本想說他不會做太多不必要的描述，但發覺說這些根本是多餘的。

反而是她說：「總之，有件事錯不了。」

「哦，什麼？」

「如果他還住在這裡，就不會發生這種事。」

「不會？為什麼？」

「因為我不容許這種事情發生。」

她用一隻手撐住下巴，鼻子夾在食指和中指之間。他注意到她有個相當大的鼻子和強壯的手掌，指甲也很短。她正神情嚴肅地看著他。

然後她又突然站起來，在架子上摸來摸去，最後找到一盒火柴和一包菸。她點了一根菸，深深吸了一口，隨後又將之拈熄，吃掉最後一塊三明治，再把手肘擱在膝蓋上，頭低低地坐在那兒。她瞄了他一眼，然後說：

「或許我阻止不了他的死，但他不會躺了兩個月都沒人注意到。有我在，甚至不會超過兩天。」

馬丁．貝克沒說什麼，她說的當然是事實。

「在這個國家，房東是上帝創造的廢人，但這個社會鼓勵他們去剝削別人。」她說。

馬丁．貝克咬著下唇。他從來沒有在公開場合表達過他的政治理念，也一向避談政治話題。

「不談政治，嗯？沒關係，那我們就不談政治。」她說，「只是我不巧就是一個房東……不小心當上的房東。我繼承了這個垃圾堆，我剛才也說過。這其實是一棟不錯的公寓，但是我繼承下來，剛搬進來的時候，這地方真的就像個豬窩。我爸十年來從來沒為房客換過一顆燈泡，或是修過一扇破掉的窗戶。他住的地方離這裡好幾哩遠，而且他只管收租金和趕走那些沒有準時繳房租的房客。而且他還把房間分割成許多床位，用高到離譜的價格租給外國人和一些沒有選擇的人。他們總得找個棲身之處不是嗎？所有的舊房子幾乎都是這樣。」

馬丁・貝克聽到有人打開前門進來。那個女人倒是沒什麼反應。

一個女孩進了廚房，她穿著便服，手裡還拿著一包東西。

「嗯，我可以用洗衣機嗎？」她說。

「當然，請便。」

那個女孩沒去注意馬丁・貝克，但黎雅開口說，「我想你們倆並不認識。這位是……你說你叫什麼名字，再說一次好嗎？」

馬丁・貝克起身和她握手。

「馬丁。」他說。

「英潔拉。」女孩說。

「她剛剛搬進來，」黎雅說，「就住在司瓦德以前住的那間。」她轉向拿著一包東西的女孩，「住得還好嗎？」

「一切都很好，」女孩說，「可是馬桶今天又出問題了。媽的。我明天第一件事就是找水管工人來。」

「除了這點，一切都很好。對了……」

「什麼？」

「我沒有洗衣粉。」

「就在沐浴乳後面。」

「我真的沒腦筋。」

「別這樣，別為這種小事煩心。改天你也許能幫我一些小忙，例如幫我鎖門之類的。」

「你真好。」那個女孩進了浴室。

黎雅點了另一根菸。「就是這樣。司瓦德住的是一間還不錯的房間，我兩年前才重新整理過，租金一個月八十克朗。雖然這樣，他還是搬走了。」

「為什麼？」

「不知道。」

「有給你找麻煩嗎？」

「沒有，我不會和房客產生糾紛，沒必要。每個人自然都有各自的想法，人有趣就在這裡。」

馬丁・貝克沒說什麼。他感覺精神沒那麼緊張了，也發現根本不必由他來提問。

「司瓦德最奇怪的地方，是他在門上裝了四道鎖。人在房子裡根本不必上鎖，除非你真的不想受到打擾。他搬走的時候還把所有鏈子和門閂全都拆下來帶走。他受到非常周全的保護，就像現在的小女生一樣。」

「你是說……打個比方？」

「當然了，我是指在性事方面。我們那些大人物對於小孩子——特別是女孩——在十三歲就已蠢蠢欲動的事實，老愛大驚小怪。白癡，每個人都知道我們十三歲開始就有性經驗了。不過有避孕藥之類的東西，女孩子就不會有什麼危險，所以現在還有什麼好怕的？在我們那個年代，女孩子多怕會懷孕啊！咦，我們怎麼會談到這種事？」

馬丁・貝克笑了笑——這連他自己都驚訝，但它確實發生了，他笑了。

「我們正在談司瓦德的門。」他說。

「對，而且你還笑了。我想你很不常笑，或者已經忘記該怎麼笑了。」

「我只是今天剛好心情不好。」他說。

但這不是真的，這和他想表現的完全相反。她的臉上露出一抹失望的表情。她是對的，而且她自己也知道。

想欺騙對方是很愚蠢的，所以他說：「對不起。」

「我一直要到十六歲才談戀愛。可是那時候的情況完全不同。」她捻熄香菸，然後冷靜地說，「我老是太多話，那是我一大堆弱點的其中一個。不過，這不算是性格缺陷，對吧？」

他搖搖頭。

她抓抓脖子，「司瓦德還是裝著那些小鎖？」

「是。」

她搖搖頭，踢掉了腳上的木屐，腳跟踏著地板，腳趾頭互相摩擦著。

「我搞不懂。他一定患有某種恐懼症。這對我來說滿困擾的，這棟公寓所有的門我都有備用鑰匙，這裡有些人已經老了，他們可能會生病，需要人幫助，這時就要有人進得去；可是如果門反鎖，備用鑰匙又有什麼用？司瓦德實在很老了。」

浴室傳來一些噪音，中斷了話題。黎雅大叫：「需要幫忙嗎，英潔拉？」

「是的……我想……」

她消失了一會兒。回來之後她說：「搞定了。說到年齡，我們兩人應該差不多。」

馬丁・貝克微笑著。他快要五十歲了，但他知道幾乎每個人都以為他還要再小個五歲。

「司瓦德其實也沒那麼老，」她說，「但是他身體不好，而且病得不輕。他沒想到自己會活那麼久，搬走那時他還去醫院檢查過，結果怎麼樣我是不知道，但他是去看放射科。這聽起來有點不妙，至少對我而言。」

馬丁・貝克豎起耳朵，這他先前沒聽說。但此時前門再度打開，有人用嘹亮的聲音說：

「黎雅？」

「這裡，我在廚房。」

一個男人走進來，他看到馬丁・貝克後猶豫了一會兒，但她馬上用腳推了一張椅子給他，然後說：

「坐。」

這名男子很年輕，也許二十五歲，中等身高，體格不錯。他有一張鵝蛋臉，直髮，灰色眼睛，潔白的牙齒；穿著法蘭絨襯衫，燈心絨布褲，趿著涼鞋。他手裡拿著一瓶紅酒。

「我帶了這個來。」他說。

「我今天只打算喝茶。不過沒關係，你可以自己去拿個杯子——四個好了，如果你要去拿的話。英潔拉也在，她在洗衣服。」

她傾身向前，搔著左手腕，說：

「一瓶酒難不倒我們四個人的。我也有一些酒，你去餐具室裡找找，就在裡面靠門的左邊，開瓶器在洗碗機左下方最上層的抽屜裡。」

新來的男子遵循著她的指示，他似乎很習慣服從命令。他回來坐下後，她說：

「我想你們還沒見過面。這是馬丁，這是肯特。」

「嗨。」那個男人說。

「嗨。」馬丁・貝克說。

他們握握手。

她倒了酒，然後以沙啞的聲音朝裡面叫道：

「英潔拉，你洗完之後過來喝點酒。」然後，她略帶困惑地看著那個穿法蘭絨襯衫的男人說，「你看起來心情不太好。什麼事？又有事情不對了嗎？」

肯特喝了一大口酒，手摀著臉。

「黎雅，我該怎麼辦？」

「還是找不到工作？」

「連個鬼影子都找不到，所以我才會在這裡，兩袖清風。鬼才知道哪裡會有工作。」

他貼過去，想握住她的手。這使她不悅，所以他縮了回去。

「我今天想到最後一個辦法，可是我得問問你的意見。」

「你的想法是什麼？」

「去唸警察學院。隨便誰都可以進去，就算是低能兒。他們現在非常缺人，而且以我的條件要進去應該很簡單，只要我先學會敲酒鬼的頭。」

「所以你是想去攻擊別人？」

「你很清楚我不是，不過進去之後也許我可以做些事。從內部進行改革，總要有人去改變這種腐敗的狀況。」

「不過他們可不是只管酒鬼而已，」她說，「而且，你要拿什麼來養史蒂娜和孩子？」

「我得去借。我今天在填申請表的時候發現這些……在這裡，我帶回來了。我想你可能會想看看。你什麼都知道。」

他從褲子口袋拿出一疊表格和徵募的小冊子，推給他們。然後他說：「如果你認為這很瘋狂，就儘管說。」

「我必須說，這非常瘋狂。大致上，我不認為警察會喜歡用有頭腦，或是想進行內部改革的人。你的身家調查呢？政治傾向呢？沒問題嗎？」

「哦，我參加過左派學生團體，除此之外就沒有了。而且他們現在可以接受所有人，除了左翼政黨的黨員，也就是共產黨員。」

她喝了一大口酒，沉思了一會兒，然後聳聳肩。

「為什麼不去呢？這確實很瘋狂，不過我想可能會很有趣。」

「最主要的問題是……」他喝了口酒，對著馬丁．貝克說：「敬你！」

馬丁．貝克也喝了一口。這是他們慎重的第一次接觸。

「什麼問題？」她不悅地問道。

「唉，黎雅，有誰還受得了？怎麼受得了？」

她丟給馬丁．貝克一個狡猾的表情，她的不悅轉換成了微笑。

「問問這位馬丁吧！他是個專家。」

那個男人看著馬丁．貝克，露出驚訝和懷疑的表情。

「你對這類的事情很了解？」

「一點點。警界其實很需要好手加入。這是個變化多端的職業，你可以從那本小冊子裡看到；還有許多特別的任務，如果你對直昇機、機械、組織或訓練馬匹有興趣……」

黎雅一掌拍向桌子，力道之大連杯子都跳了起來。

「不要淨說這些廢話，」她憤怒地說，「他媽的，你就給他一些你真正的想法！」

馬丁・貝克說出一些連自己都驚訝的回答。他說：

「如果你甘願被視為呆頭鵝，或是被利慾薰心、自視甚高或單純是個白癡的上司責罵，前幾年你可能還能忍受。總之，你自己不能有任何意見，而後你很有可能會變得跟他們一樣。」

「顯然你很討厭警察，」肯特喪氣地說，「情況不可能像你說得那麼可怕。有很多人莫名其妙就懷恨警察，這是事實。黎雅，你怎麼看？」

她發出會心的大笑，那笑聲很奇特。她說：

「你可以試試，我相信你會是個好警察。其他的都不是問題，而且考試應該不會太難。」

「那你能幫我填報名表嗎？」

「筆給我。」

馬丁・貝克胸前的口袋裡就有一枝，他拿給她。

那個叫做英潔拉的女孩洗完衣服，走進來坐下。她談著一些瑣事，大多是食物的價格，還有乳品部門亂寫製造日期的事。顯然她在一家超級市場工作。

門鈴響了，門打開，有個人拖著腳步進來，是一個老婦人。她說：

「我電視機的收訊狀況很差。」

「如果是天線問題，我明天會找艾瑞克森過來看看；不然我想可能得修理電視了，當然那台電視也舊了。我有個朋友有一台多餘的電視，如果真不能看，我就去借他們那台給你。我明天會再看看。」

「黎雅，我今天烤了一些麵包，帶了一條來給你。」

「謝謝，阿姨你人真好。我會幫你把電視修好的。」

她填完報名表，拿給那個穿法蘭絨襯衫的男人。她填表的速度快得驚人。

現在她再回頭看著馬丁．貝克，眼神仍舊沉穩。

「當房東要像個管理員，你了解吧？這是必要的，但是會這樣認為的沒幾個。大家都很計較，而且很小氣，他們只看到眼前的事。這實在很差勁。我只想盡力把這裡打點好，住在同一棟樓的人應該要有歸屬感，必須覺得大家好像是一家人。現在房子的內部還算可以，但是我負擔不了修理門面的費用。沒必要的話，我不想在今年秋天提高租金，但是我必須多少加一點。照料一棟房子要注意很多事情，畢竟我對房客還是有些責任。」

馬丁．貝克從來沒有這麼舒坦過，他根本不想離開這個廚房了。他還有點睏倦，也許是酒精的作用吧，他已經十五個月沒喝酒了。

「哦，對了，繼續，」她說，「有關司瓦德的事。」

「他家裡有什麼貴重物品嗎？」

「沒有。兩張椅子、一張桌子和一張床，還有一塊髒地毯，廚房裡只有一些必需用品，甚至連衣服都沒幾件。這也就是為什麼我說他上鎖應該只是出於恐懼。他不跟任何人往來。他有和我說過話沒錯，但也只在必要的時候。」

「就我所知，他非常窮。」

她一臉若有所思。她倒了一杯酒，喝了一口。

「我不太確定。」她說，「大致來說，他似乎太過小氣。他會定時付租金沒錯，不過也會抱怨房租太高，即使一個月也才八十克朗。就我所知，他除了狗食之外沒買過什麼——噢，還有貓食；他也不喝酒。沒有花錢的習慣吧！所以即使他只有退休金可領，應該好歹偶爾也買得起一些香腸吧！有許多老人確實靠狗食維生，但他們可能是要付比較多的房租，而且生活需求比較高，例如晚餐都要有半瓶酒。可是司瓦德連收音機都沒有。我在修心理學的時候曾讀過有人靠馬鈴薯皮維生，而且會穿破舊的衣服出門，可是他們的床墊底下卻藏了好幾十萬克朗！這種事大家都看過，那是一種心理上的現象，我忘記叫什麼來著了。」

「但是司瓦德的床墊下可沒藏錢。」

「而且他搬了出去，這不像他。他新搬去的地方一定比較貴，而且搬那些東西也得花一筆錢，這沒道理。」

馬丁．貝克喝光了他的酒。他很喜歡和這些人相處，可是現在他得走了，他有事情要想。

「噢，我得離開了。」

「我要煮些義大利肉醬麵，醬汁自己做的，應該還不錯。無論如何請留下來。」

「不，我得走了。」

她赤著腳跟他出去。經過嬰兒室時他朝裡面瞥了一眼。

「是的，」她說，「孩子都搬到鄉下了。我離婚了。」停頓一會兒，她又說，「你也是，嗯？」

「是的。」

到了門邊，她說，「那麼再見了，下次再來。白天我在夏季大學有課，但六點以後都會在家。」停了一下，她撩人地看了他一眼，「我們可以談談司瓦德，可不是嗎？」

一個穿著拖鞋和皺巴巴灰色長褲的胖男人走下樓梯來。他的襯衫上縫著紅黃藍三色組成的越共徽章。

「黎雅，閣樓裡的燈壞了。」他說。

「你可以到碗櫥那邊拿個新燈泡換上，」她說，「七十五瓦的應該就可以。」

「你想留下來，」她對馬丁・貝克說，「那就留下來吧。」

「不，我還是離開好了。謝謝你的茶、三明治和酒。」

他知道，有那麼一刻，她想辦法要影響他，例如用義大利麵留住他。

但是她壓抑下來，只說：「好吧，那只好再說一次保重了。」

「保重。」

他們兩個人都沒說「再見」。

他想著司瓦德，也想著黎雅。他已許久不曾如此快活了，一段非常久的時間——雖然他目前還沒意識到。

22.

柯柏和剛瓦德．拉森坐在拉森的書桌前對望著，兩個人看起來都若有所思。現在仍是週四，他們放推土機自己去夢想那個即將到來的快樂日子，也就是可以將華納．盧斯關進大牢的日子。

「推土機是著了什麼魔？」剛瓦德．拉森說，「他真的想放毛立宗走？就這樣把人給放了？」

柯柏聳聳肩，「好像是吧。」

「但是連監視都不做，這我就不能理解了，」拉森繼續說道，「跟蹤他一定能得到一些情報，還是你認為推土機另有妙計？」

柯柏思考過後搖搖頭說：

「沒有。我想可能是推土機不願犧牲掉比跟蹤毛立宗更重要的東西。」

拉森皺起眉頭。

「那是什麼？」他問，「絕對沒有人比推土機更想親手逮到這群歹徒。」

「噢，那倒是真的。」柯柏說，「但是你有沒有想過，我們都沒辦法像推土機那樣得到第一手消息？他認識一大堆線民和騙子，而且他們都信任他，因為他從來不會騙他們，而且一向信守承諾；這些人信賴他，知道他從不允諾自己做不到的事。推土機的那些眼線是他最大的資產。」

「你的意思是，如果他去跟監自己的眼線，以後就沒有人會信任他了，連帶那些密報也就泡湯？」

「沒錯。」柯柏說。

「反正我還是認為，讓這次機會溜走，實在是不智之舉。」剛瓦德・拉森說，「或許我們可以暗地跟蹤毛立宗，這樣就不會給推土機惹麻煩了吧？」他疑惑地看了柯柏一眼。

「好吧，」柯柏說，「我對這個費思佛・毛立宗先生在打什麼主意也很好奇。對了，費思佛（Faithful）是名還是姓？」

「是狗的名字，」拉森說，「說不定他有時也假扮成一隻狗。不過我們得立刻行動，我想他隨時會溜掉。誰去跟蹤？」

柯柏看著他新買的腕錶，那只錶的樣式和被洗衣機洗壞的那只一模一樣。他幾個小時沒吃東西了，所以現在只想狼吞虎嚥一番。他在某本書上讀到，想減肥的人應該少量多餐，他欣然接受這個建議的後半部。

「我提議由你去，」他說，「我在這裡守著電話。如果你需要幫忙或想休息，只管打給我。開我的車去，它不像你的車那麼顯眼。」

他把鑰匙拿給剛瓦德．拉森。

「好。」拉森起身扣上外套鈕釦，到了門口，他轉身說：「如果推土機問到我，你就隨便找個藉口。我再給你消息，再見。」

柯柏等了兩分鐘，然後到樓下的自助餐廳去吃減肥餐。

剛瓦德．拉森沒等多久。毛立宗站在樓梯上猶豫了一會兒，然後走到亞聶街上，接著向右走到漢維卡街，再左轉走到國王島街上的公車站。他在那兒等候著。

不遠處的一扇門前，剛瓦德．拉森也在等候。他非常清楚這份工作的困難之處。首先，即便是在人群當中，他的身高和體型也很難隱藏。另外，如果毛立宗一直朝他這個方向看，八成會認出他來。如果毛立宗想搭公車，剛瓦德．拉森又跟著上去，那鐵定會曝光。馬路對角的計程車招呼站有一輛空車正在候客，剛瓦德．拉森希望在他需要之前，沒有人會搭上那輛車。

一輛六十二號公車停下來，毛立宗上了車。

剛瓦德・拉森等公車走了一些距離，才過街搭上那輛計程車，以免毛立宗從車後窗看到他。他把柯柏的車留在原地。

計程車駕駛是一位少婦，她的金髮凌亂，有一雙靈活的棕眼。當剛瓦德・拉森出示他的警證、要求她跟緊公車時，她非常興奮。

「太棒了！」她說，「你跟蹤的那傢伙是個危險的歹徒嗎？」

剛瓦德・拉森沒有回答。

「我懂，這是祕密。沒關係，我絕對守口如瓶。」

要她閉嘴是不太可能了。

「我們最好跟鬆一點，」她說，「這樣經過公車站時，我們才能停在公車後面。」

「對，」剛瓦德・拉森盡可能簡略地說，「但要保持距離。」

「我了解，」她說，「你不想被看到。你可以把遮陽板拉下來，這樣從上面就看不到你。」

剛瓦德・拉森照做。她詭詐地看了他一眼，瞥見他手上的繃帶，於是大叫：

「怎麼發生的？是打鬥嗎？」

剛瓦德・拉森低聲抱怨著。

「當警察是個很危險的工作，」她繼續說，「不過想必非常刺激。我開計程車之前也想過要加入，最好是刑警，不過我丈夫反對。」

剛瓦德．拉森不發一語。

「不過開計程車也是有些刺激的事，就像現在。」

她對剛瓦德．拉森說，他只好努力擠出一點微笑。她一直與公車保持一段距離。整體而言，她開得相當好，這彌補了她太多話的缺點。

毛立宗終於在艾克達堡街下車，在此之前，剛瓦德．拉森在車上只是偶爾嗯哼回應一下，這位司機倒是有充足的時間說了許多話。毛立宗是唯一下車的乘客。當剛瓦德．拉森要付錢的時候，那個女人好奇地看著毛立宗。

「我看他不像是個騙子。」她有些失望。她拿了錢，迅速寫了一張潦草的收據。「無論如何，祝你好運。」她說完就慢慢開走了。

毛立宗穿過街道，走到阿姆菲德斯街上。當他消失在轉角附近時，剛瓦德．拉森匆忙跑過去，剛好看到毛立宗走進一扇門內。

等了一會兒，剛瓦德．拉森打開那扇門，聽到大樓裡有另外一扇門砰地關上。他走進去檢視住戶名單。

他立刻就看到毛立宗這個名字，他驚訝地揚起眉毛。原來菲利普．費思佛．毛立宗用本名住在這裡！剛瓦德・拉森回想起此人在受偵訊時說過，他在維克街的地址是用連納・荷姆這個名字。非常老練，剛瓦德・拉森心想。聽到電梯啟動，他急忙跑出去，回到街上。

他怕毛立宗從窗戶看到他穿過街道，所以緊靠著大樓牆壁，回到艾克達堡街的街角。他站在那裡監視毛立宗進去的那扇門。

不一會兒，他膝蓋的傷口開始痛了起來。要是這時打給柯柏，未免嫌早了點，而且他也不敢離開崗位，以免毛立宗突然出現。

剛瓦德・拉森在街角站了四十五分鐘之後，毛立宗突然出現在門口。剛瓦德・拉森驚覺到他正朝他走來，所以立刻把頭縮回去。他希望毛立宗沒看到他，所以他跛著腳沿街跑了一段距離，進到最近的一扇門裡。

毛立宗雙眼直視前方，輕快地經過他面前。他換了一套衣服，手上還拿著一個黑色公事包，走過瓦哈拉路。剛瓦德・拉森在他身後隔著一段距離跟蹤他。

毛立宗快步走向卡拉廣場。他兩次轉過頭來，緊張地看著後面；第一次剛瓦德・拉森躲在路邊一輛卡車後面，第二次他衝進一扇門裡。

一如剛瓦德・拉森所料，毛立宗要到地鐵車站。月台上只有幾個人在等車，所以剛瓦德・拉森很難不被看到，但是看來毛立宗沒有發現他。毛立宗上了一輛往南的列車，而剛瓦德・拉森也踏進另一節車廂。

他們倆都在赫托根下車，接著毛立宗就消失在人群之中了。剛瓦德．拉森四下搜尋，想看看月台上有沒有他的蹤影，然而那個男人好像被人群吞沒了。他找了各個出口，都沒發現毛立宗的影子，最後他搭手扶梯到上一層，在五個出口間跑來跑去，卻始終不見毛立宗的人影。最後他停在斯特百貨的櫥窗外，汗流浹背。他懷疑毛立宗可能看到他，要是這樣，毛立宗可能已經溜回月台，搭上另一班北上的列車回去了。

剛瓦德．拉森黯然地看著櫥窗內那雙義大利製的鞋子。這雙鞋要是有他的尺寸，他早就開心地付錢買走了——他幾天前才進去問過。

他轉身正準備回去搭公車回國王島街，卻瞥見毛立宗就站在車站另一頭，正要走向通往西維爾路的出口。除了黑色公事包，他手上還多出一個包裹，上面繫著一大團精緻的緞帶。他消失在樓梯上，剛瓦德．拉森立刻跟了過去。

毛立宗向南走到西維爾路，走進市中心某家航空公司，剛瓦德．拉森躲在萊斯馬卡街上的一輛卡車後面觀察。透過那些寬大的窗戶，他看到毛立宗走到櫃台，和一位穿著制服、身材修長的金髮女子說話。剛瓦德．拉森很納悶毛立宗要去哪裡。一定是往南，也許是到地中海某些區域，或者更遠：非洲現在正受歡迎。毛立宗顯然害怕留在斯德哥爾摩，馬斯壯和莫倫知道他出賣了他們，當然不會放過他。

他看見毛立宗打開公事包，把巧克力盒或不知什麼的東西放了進去。他拿了他的票，塞進外套裡，接著走向人行道。

剛瓦德．拉森注意到毛立宗慢慢往賽耶市場的方向走去，於是他走近櫃台。剛才幫毛立宗辦手續的那個女孩正在翻索引卡片，她瞄了他一眼，繼續翻著卡片說：

「先生，您需要什麼嗎？」

「我想知道剛才那位男士是否買了票，」剛瓦德．拉森說，「如果是，他要去哪裡？」

「我不知道應不應該透露，」金髮女郎說，「您為什麼要問這個？」

剛瓦德．拉森把證件放在櫃台上。那女孩看了看，然後對他說：

「我想您指的是布蘭登堡伯爵？他買了一張到永科平的票，並且訂了下午兩點五十分的班機位子。他打算搭乘機場巴士，因為他問了發車時間，那班車會在一點五十五分從賽耶市場開出。伯爵有什麼……」

「謝謝您，我想知道的就是這些。」剛瓦德．拉森說，「祝您今天愉快。」

他走向門口，心中揣想毛立宗在永科平會有什麼生意可做。他回想起在毛立宗的檔案裡看過，他的出生地就是永科平，而且他母親還住在當地。原來，毛立宗打算回家，躲在他母親那裡！

剛瓦德・拉森走向西維爾路。他看到費思佛・毛立宗・荷姆・布蘭登堡在稍遠處正漫步在陽光裡。剛瓦德・拉森往反方向走，準備找電話通知柯柏。

23.

萊納・柯柏在說好的時間來到和拉森約定的地方，還帶來所有可用的鐵橇和工具，準備打開阿姆菲德斯街那棟公寓的門。不過，有一個他應該要拿、卻沒有拿的東西，那就是地方檢察官奧森簽發的搜索令。他和剛瓦德・拉森都不擔心自己的行為已逾越職權。他們暗自盤算，要是他們發現什麼有用的東西，推土機會高興得完全忘記他們違反了規定；如果他們沒發現什麼，那當然也就沒有理由告訴他這件事。反正，現在違反規定也沒什麼大不了，錯的是規定本身嘛。

毛立宗這時候應該正在南下的路上。雖然不是前往非洲，但人也是遠得不至於會干擾他們的調查。

進入這棟公寓的那扇大門只裝了普通的鎖，毛立宗的住處也是，所以柯柏沒花多少時間就打開了門。門裡的那一面還裝了兩個安全鏈和一個暗鎖，如此設計只能從裡面上鎖。從這些裝設看來，毛立宗預料他會有（或必須拒絕）一些比推銷員和小販更難纏的客人上門。不過他已經在門口貼上一張彩色告示，表示拒絕推銷。

他的房子裡有一間廚房、一條走廊、一間浴室和三個房間，內部裝潢非常雅緻。雖然家具看得出相當昂貴，但給人的印象卻是沒品味，而且俗套。他們走到客廳。前面是一片柚木牆，牆邊有一些書架、碗盤架和一個嵌入的寫字桌。其中一個架子放滿平裝書，其他架子則放了一些收藏品，像是紀念品、瓷器、小花瓶、小碗，還有其他裝飾品。牆壁上掛著幾幅在廉價商店就能買到的贗品油畫和複製品。家具、窗簾和地毯雖然價錢不斐，但一看就知道是隨意亂選的，圖案、材質和顏色根本不搭配。

屋子角落裡有個吧台，光是看一眼就覺得不舒服，更遑論從後面酒櫃玻璃門裡那些瓶子散發出來的氣味。吧台正面鋪著一塊圖案非常奇特的油布，是一些黃、綠、粉紅色、既像是阿米巴原蟲、又像是高倍數放大的精蟲圖案，浮現在黑色背景上；相同的圖案也出現在吧台的塑膠台面，只是尺寸縮小許多。

柯柏走過去打開酒櫃。裡面有半瓶Parfait d'Amour*，一瓶差不多已經見底的瑞典餐後酒，一瓶還沒開過的卡夏姆雞尾酒，和一瓶全空的英人牌琴酒。他打了個寒顫，然後關上酒櫃門，走進隔壁房間。

客廳和另一個房間之間沒有門，只有一個拱梁，兩邊各有一根梁柱，這個地方很可能是飯廳。那裡的空間很小，不過有一個可俯看街道的落地窗，還有一架鋼琴，角落各有一台收音機和錄音機。

「啊哈！我們有音樂室了呢。」柯柏邊說還邊比了一個大手勢。

「不過，我很難想像有人會坐在這裡彈《月光奏鳴曲》。」剛瓦德・拉森走過去掀起琴蓋，檢視鋼琴內部，「最起碼這裡邊沒有屍體。」他說。

初步檢視之後，柯柏脫下夾克，兩人開始在房內仔細檢查。他們先從臥房下手，拉森動手翻衣櫥，柯柏則專攻抽屜。他們不發一語地工作了一會兒。柯柏打破沉寂。

「剛瓦德！」他叫道。

一陣低沉的回答從衣櫥內傳出來。

柯柏繼續說：「他們跟蹤盧斯的行動不太成功，他幾個小時前就從阿蘭達飛走了；而且在我離開之前，推土機剛拿到最新報告，他非常失望。」

拉森發了些牢騷，伸出頭來說：

「推土機太樂觀、太會想像，所以經常失望。不過你一定也注意到，他很快就會克服這種低潮。對了，盧斯不上班的時候都在做什麼？」語畢，他又遁入衣櫥裡。

＊一種利口酒，色澤呈紫色，多用於雞尾酒調酒。

柯柏關上最下層的抽屜，然後挺直腰桿。

「嗯，他沒去找馬斯壯和莫倫，那只是推土機的幻想。」他說。「第一晚，也就是前天傍晚，他和某個貴婦去餐廳吃飯，之後和她一起裸泳。」

「是啊，我聽說了。」拉森說，「然後呢？」

「他和這位貴婦一直待到下午，然後開車進城，一個人漫無目的地閒逛。昨天傍晚他又和另一個女孩到另一家餐廳，但沒去游泳，至少不是在戶外泳池；他把她帶到位在默斯塔的家中。他們昨天搭計程車到歐丁廣場，在那裡分手之後他就自己逛街，逛了幾家店，而後又坐車回到默斯塔換衣服，再開車到阿蘭達機場。根本沒什麼特別的，更別提犯什麼罪了。」

「是啊，如果裸泳不算違反社會善良風俗的話。」剛瓦德・拉森說，「而且，坐在樹叢中的艾克也沒提報他犯了妨害公共利益罪。」他出了衣櫥，關上門。「裡面除了一些沒格調的衣服之外，什麼都沒有。」他邊說邊走進浴室。

柯柏繼續檢查一個充作床頭櫃的綠色木櫃。最上層兩個抽屜裡雜亂放著一些物品，全都是用過的：皺了的可麗舒衛生紙、袖釦、幾個空火柴盒、半條巧克力、大頭針、一支溫度計、兩包咳嗽藥、餐廳帳單和收據、一盒還沒打開的黑色保險套、原子筆、從斯特丁寄來的明信片，上面寫著：「這裡有伏特加、女人和歌聲。夫復何求？林斯」，還有一個壞掉的打火機和沒有刀鞘的小刀。

床頭櫃上放著一本平裝書，封面是一個牛仔蹲著馬步，還拿著一把冒煙的左輪手槍。

柯柏翻了翻那本書，書名是《黑峽谷槍戰》。一張相片從書裡掉了出來。那是張彩色快照：一名少婦站在堤防上，穿著短褲和短袖白色毛衣，她的頭髮是黑色的，外貌平凡。柯柏把相片翻過來，背面上方用鉛筆寫著：「摩亞，一九六九」；下方則是藍色墨水寫的另一種筆跡「莫妮塔」。柯柏把相片塞回書裡，接著打開底下的抽屜。

這個抽屜比其他的來得深，當他拉開之後，他叫剛瓦德．拉森過來。他們看著抽屜裡的東西。

「把研磨機放在這裡好像有點奇怪。」柯柏說，「這會不會是新型的按摩器？」

「我很納悶這是做什麼用的，」拉森說，「他不像是有這種嗜好的人，不是嗎？當然這可能是他偷來的，或是別人用來抵買毒品的錢。」他走回浴室。

差不多一個小時之後，他們將屋內的東西全搜查過，發現了幾件耐人尋味的事：他沒有藏任何錢，沒有可以用來控告他的相關資料，沒有武器，除了阿司匹靈和止痛藥Alka-Seltzer外，沒有更強的藥品。

他們站在廚房裡張望。他們剛才已經在這裡翻箱倒櫃，搜過所有抽屜和壁櫥了。他們注意到電冰箱還在運轉，而且裡面放滿食物，這表示毛立宗沒有打算出遠門；冰箱裡還有一條燻鰻魚在向柯柏挑釁。自從他決定控制體重之後，整個人始終處在飢餓的痛苦中；不過他還是控制住自己，讓肚子咕嚕咕嚕地轉身離開電冰箱和鰻魚的誘惑。他瞥見廚房門後掛著一個鑰匙環，上面有兩把鑰匙。

「屋頂的鑰匙。」他指著鑰匙說。

剛瓦德・拉森走過去拿下來。他說：

「也可能是地下室的。趕快，我們去看看。」

兩把鑰匙都打不開屋頂的門，所以他們搭電梯到一樓，再走往地下室。比較大的那一把鑰匙能打開防火門的鎖。

他們最先看到的是一條短走廊，兩邊都有門。打開右門，他們看到的是垃圾間。這棟大樓有垃圾滑道，開口處有一個帶輪的金屬箱，裡面套著黃色大塑膠袋；旁邊還有三個套著塑膠袋的箱子，有一個裝滿垃圾，另外兩個則是空的，全都靠牆放著。某個角落放著掃把和畚箕。

另一邊的門鎖著，從門口牌子可以知道那是洗衣室。走廊底端是一條長長的橫向通道，分別向兩邊延伸，靠牆有一排櫃子，旁邊的格子上則有不同類型的掛鎖。

柯柏和拉森用比較小的鑰匙一個個試，最後終於找到正確的鎖。毛立宗的櫃子裡只有兩樣東西：一個老舊、沒有噴嘴的真空吸塵器，以及一個上了鎖的大箱子。柯柏把鎖拿起來，而拉森則打開真空吸塵器查看裡面有什麼。

「空的。」他說。

柯柏打開箱子的蓋子說：

「可是這裡面有東西，你過來看看。」

箱子裡面是十四瓶還沒開過的一百三十年保證波蘭伏特加酒、四捲卡帶、一個吹風機和六個全新尚未拆封的電動刮鬍刀。

「走私，」拉森說，「不然就是贓物。」

「這應當是他交換得來的東西，」柯柏說，「我可以拿走伏特加，但我想最好維持原狀。」

他關上箱子，鎖上，然後他們從原路出去。

「唉，至少我們發現了一些事，」柯柏說，「但還不足以滿足推土機。我想我們應該把鑰匙放回原處然後離開，這裡沒什麼好做了。」

「毛立宗這渾蛋還真謹慎，」剛瓦德．拉森說，「也許他還有第三棟房子。」

他停下來，點頭示意通道另一頭的門。那些門上用紅漆寫著「防空洞」。

「我們去看看那是不是開著，」他說，「反正都來了。」

這門是開著的。這個防空洞似乎是用來放腳踏車和堆一般垃圾用的，在腳踏車和幾輛馬達已被拆掉的機車旁邊，放著一些嬰兒車、雪橇和有輪子的老式平底雪橇；一個木工桌靠牆放著，在它下方的地板上有兩個窗框，框內沒有玻璃；有一個角落放著一根鐵矛、幾個掃帚、雪鏟和兩個長柄草耙。

「我只要到這種地方，都會出現幽閉恐懼症。」柯柏說，「我們在戰時會做空襲演練，我總是坐著，想像躲在一棟被轟炸的建築物底下、而且再也出不去會是什麼感覺。恐怖極了。」

他看看四周。長椅後面的角落裡有一個舊木箱，木箱前面寫著兩個幾乎看不見的「沙子」兩字，蓋子上放著一個鍍鋅的桶子。

「你看，」他說，「這是戰時留下來裝沙的桶子。」

他走過去搬開桶子，打開裝沙箱子箱蓋。

「裡面還有一些沙。」他說。

「我們用不到，」拉森說，「反正不會用來撲滅燃燒彈的灰……咦，這是什麼？」

柯柏彎下腰，手伸進去拿出一個東西，把它放在長椅上。

那是一個綠色的美國軍用背包。

柯柏打開背包，拿出袋裡的東西放在工作凳上——

一件皺掉的淺藍色襯衫。
一頂金色假髮。
一頂藍色寬邊丹寧布帽。
一副太陽眼鏡。
還有一把槍——四五口徑的美洲駝自動手槍。

24.

相片裡的那個女孩名叫莫妮塔，三年前的夏天她在摩亞的防波堤上留下倩影時，還不認識菲利普・費思佛・毛立宗。摩亞是斯德哥爾摩群島的一個小島。

那是她和彼得六年婚姻裡的最後一個夏天。那年秋天，他遇到另一個女人，而耶誕節過後他就離開了妻子和五歲大的女兒莫娜。由於肇因是他的不忠，所以她也就順著他的要求，很快辦好離婚手續——他急著要和那個新歡結婚，辦妥離婚手續那時，對方已經懷有五個月的身孕了。莫妮塔保有位在郊區荷卡蘭街那棟兩房寓所，而且在沒有爭執的情況下得到孩子的監護權。彼得放棄與女兒見面的權利，後來他甚至不再支付孩子的生活費用。

離婚不只讓莫妮塔的財務狀況急速惡化，也迫使她中斷她才剛剛復學的課程，這是這整個不幸遭遇當中最令她沮喪的事。

隨著歲月流逝，她開始覺得自己的教育程度不夠是種缺憾。她一直沒有繼續求學或學習一技之長的機會。她在九年義務教育之後想休息一年，之後再進專科學校唸書，但她在那一年結束之前遇見了彼得。後來兩人結了婚，而她接受高等教育的計劃也就束之高閣。他們隔年生了女兒，彼得也開始唸夜校，一直到他唸完之後（就在他們離婚前一年），才輪到她去唸書。彼得離開之後，她回去上課的計劃也就破局了，因為她不可能找到全職保姆，就算找到，那費用她也付不起。

女兒出生後的頭兩年，莫妮塔都留在家裡帶孩子，但是在女兒可以送到幼兒中心後，她又開始上班。先前，也就是從她離開學校、一直到生產前幾週，她換過好幾個不同的工作。她在那幾年裡做過祕書、超市收銀員、倉管、工廠女工和服務生。她是個靜不下來的人，只要覺得不高興或是認為需要變化，她就會辭職再找新工作。

中斷兩年之後，她又開始找工作。她發現勞力市場變得緊縮，而且沒有太多工作機會可供她選擇，更何況她又缺乏職業訓練，也缺乏人脈，所以只能做些待遇差、讓人提不起勁的工作。現在就算工作內容令她厭煩，她也不能隨便轉職。不過當她重返校園上課之後，未來似乎變得比較有希望，生產線上那些毫無意義的單調工作也比較能讓她接受。

三年來，她一直待在斯德哥爾摩南邊市郊的一家化學工廠。可是離婚後她得獨力扶養女兒，所以被迫得找個上班時間較短、薪水因此也較低的工作。她感覺到徬徨無助，在絕望下突然辭掉工作，而且不知道自己接下來要做什麼。

在此同時，瑞典的失業率也逐漸升高，工作機會嚴重短缺，以至於就連學歷好和高級專業人士也得去爭取一些待遇很差、工作條件遠低於他們能力的工作。

莫妮塔有一陣子處於失業狀態。她雖然領有微薄的失業保險救助金，但整個人卻更加沮喪。她每天都在想如何讓收支平衡，房租、食物和為莫娜添購衣物已花掉她所有的收入。她沒有錢替自己買衣服，也得戒菸，催繳帳單堆得越來越高。最後她只能拋棄自尊向彼得求助，畢竟依法可以要求他支付莫娜的支出。雖然他抱怨說他有自己的家庭要照顧，但還是給了她五百克朗，她立刻就用這筆錢償還了一些債務。

一九七〇年秋天，她在一家公司做了三個星期的約聘人員，又在一家大麵包店挑了幾個星期的麵包，除此外，莫妮塔在這段期間都沒有穩定的工作。她不覺得找不到工作需要難過。早上反而因此可以睡到很晚，白天又能帶著莫娜，感覺相當不錯。如果不需為金錢操煩，沒工作對她根本不成困擾。時間一久，她繼續唸書的欲望也逐漸減弱了。如果一個人付出了時間、精力，又背負一身債務，得到卻是毫無價值的考試成績和阿Q式的知識滿足感，這到底有什麼意義？此外，她也開始思考，除了擁有較高的薪資和較愉快的工作環境之外，人生應該還有更重要的事，要是如此，投入這個工業化資本主義的社會系統才顯得有意義。

耶誕節前，她帶著女兒到奧斯陸去找她姊姊，她們的父母在五年前雙雙死於車禍，這個姊姊是她唯一的近親。父母親去世之後，到姊姊家過耶誕節就成了她們的一個傳統。為了籌到買票錢，她把父母的婚戒和她繼承到的珠寶拿去典當。她在奧斯陸待了兩個星期，在過新年回到斯德哥爾摩的時候還胖了六磅，而且感受到許久未曾有過的快樂。

一九七一年二月，莫妮塔慶祝她二十五歲的生日。這時彼得已經離開她一年了，莫妮塔認為自己在這一年裡的改變比整個結婚時期還來得多。她變成熟了，發現自己新的一面，這些是正面的影響；然而她也變得比較冷酷、認命，生活過得比較清苦，這些則比較負面；最重要的是，她變得非常孤單。

獨自扶養一個六歲大的孩子，幾乎占去她所有時間；她們住的又是市郊，每一戶人家都相距得非常遠，大家也習慣躲在自己建立的圍牆中保有隱私，她根本沒有機會衝破這種孤獨。

她和過去的朋友和認識的人逐漸疏離，他們也不再出現。她不希望將女兒獨自留在家裡，所以很少出門，更何況沒錢也沒辦法有什麼娛樂。剛離婚那段期間，還有一些朋友會過來探望她，可是到荷卡蘭街的路途遙遠，大家不久後就懶得跑了；再加上她時常相當邋遢又沮喪，這些形象或許太過陰鬱，把朋友們都給嚇跑了。

她常和女兒走上一大段路到圖書館，抱許多書回家。莫娜入睡之後那段安靜、孤獨的時間，只有書本陪伴她。沒什麼電話會打來，她自己也沒有打電話的對象，所以當電話線因為沒繳費而被切斷時，她甚至覺得沒有什麼差別。她覺得自己就像是個被關在家中的囚犯，逐漸地，這種監禁反而像是一種保護。對她來說，除了自己那棟陰沉的房子之外，外面的世界似乎變得益發虛幻和遙遠了。

有些夜裡，她書讀得煩，但精神又太過緊繃而無法入睡，只好在客廳和廚房之間無目的地遊盪，這時她都覺得自己快要發瘋了，彷彿只要稍微一放手，心中那道堤防就會崩潰，瘋狂的情緒便將趁虛而入。

她時常想自殺，好幾次她感到無比的絕望和焦慮，因為想到孩子，她才沒有了結自己的這一生。

她非常擔心女兒，每每想到這孩子的未來，她就會流下無助的眼淚。她希望這孩子能在溫暖、安全、人性化的環境下長大；在那裡，追逐權力、金錢及社會地位的鼠輩不會將每個人都變成敵人；在那裡，「買」和「擁有」不代表快樂和滿足。她希望給孩子一個好好發展人格的機會，而不是在社會既定的框架下塑形。她希望孩子能享受工作的快樂，和別人分享生活，有安全感，有自尊。

期待這些攸關女兒生存的社會基本要求，她認為不算過分；可是她也清楚地知道，只要繼續住在瑞典，女兒永遠無法實現這些希望。可是她不知道怎麼弄到錢去移民。她的絕望和沮喪最後變成了認命和漠然。

從奧斯陸回來之後，她決心振作，努力改變現狀。為了要讓自己更自由，也避免莫娜變得太孤立，她嘗試——第十次——讓她到公寓附近的幼兒中心上課。令她驚訝的是竟然有空位，莫娜可以立刻開始上課。

莫妮塔開始看求才廣告，詢問工作。同時，她也不斷在想一個主要的問題：她該如何弄到一些錢？她知道若要徹底改變現況，她需要很多錢，她得賺足出國所需的費用。她越來越不甘心，而且開始憎恨社會，這社會不斷誇耀少數特權階級的繁榮景象，然而大多數人的生存機會，其實卻是在運轉的機器中重覆著單調的工作。

她腦子裡不斷忖量著賺錢的方式，但她發現這是個無解的問題，因為用正當的管道不可能賺得那麼多錢；就算她有工作，在扣掉所得稅、租金和食物的開銷之後，大概也所剩無幾。

她賭足球彩票贏錢的機會也是微乎其微，但是，她每個星期還是持續買個三十二張的聯票，只為了保持希望。

她沒有任何可能會將財產留給她的親友；當然也沒有重病的百萬富翁要跟她結婚，然後在新婚之夜突然暴斃。

當然，有的女孩當妓女賺了不少錢，她就認識一個。現在你根本不必阻街拉客，只要說自己是模特兒，再租一間工作室，或是到按摩院或優雅的色情俱樂部上班就可以。但是她一想到此途就反感。

那麼，唯一的方法就是偷了。可是要怎麼偷？到哪裡偷？她太老實了，根本不知道怎麼動手，所以她決定暫時找一份正當的工作，而這件事比她預期的容易多了。

她在市中心一家生意興隆恩的知名餐廳當服務生。上班時間很短，很有彈性，而且靠小費賺錢的機會很大。

這家餐廳有一個常客，那就是菲利普·費思佛·毛立宗。

某天，他入坐莫妮塔服務的桌位，個子小小的他看來很不起眼，卻十足正派。他點了豬肉和蕪菁泥，在她過來點單時親切地和她談笑，但是他無意引起莫妮塔的特別注意；同樣的，莫妮塔也無意激起毛立宗的特別興趣，至少當時沒有。

莫妮塔的樣貌很普通，這一點她自己也知道。和她見過一兩次面的人很少能在下次相見時認得出她。她有深色頭髮、灰藍色的眼睛、潔白的牙齒和端正的五官；她的身高中等，五呎五吋；體格正常，大約一百二十磅重。有的男人會覺得她很美，但那是在他們和她熟稔之後說的。

毛立宗這一週第三次坐在她服務的桌位時，莫妮塔認出他來，而且猜想他會點今日特餐：香腸和水煮馬鈴薯。上回他吃的是豬肉薄餅。

他的確點了香腸，也點了一杯牛奶。她送餐過來時，他抬起頭來看著她說：

「你一定是新來的吧，小姐？」

她點點頭。這不是他第一次對她說話，但是她習慣隱藏自己的姓名，而且制服上也沒有她的姓名。

送帳單過來時，他給了她不少小費，而且說：

「希望你會喜歡這裡，小姐，因為我很喜歡。而且這裡的食物不錯，所以好好做吧！」

離開之前，他和藹地對她眨眨眼。

隨後幾個星期，莫妮塔開始注意到這個矮小的男人。他總是點最簡單的食物，而且從不喝牛奶以外的東西。他專挑她負責的桌位入座，入席之前他習慣在門邊觀察，看看她服務的桌位是哪些。這讓她有受寵若驚的感覺。

莫妮塔不認為自己是個服務周到的侍者，面對挑剔或不耐煩的客人，她很難裝出毫不在乎的樣子；每當有客人大吼大叫，她一定會回嘴；她也常常恍神，時常會覺得煩心，而且挺健忘的。可是另一方面，她身體強壯，而且手腳很俐落，對看得順眼的客人會很友善，但不像有些女孩那般諂媚又愚蠢。

每次毛立宗來到餐廳，她都會和他說幾句話。漸漸地，她把他視為熟客，他的彬彬有禮及些微古板的態度（只是與他愛喊「唉喲喲」的說話習慣不太協調），令她十分著迷。

雖然莫妮塔對這份新工作並不滿意，但整體而言也不覺得太壞。她可以在幼兒中心關門前結束工作，所以能準時去接莫娜。而且她也不再覺得那麼孤單，雖然她還是異想天開，希望有朝一日能離開瑞典，到一個氣候比較怡人的地方。莫娜在幼兒中心已經找到幾個新玩伴，每天早上都迫不及待想上學；她最好的朋友也住在同一棟公寓，所以莫妮塔有機會認識她的父母；他們很年輕，也很友善。如果晚上有事情，他們會互相幫忙照料彼此的女兒。有幾次莫娜的玩伴還在她們家裡過夜，而莫娜也有兩次在她朋友那兒睡覺……雖然這些空檔莫妮塔也沒事好做，不過就是到鎮上看個電影，然而這種安排讓她有了自由的感覺，後來也證明這對她很有益處。

四月的某一天，也就是她在新工作兩個多月後的某天，她站在那裡，雙手在圍裙底下交握著，做著白日夢。毛立宗招呼她過去。她走過去，看著他那一碟幾乎沒動過的豌豆湯問道：

「湯是不是有什麼問題？」

「湯很好，一如往常。」毛立宗說，「不過我突然想到，我每天坐在這裡狼吞虎嚥，而你總是在工作。我想問，我能否邀請你出去吃個飯，改變一下氣氛？當然是在晚上，你有空的時候，例如明天如何？」

莫妮塔沒有猶豫太久。她很久以前就認為他是個誠實、樸素和努力工作的人，雖然好像哪裡有點怪，但絕對不是危險人物，甚至相當和善。再者，他的這個舉動其實早有徵兆，而且她已經決定好一旦他開口問時，要如何回答。所以她說：

「哦，這樣啊，可以呀！」

在和毛立宗共度某個週五夜晚之後，莫妮塔只修正了她對毛立宗的兩個印象：他並非滴酒不沾；而且可以說他也不是個很努力工作的人。不過這兩件事並沒有減損她對他的好感。真的，她發現他實在很有趣。

那個春天，他們一起出去吃過幾次飯。莫妮塔每次都友善而堅定地拒絕毛立宗希望她到他家中喝個睡前酒的邀約；她也不讓他送她回荷卡蘭街的家。

到了那年初夏，她便沒再見到他，而且七月有兩週她都和她姊姊一起到挪威度假。

她回來工作的第一天，毛立宗就出現了，而且就坐在他平常的桌位。那天傍晚，他們再度見面，莫妮塔這次就跟他回到阿姆菲德斯街的家。這是他們第一次上床，莫妮塔發現他在床上的表現就像平常一樣隨和。

他們的關係變成相互的滿足。毛立宗的要求不多，而且很少在她不願意的時候還堅持要見面，差不多是一個星期兩、三次。他對她很體貼，而且他們很喜歡有彼此為伴。

她對他也很體貼，例如他絕口不提自己的職業，或是如何維生，雖然她相當好奇，卻從不開口問。她也不希望他太過介入自己的生活，尤其是關於莫娜的事。所以她小心地不去過問他的私事。他似乎也沒麼嫉妒心，和她一樣。可能他知道他是她唯一的男人，不然就是他不在乎她是否還與其他男人約會。他也不曾過問她的過往。

到了秋天，他們到城外的時間減少了，他們比較喜歡待在他家。在那裡，他們常有好東西吃，而且通常會在床上度過大半時間。

毛立宗偶爾會消失一陣子，說是去出差，不過他從來不提是要去哪裡，或是做什麼生意。莫妮塔不笨，她沒多久就感覺到他的活動必然和犯罪有關。只是她告訴自己，他基本上是個正直而誠實的人，因此他犯的罪應該是沒有傷害性的；她把他當成羅賓漢，認為他只是為了劫富濟貧。她絕想不到他是個人口販子，而且還會賣毒品給未成年人。她一有機會便會暗示他，她不認為從有錢人身上騙點東西、或是從這個吃人的社會裡撈點好處有什麼大不了。她希望這樣能讓他吐出一些祕密。

其實，在耶誕節前後，毛立宗不得不讓莫妮塔參與一些工作。毛立宗從事的這類行業，聖誕節是最忙碌的，他一向不願錯過任何賺錢機會，因此接下的工作量超出了自己的能力所及。對，他一個人絕對做不來：耶誕節隔天，一筆複雜的交易需要他去德國漢堡走一趟，他同時還答應了當天要送貨到奧斯陸的福尼布機場。莫妮塔剛好和以前一樣要去奧斯陸過耶誕節，這促使他要求她充當他的同夥，為他去送信。這工作沒什麼大風險，但遞送方式非常奇特，而且牽涉甚廣，所以他騙她說，這次要她送的只是一般的耶誕禮物。他告訴她詳細的過程，不過他知道她對販毒相當不屑，因此只跟她說包裹裡是一些偽造的郵件。

莫妮塔沒有理由拒絕，也順利地完成了這份工作。他支付了她的旅費，而且給了她幾百克朗作為酬勞。

這筆意外之財來得相當容易，也如一場及時雨般紓解了她的經濟困境，她應該會食髓知味才對。但莫妮塔仔細考慮過後認為，以後若是還有類似的工作，還是應該先弄清楚內容物才對。她對金錢並不反感，可是如果因此入獄，至少要知道究竟是因為什麼。她很後悔沒有偷看一下包裹裡是什麼東西，也開始懷疑毛立宗騙了她。下次他若是又要求她充當密使，她絕對要拒絕。拿著一個神祕包裹到處跑，而且裡面可能是鴉片，或是定時炸彈，這絕非她願意的。

毛立宗一定也了解這一點，因此沒再要求她做什麼。雖然他的態度和以前沒有不同，但隨著時間過去，她開始留意到一些過去沒有特別注意到的事。她發現他經常說謊，此舉非常沒必要，因為她一向不會過問他在做什麼，也不會當場逼問他什麼。她開始懷疑他不是個盜紳，反而是個會為錢出賣靈魂的卑微罪犯。

隔年一月，他們見面的頻率減少了。不僅是因為莫妮塔拒絕，也因為毛立宗變得異常忙碌，時常要出遠門。

莫妮塔不認為他已對她感到厭煩了，因為只要晚上一有時間，他都盼望能與她共度良宵。有一次，她在他家時，碰巧他有一些訪客，那是一個三月初的晚上。他的客人名叫馬斯壯和莫倫，他們的年紀比毛立宗輕，而且似乎是他生意上的夥伴。她對其中一個人頗有好感，只是後來沒再見過面。

對莫妮塔來說，一九七一年的冬季非常嚴酷。她原本工作的餐廳換了老闆，也轉型成一家酒館；他們沒有努力去吸引新客人，又流失了老顧客，最後只能裁員，將原有的地方變成賓果遊樂場。現在她又失業了。莫娜白天都在幼兒中心，週末又會和她的朋友一起出去玩，因此莫妮塔比以前更加孤單。

她覺得自己斷絕不了和毛立宗的關係，這令她很生氣，但看不到他更增加她的憤怒。當他們相處時，她還是能盡情享受與他為伴，他是這世上除了莫娜之外唯一需要她的人。他顯然愛上她了，這當然讓她很高興。

有時白天沒事、又知道他不會在家的時候，她會去他在阿姆菲德斯街的住處。她喜歡獨自坐在那裡，看書、聽音樂，或單純沉浸在屬於他的事物之中。雖然她已經習慣那地方的擺設，但對她而言，它們還是有些陌生；除了幾本書和一些唱片，那裡的東西都是她不敢奢求的。然而奇妙的是，她覺得那裡就像是自己的家。

毛立宗沒有給她這地方的鑰匙，那是有回他借給她的時候她私下去複製的。這是她唯一沒有徵詢過他同意的事，剛開始時的確讓她良心不安。

她總是注意不要留下來過的痕跡，而且只有非常確定他不在的時候，她才會過去。他要是知道了，會有什麼反應？當然，她有時候會偷偷地到處亂翻，不過她從來沒發現任何違禁品。她複製這把鑰匙不是為了查探，只是希望能有個屬於自己的隱蔽處所——沒有人會找她，也沒有人對她的來去有興趣。雖然如此，這裡還是給她一種難以親近的感覺，一種主導一切的感覺。這讓她想起小時候玩捉迷藏時，她總是會挑一個全世界沒有人能找到她的地方躲起來。如果她開口要求，他應該也是會給她鑰匙，但是這樣的話就沒有樂趣了。

四月中旬的某一天，莫妮塔覺得坐立難安、心情煩躁，於是她就到阿姆菲德斯街那裡去。她準備坐在毛立宗那張最醜、卻也最舒服的安樂椅上，放上韋瓦第的音樂，忘卻世間一切，讓那種美好、詳和的感覺緊緊包圍自己。

毛立宗去西班牙了，隔天才會回來。

她將外套和背包掛在走廊的吊架上，一邊走入客廳，一邊拿出菸和火柴。房間裡和平常一樣整齊。毛立宗一向自己收拾房間，他們剛認識的時候，她曾問他為什麼不請佣人。他答說他喜歡收拾東西，所以不想將這份樂趣讓給別人。

她把菸和火柴放在安樂椅寬大的扶手上，然後走到另一個房間去播唱片，她放的是《四季》。在第一樂章的樂聲中，她走進廚房，從壁櫥裡拿出菸灰缸，然後回到客廳。她整個人蜷曲在安樂椅中，菸灰缸就放在扶手上。

她想著自己和毛立宗這種基礎薄弱的關係。雖然認識一年了，但對彼此的了解並沒有跟著加深，關係也不成熟，反而越來越淡。她總想不起來彼此見面時都談些什麼，可能是因為從沒談到重要的事情吧。她坐在他最喜愛的椅子上，看著那個放滿滑稽小花瓶和小罐子的書桌，更覺得他的個性相當古怪，非常荒謬。她第一百次問自己，為什麼還和他混在一起？為什麼不替自己找個更合適的男人？

她點了根菸，將菸吐向天花板，形成一縷白色煙柱。她覺得自己必須停止這些不智的想法，以免又陷入低潮。

她讓自己舒服地躺在椅子上，閉上眼什麼都不想，手慢慢隨著音樂擺動。到了慢板的時候，她敲著菸灰缸，結果不小心落到地板上打碎了。

「該死。」她喃喃自語。

她起身走進廚房，打開水槽底下的櫥子，摸找著刷子。它通常會擺在垃圾袋右邊，但現在卻不在那裡。所以她彎下身去看。原來刷子倒了下來。當她要去拿的時候，她瞥見一個公事包竟放在塑膠垃圾袋後面，看起來很舊，磨損得也很嚴重。她以前沒看過這個公事包，所以他一定是暫時放在那兒、準備拿到地下室去的。它看起來太大了，應該放不進垃圾滑道裡。

這時，她注意到公事包被一條粗繩子纏繞了好幾圈，上面還打了許多活結。她把公事包提出來，放在廚房地板上。很沉重。

她很好奇。她小心翼翼地解開那些結，努力記住那些結的打法；她解開那條繩子，打開公事包。

裡面裝滿石頭，平板狀的黑頁岩。她認得這種岩石，她依稀記得最近好像在什麼地方看過這些石頭。她皺著眉頭，伸直腰，把菸蒂丟進水槽裡，若有所思地看著那個公事包。他為什麼要將舊公事包裝滿石頭，還用繩子綁好，放在水槽底下？

她更仔細地檢查那個公事包。它是真皮材質，剛買來的時候應該很有質感，價錢應該也不低。她打開包蓋檢查，沒有名字。她注意到一件特殊的事：有人曾用銳利的小刀或剃刀把底部四個角切開來，而且好像是最近的事，因為切口相當新。

突然，她想到他打算怎麼處理這個公事包：把它丟到海裡。為什麼？她彎下身，取出那些頁岩放在地板上疊成一堆。這時，她想起在哪裡看過這些石頭了——就在門廊，就在通向庭院的門口裡邊，那裡原本有一堆這樣的石堆，是要用來將庭院圍住的。他一定是從那兒搬過來的。

她正想著裡面不可能再有其他東西，手指隨後就碰到一個堅硬且光滑的東西。她把它拿了出來，站在那裡，雙手捧著，開始沉思。慢慢地，她知道長久以來一直藏在心中的計劃（雖然她不願意承認），終於要成真了。

從這個黑色的金屬管上，她得到了問題的解答，以及她夢想已久的自由。

這把槍大約七吋半長，大口徑，而且有沉重的槍托。在閃爍著藍光的鋼柄上刻著一個名字：美洲駝。她用手掂了掂那把武器，很沉重。

莫妮塔走到衣帽間，把槍放進她的袋子。接著她回到廚房，把石頭放回公事包內，也把繩子綁回原來的樣子——盡量和原來的結一樣——最後，她將公事包放回原處。

她拿了刷子把客廳裡的菸灰缸碎片掃乾淨，拿到走廊的垃圾滑道丟掉。做完之後，她關掉電唱機，把唱片放回原處，再走到廚房，把菸蒂丟進水槽，打開水龍頭沖掉。接著她穿上外套，把袋子的上蓋蓋好，背到肩上。離開公寓之前，她迅速看過每一個房間，確定所有物品全都歸位。她摸摸口袋裡的鑰匙，用力關上門，走下樓去。

走在回家的路上，她決定認真地思考一些事情。

25.

七月七日星期五早上，剛瓦德・拉森起得相當早，不過倒也不是天色一亮他就起床，因為這樣未免太早了些——這一天在瑞典曆上叫做「Klas」，太陽會在凌晨兩點四十九分就出現在斯德哥爾摩的地平線上。

他在六點半時沖了澡，吃了早餐、著裝；半個小時後，他已經站在索隆恩涂納區的桑加路上一棟小房子前的台階。埃拿・隆恩四天前曾來這裡拜訪過。

這是即將萬箭齊發的那個星期五。毛立宗將再次面對推土機，這次的場面預料不會像上次那麼熱絡了。也許這會是他們逮到馬斯壯和莫倫、破壞他們那個龐大計劃的日子。

但是在特別小組行動之前，剛瓦德・拉森心裡有一件事情要先解決，這個問題已經困擾了他一個禮拜之久。從大範圍來看，這也許只是一件小事，卻相當惱人。他現在想一次解決，同時也證明自己的想法沒錯，而且做了正確的結論。

史丹・史約格並未跟著朝陽起床。他五分鐘前才打著哈欠，忙亂地摸索著睡衣帶子，走下來開門。

剛瓦德・拉森的口氣還算友善，他單刀直入地開口：

「你對警方說謊。」他說。

「我有嗎？」

「一個星期前，你兩次描述那名銀行搶匪，說他乍看之下是個女人，而且你還對他們逃脫用的汽車和車裡的兩個男人做了詳細的描述。你說是雷諾十六？」

「沒錯。」

「星期一，你一字不漏地向一個來這裡找你的探員重述了相同的故事。」

「這也是真的。」

「還有一件事是真的，就是你說的完全是謊話。」

「我已經盡量描述那名金髮女郎的樣子了。」

「對，因為你知道另外還有幾個人看過搶匪。你也很聰明，想到銀行裡的攝影機大概拍到了什麼。」

「可是我確定那是個女的！」

「哦，為什麼？」

「我也不曉得，但是我有一種本能，知道什麼事和女人有關。」

「不過你的本能這回失效了。這不是我來的目的，我只是要你承認汽車和那兩個男人的事是你捏造的。」

「你為什麼要我承認？」

「我的理由與這件事沒有任何關聯，純粹是私人原因。」

史約格這時已經完全清醒。他好奇地看著剛瓦德．拉森，然後慢慢說道：

「就我所知，提供不完整或是錯誤的消息應該不算犯罪，只要沒有宣誓過。」

「完全正確。」

「這樣的話，我們的談話毫無意義。」

「對我而言很有意義，我非常希望弄清楚這件事。這麼說吧，我已經有了某些結論，而我想確定我的結論沒錯。」

「什麼結論？」

「你為了自己的利益，編了一堆謊言欺騙警方。」

「這個社會大多數人都只顧及自己的利益。」

「你不是嗎？」

「至少我試著不要這樣。這沒有幾個人了解，我的妻子就不懂，那就是我留不住她的原因。」

「所以你認為搶銀行是正確的？而且視警察為人民的天敵？」

「是的，差不多吧。雖然未必那麼單純。」

「搶劫、而且還射殺一個健身協會的主任可不是一項政治行動。」

「不是，當然不是。但是你也可以從意識型態的觀點來看這件事，從歷史角度來看。有時候，搶銀行就是一種政治意念驅動下的產物，例如愛爾蘭發生問題的期間；不過，這種抗議也可能是下意識的。」

「所以，你的看法是認為可以把罪犯視為革命份子？」

「這也是一種看法，」史約格說，「雖然一些卓越的社會主義者不太贊同。你讀過阿特・朗克斯特*的書嗎？」

「沒有。」

剛瓦德・拉森大概都是讀朱爾斯・雷吉思和此類作家的書。目前則在讀杜思**的作品。不過這和這件事無關，他對文學的興趣是基於娛樂需要，他可不想研究文學。

「朗克斯特得過列寧獎，」史丹・史約格說，「在一本叫《社會主義份子》的選集中，他是這樣寫的——我記得是這樣：『有時情況離譜得連普通罪犯看起來都像是有意地在反抗這個悲慘的社會，彷彿他們就是革命者……這是社會主義國家完全無法忍受的。』」

「繼續。」剛瓦德．拉森說。

「就這樣。」史約格說，「朗克斯特是個笨蛋，他的推論非常愚蠢。首先，人民也有可能在意識未覺醒的情況下起身反抗他們的環境。第二，社會主義國家的觀點，根本毫無邏輯可言。人為什麼要搶自己？」

剛瓦德．拉森沉默了很長一段時間。最後他說：

「所以，根本沒有什麼米色的雷諾汽車？」

「沒有。」

「也沒有什麼臉色蒼白、穿著白T恤的駕駛和穿著黑衣、看起來像哈波．馬克斯的人？」

「沒有。」

剛瓦德．拉森對自己點點頭，然後他說：

「事實上，闖進銀行的那個男人就要被捕了。他不是你所謂的無意識的革命者，而是個搭資

＊　朗克斯特（Artur Nils Lundkvist, 1906-1991），瑞典詩人、小說家及文學評論家。

＊＊　杜思（S. A. Duse,1873-1933），瑞典犯罪小說作家，其推理小說深受柯南道爾的影響。

本主義便車，靠兜售毒品和色情刊物維生、而且唯利是圖的無賴。也就是說，他是自我利益至上，甚至出賣了朋友以換取自己的自由。」

史約格聳聳肩。

「這類的事已是屢見不鮮了。」他說，「隨你怎麼說吧。但這個搶銀行的人只是個弱者，如果你明白我的意思。」

「我完全懂你的意思。」

「你怎麼猜到我說的都是謊話？」

「你自己猜，」剛瓦德・拉森說，「站在我的立場想想。」

「你為什麼會當警察？」史約格問他。

「完全是巧合。事實上我以前是個船員。總之，那都是好久以前的事，而且很多事早已昨是今非。但這無關緊要，現在我已經得到我想要的了。」

「就這樣？」

「是的，再見。」

「再見。」史約格說。

史約格看起來非常害怕，但剛瓦德・拉森沒有注意到。他只是一逕走向他的車；他也沒聽到史約格臨別時喊的話：

「無論如何，我發誓那是個女孩。」

•

就在差不多同一時間，希薇雅·毛立宗太太正在永科平皮爾街上的廚房裡烤麵包。她那個放蕩的兒子回家了，她準備端上剛出爐的肉桂麵包和咖啡款待他。還好她不知道一百八十哩外有個警察用了某些字眼來形容他的兒子；如果她聽到別人說她的寶貝兒子是個無賴，她一定立刻讓那個人嚐嚐桿麵棍的滋味。

尖銳的門鈴聲劃破了早晨的寧靜。她把一盤剛冰過的肉桂麵團放在水槽裡，在圍裙上擦乾手，穿著一雙包到足踝的拖鞋匆匆跑到前門。她注意到現在不過早上七點三十分，接著憂慮地朝關上門的臥室望了一眼。

她兒子正在裡邊睡覺。她昨晚幫他在客廳的沙發上鋪好床，但時鐘聲吵得他睡不著，所以半夜他叫醒她，要和她換床睡。可憐的孩子，竟然工作得這麼累。他實在需要好好睡一覺，而她幾乎全聾了，所以聽不到時鐘的滴答聲。

門外站著兩個大男人。

她聽不清楚他們在說什麼，只知道這兩個人堅持要和她兒子說話。她試著解釋現在還太早，希望他們能等他睡飽之後再來。不過她說的話沒起什麼作用。

他們很無情，一直說有很重要的事，最後她只好不情願地進房間去，輕輕喚醒她兒子。他用手肘撐起上身，看了看時鐘。

「你在搞什麼？有有什麼大不了的事非得一大早把我叫醒？我不是說我需要好好睡一覺嗎？」

她不悅地看著他。

「有兩位先生說要找你。」

「什麼！」他從床上跳起來大叫，「你沒讓他們進門吧？」

毛立宗知道那一定是馬斯壯和莫倫，他們一定知道自己被出賣了，也猜到他就躲在老家，所以前來尋仇。

他的母親驚愕地搖著頭，睜大眼睛看著他。他慌張地套上衣服，連睡衣都沒脫，同時在房間裡轉來轉去，把散在周圍的東西收進袋子裡。

「到底是怎麼了？」她憂慮地問道。

他扣上袋子的蓋子，抓住她的手臂，聲音嘶啞地說：

「你得把他們打發走！跟他們說我不在這裡，說我已經去澳洲了，總之隨便編個故事！」

她根本聽不到他在說什麼，這才發現助聽器還放在床頭櫃上，便將它戴上。毛立宗偷偷走到門邊，把耳朵湊在門上聽著。沒聲音，他們還站在那裡等他，大概還帶著一卡車的槍準備要痛宰他。

他的母親走過來，在他耳邊悄悄說：

「什麼事，菲利普？他們是什麼人？」

「你只要打發他們走人就可以了。」他悄聲告訴她，「告訴他們我已經出國。」

「可是我已經跟他們說你在這裡。我怎麼知道你不想見到他們？」

毛立宗扣上他的外套，抓緊袋子。

「你要走了嗎？」他母親失望地問，「我幫你烤了一些圓麵包，是你最喜歡的肉桂蝸牛捲……」

他轉身面對她，怒氣沖天地說：

「你怎麼還有時間嘮叨個什麼肉桂麵包的，我都已經……」

他突然停了下來，仔細聽著玄關裡的動靜。他聽到一陣模糊的人聲。他們要進來抓他了——

或當場做了他。他冒出一身冷汗，絕望地在房間裡四處尋找出路。他的母親住在七樓，所以不可能跳窗；而唯一的門就在玄關那兒，但外面有馬斯壯和莫倫正在等著。

他的母親站在床邊納悶，他跑過去說：

「快出去，告訴他們我馬上過去，叫他們等一下，把他們帶進廚房，給他們一些圓麵包。趕快，快去！」

他把她推到門口，然後自己背靠牆站著。她出去、帶上門之後，他又把耳朵貼在門上。他先聽到一些聲音，過了一會兒，許多腳步聲朝這邊走了過來。最後他們停在門外，未如他期望地繼續走向他母親放在廚房裡的圓麵包。他此時突然體會到何謂「毛骨悚然」。

一陣寂靜。接著，外面傳來金屬的聲響，那也許是槍上膛的聲音。有人清了清喉嚨，接著敲門說：

「出來吧，毛立宗，我們是刑事局的探員。」

毛立宗打開門，呻吟了一聲，就癱在永科平刑事局偵查員赫飛立的臂彎裡，而赫飛立正拿著手銬在等他。

半個鐘頭後，毛立宗坐在飛往斯德哥爾摩的飛機上，膝上放著一個大袋子，裡面裝滿了肉桂麵包。他讓赫飛立相信他非常樂意合作，所以他們也就沒再銬住他。他凝視著下方陽光普照的奧司特高蘭平原，同時嚼著圓麵包。回想起最近經歷的一切，他感覺到一股平靜。

他偶爾把袋子推向身邊的同伴，他的同伴每次都表情嚴肅地搖搖頭。赫飛立偵查員上了飛機一向會恐懼不已，他覺得非常不舒服。

飛機在十點二十五分整降落在布洛瑪機場。二十分鐘後，毛立宗再次來到國王島街的警察總部。當警車開進城裡時，他開始擔心推土機正等著要給他好看；經歷過早上那陣慌亂而好不容易放鬆下來的心情，現在又消失得無影無蹤，取而代之的是一股寒意。

推土機，以及特別小組的部分成員，也就是埃拿．隆恩和剛瓦德．拉森，正不耐煩地等著毛立宗到來。小組其他成員在柯柏的帶領下，正忙著準備在下午對付莫倫那幫人。這是一項複雜的行動，需要仔細地組織。

自從知道他們在防空洞裡發現東西之後，推土機高興得幾乎要發狂。他徹夜難眠，尤其在這個重要日子一天天接近之際。他非常興奮，期待這一天到來。他已經逮住毛立宗，也掌握了馬斯壯和莫倫——只要他們膽敢犯下這起他們所謂的大買賣。如果本週五沒有動作，那麼當然就是下個星期五了；要是如此，今天的行動也可當成是一次預演。一旦他把莫倫這幫人關進大牢，華納．盧斯也就等於是甕中之鱉。

一通電話打斷了推土機的美夢。他拿起聽筒，聽了三秒，然後大叫：

「馬上帶他進來！」他丟下話筒，拍著手激昂地說，「各位，人來了，大家準備好了嗎？」

剛瓦德・拉森低聲抱怨，隆恩冷冷地說：「當然。」

隆恩非常清楚他和剛瓦德・拉森主要是來充當觀眾的。推土機喜歡有觀眾看他表演，而今天無疑是他主演的時刻。他不僅充當主角，也身兼製片；除此之外，他還得讓其他演員至少換過十五個角色之後，才會完全滿意。

推土機坐上書桌後面那張審判椅，剛瓦德・拉森則坐在靠窗的角落，隆恩在他右邊，坐在桌旁。毛立宗的位子在推土機正前方，離桌子有一段距離，就在房間正中央。

剛瓦德・拉森用火柴棒剔著牙，同時狡猾地瞥了推土機那一身可笑的夏裝：芥末黃的西裝，藍白條紋相間的襯衫，橘底領帶上還有一朵朵綠色雛菊的紋樣。

幾聲敲門聲後，毛立宗被帶了進來。他非常緊張，推土機房間裡那幾張熟悉的臉孔也沒能讓他好過一點，他們全都板著臉。

那個高大的金髮男人，叫拉森還是什麼名姓的，對他並不和善，這點他早就知道；有個酒糟鼻的那個北方佬似乎也不是好惹的傢伙；然而最糟的是推土機，他們最後一次見面時，他活像個和藹的耶誕老人，現在卻也一臉嚴厲地盯著他。

毛立宗坐在他們指定的椅子上，看看房間四周，說了聲「早安。」

無人回應。他繼續說道：

「你給我的文件中，沒提到我不能離開城裡，檢察官先生。而且就我所知，我們也沒有這類協定。」

推土機揚起眉毛。毛立宗馬上接著說：

「但是我會盡可能地協助你們。」

推土機傾身向前，緊扣的雙手擱在桌上。他看了他片刻，語氣溫和地說：

「真的嗎，毛立宗先生？所以你會盡全力協助我們。你真是太好心了，毛立宗先生。不過我們現在不需要你的協助了，毛立宗先生，不需要！現在該是我們來替你服務的時候。你先前對我們不誠實，毛立宗先生，可不是嗎？我們知道你壓力很大，這正是我們為什麼要不厭其煩安排這次小組會議的原因。所以你應該可以毫無負擔、放心對我們說實話了。」

毛立宗一臉不解。他看著推土機說：「我不懂……」

「是嗎？如果我告訴你，是有關上個星期五的事，毛立宗先生，也許你就能了解了。」

「上個星期五？」

毛立宗的眼神飄忽，在座位上扭動著。他的眼光從推土機移向隆恩，再看回推土機，之間還碰上剛瓦德．拉森那雙冷峻的淡藍色眼睛，最後他選擇看向地板。房間裡一片死寂。

推土機開口說：「上個星期五，也就是一個星期之前，是的！當然了，那是不可能的，毛立宗先生，你真的回想不起來當時你在做什麼嗎？不論如何，毛立宗先生，你該不會忘記你在當天得到的東西吧？九萬克朗可不是一筆小數目，還是你根本對這個金額不屑一顧？」

「九萬……什麼九萬克朗？我不知道哪兒來的九萬克朗。」

毛立宗現在的膽子大了些，而推土機的口氣也不再溫和，他說：

「所以，毛立宗先生，你不知道我在說什麼？」

毛立宗搖頭，「不知道，」他說，「我真的不知道。」

「也許，毛立宗先生，你希望我說得再更清楚些，是嗎？」

「是。」毛立宗謙遜地回道。

剛瓦德·拉森坐直身子，激動地說：

「別在那裡裝傻！你很清楚我們說的是什麼。」

「他當然清楚，」推土機和氣地說，「毛立宗先生只是想讓我們知道他有多聰明，這也是遊戲的一部分。不過遊戲就要結束了！當然了，他可能在表達上有一些困難。」

「出賣朋友的時候就沒這些問題。」剛瓦德·拉森諷刺地說。

「這個我就不知道了。」推土機探身過去，凝視著毛立宗，「你要我說明白嗎？好，那我就說個清楚。我們已經知道上週五搶劫鹿角街那家銀行的人就是你，而且我們有證據，所以你也別再否認了。只是，很遺憾，你犯的還不只是搶劫案，同時還發生了一件十分嚴重的事——不用我說，你也知道自己插翅難飛。當然了，你可以說當時是受到驚嚇才開了槍，並非蓄意殺人；不過結局還是一樣：那名男子已經死了。」

毛立宗臉色發白，汗珠在額頭周圍滲出。他開口想說些什麼，但推土機繼續說道：

「我希望你了解自己的處境，所以你要是再耍什麼詭計也只是枉然。為了不讓事情惡化，你最好表現出合作的誠意。我講得夠清楚了嗎？」

毛立宗張著口，同時猛搖著頭，他結巴地說：

「我……不知道什麼……你在說什麼。」

推土機起身在毛立宗面前來回踱步。

「我親愛的毛立宗啊，需要耐性的時候，我有用不完的耐性；但愚蠢的行為我可無法忍受。」他在暗示，再大的耐性仍是有其限度。

推土機邊講、邊在毛立宗和書桌之間來回踱步，毛立宗又搖著頭。

他又說：「我已經盡可能清楚表達我的意思了，不過我再重覆一次：我們知道，你，單獨進入鹿角街的那家銀行；你，開槍殺了一個銀行客戶，而且你，搶了九萬克朗的現金逃離現場。我們全都知道了，就算你否認也沒用。當然，你可能會得到一些寬恕——不多，這我得承認，但是可以有一些減刑，只要你俯首認罪，而且表現出誠意。只要你告訴我們當天搶案的相關細節：錢的流向、你逃離現場的方式、還有你的共謀，你的處境就會大為改善。好了，我說得夠清楚了吧？」

推土機停下腳步，回到書桌後坐下。他靠在椅背上先瞥了隆恩一眼，繼而看著剛瓦德・拉森，希望博得他們無聲的喝采。隆恩的神情看起來滿腹疑惑，而剛瓦德・拉森則是心不在焉地摸著鼻子。推土機原本期待他們能用讚賞的眼神對這番簡潔、心理學式的演說表達欽佩之意，但這時只能無奈地心想，「真是對牛彈琴！」他再次轉向毛立宗。

毛立宗看著他，眼神混合著懷疑和恐懼。

「這件事和我毫無關係啊，」他的語氣激動，「我根本沒想過要搶銀行。」

「不要拐彎抹角了，我說的話你聽得很清楚，我們握有證據。」

「什麼證據？我沒搶過任何銀行，也沒開槍殺過人，你這根本是胡說八道。」

剛瓦德・拉森嘆了口氣，接著起身走到窗前站著，背對房間。

「用這種溫和的方式跟那種人說根本沒用，」他回過頭來說，「一拳打在他臉上，他就什麼都懂了。」

推土機揮了揮手要他冷靜。他說：

「等等，剛瓦德。」

他的手肘架在書桌上，下巴擱在手中，困惑地看著毛立宗。

「好吧，毛立宗，這全都看你了。」

毛立宗兩手一攤。

「但是我真的沒有做！我向你保證！我發誓！」

推土機還是一副很為難的表情看著他。他接著彎下身，拉開書桌底部的抽屜。

「真的嗎？我保留懷疑的權利。」

他挺直背部，拿出一個綠色的美國軍用背包放在桌上，得意洋洋地看著毛立宗。毛立宗看著袋子，滿臉驚訝。

「看吧，毛立宗，我們全都知道。」

他把袋子裡的東西一件件拿出來，在桌上排成一列。

「假髮、襯衫、眼鏡、帽子，還有最重要的，槍。好吧，你現在有什麼要說的？」

毛立宗一開始仍不解地看著那些東西，接著他的表情變了。他看著桌子，臉色益發蒼白。

「什麼……這些是什麼？」

聽他的口氣，似乎這些還不能令他信服。他清了清喉嚨，重覆一次他的問題。

推土機丟給他無奈的一瞥，接著對隆恩說：

「埃拿，你可以去看看我們的證人還在嗎？」

「當然。」隆恩起身走了出去。

幾分鐘後，他回來，站在門口說：「還在。」

推土機從椅子上跳起來。

「很好，」他說，「那我們可以過去了。」

隆恩馬上又離開。推土機把東西放回袋子裡，他說：

「走吧，毛立宗，我們到另一個房間去，我們要做些時裝表演。你也一起來嗎，剛瓦德？」

他抓起背包衝到門口，剛瓦德・拉森在後面推著毛立宗跟了出去。他們走進走廊盡頭的一個房間。

這個房間和其他辦公室不太一樣，裡面有書桌、椅子、檔案櫃和打字台，牆上有一面鏡子，面對牆壁的另一邊。這面鏡子就是窗戶，所以從隔壁房間可以看到這裡的一切。

埃拿・隆恩就站在隔壁房間裡偷偷看著推土機幫毛立宗穿上藍襯衫，戴上金色假髮、帽子和墨鏡。毛立宗走到鏡子前，看著自己的影像，不知所措；而隆恩在牆壁的另一頭直視那個在鏡子後面的男人。他很不習慣這種別人看不見自己的感覺。毛立宗已經戴好墨鏡和帽子，每件東西似乎都很合適。

隆恩走出去，帶第一個證人進來，是鹿角街銀行的出納組長，一位女士。毛立宗把背包背在肩上，站在房間中央。推土機對他說了幾句話後，他開始在房間裡來回走動。

那名證人隔著玻璃窗看著他，然後望著隆恩點頭。

「看仔細一點。」

「絕對是她，」出納員說，「毫無疑問。我想她當時穿的褲子比較窄，這是唯一的差別。」

「你確定？」

「哦，是的，百分之百確定。」

下一個證人是銀行經理。他匆匆看了一下毛立宗。

「是她。」語調沒有絲毫懷疑。

「你必須仔細看，」隆恩說，「我們不希望弄錯。」

銀行經理看著毛立宗在隔壁房間走來走去。

「沒錯，沒錯，我認得出她。走路的姿態、神情、頭髮……對，我非常肯定。」他搖搖頭，「真遺憾，」他說，「這麼漂亮的一個女孩。」

早上隨後的時間，推土機都和毛立宗在一起，但是直到下午一點左右，毛立宗都沒有招供，所以他只好結束審問。不過推土機相信毛立宗的說詞終究會不攻自破，無論如何，這些證據已經足以定他的罪了。他們允許毛立宗請一名律師，但他還是會被拘押，最後再被正式逮捕。

考慮好所有事情之後，推土機覺得這個上午真愉快。他到福利社裡點了比目魚和薯泥，快速解決了午餐，接著以全新的精力投入下一個工作：逮捕莫倫一幫人。

柯柏已經安排妥當。主要警力已經移到兩個會遭攻擊的重點地區：玫瑰園街和銀行附近。機動警力奉命在這兩個區域待命，同時避免引人注意。逃亡路線上也安置了一些車輛，如果那幫搶匪出乎意料跑得很遠，這些車馬上能迅速封鎖這條逃亡路線。

國王島街的警察總部裡只剩一部機車，停車場和車庫全空了，所有車輛都開到了城裡的戰略位置。

在關鍵時刻，推土機本人會在警察大樓裡，這樣他就能利用無線電隨時掌握動向，同時也能在逮到那些歹徒之後坐鎮此處等待他們。

除了隆恩之外，特別小組所有成員全被分派到銀行及四周。隆恩負責注意玫瑰園街的動靜。

兩點鐘，推土機坐著一輛灰色「T」開頭的Volvo到處巡視。出現在玫瑰園街附近的警車也許多了些，但是銀行附近則絲毫沒有警戒的樣子，而且警車數量不會讓人覺得不對勁。推土機非常滿意如此安排，所以便回到國王島街，等候那個關鍵時刻到來。

現在是兩點四十五分，但是玫瑰園街毫無動靜。一分鐘後，警察總部也沒有任何消息。到了兩點五十，銀行也沒被攻擊。事情至此已經很明顯：今天不是那幫人計劃中的日子。

為了安全起見，推土機一直等到三點三十分才將人全數撤回。這表示他們可以多出一個星期去改善所有計劃和細節。然而他們全都同意，所有的事已按照計劃進行，大家都對自己的工作很滿意，時間也安排得很好，每個人都在正確的時刻出現在適當的地點。

只有日子算錯了。不過，一個星期後，全部會重來一次。如果可能，還會更精密、更有效率。

然後就是希望馬斯壯和莫倫真的會現身。

•

然而那個星期五，眾人最害怕的事發生了。警政署長得到消息，有人準備對美國大使丟雞蛋，或是朝大使館扔番茄或放火焚燒星條旗。

祕密警察對此非常憂心。他們的生活周遭充斥著酒鬼、危險的共產黨員和到處施放炸彈的暴徒，還有一些想藉由反對使用塑膠牛奶瓶和反對破壞郊區環境，讓這個社會恢復秩序的野蠻人。祕密警察的消息大概都來自烏斯塔莎*等其他法西斯主義組織，他們希望能和這些組織保持接觸，如此便能夠探得一些左翼份子的消息。

警政署長自己更是悶悶不樂，因為他獲知一項連祕密警察都還沒有掌握到的風聲：隆恩納・雷根正在瑞典境內。這個不受歡迎的州長已在丹麥現身，剛和丹麥女王共進午餐，無疑也有可能到訪瑞典，而他的來訪幾乎無法保密。

這就是當晚的反越戰示威遊行為什麼可說是在最不適當的時刻舉行。數千人憤怒地抗議美國為了宣揚國威，轟炸北越沿海堤防和毫無屏障的村莊，表示如此行為簡直是回到石器時代。示威人群中有一些人聚集在哈保加擬定抗議書；他們接著決議到美國大使館門口遞交抗議書。

這是絕對不准發生的事。然而情況非常微妙，斯德哥爾摩警方的首長下班了，鎮暴警察的頭頭也在度假；數以千計擾亂秩序的滋事者不斷逼近市中心最神聖的建築物：美國的玻璃宮殿。在此情況下，警政署長下了一個改變歷史的決定：他希望能親自讓遊行示威平和地結束。他將親自領導隊伍前往一個比較安全的地方，遠離危險的地點。這個安全的地方是位在斯德哥爾摩市中心的蛇麻花公園，他們在那個地方將大聲朗讀抗議書的內容，之後遊行示威便可解散。那些抗議者本身是支持和平的，他們會同意這些。隊伍行進到卡拉街，每一個可動用的警力都被派去監督現場。

例如剛瓦德·拉森。他正坐在直昇機裡凝視下方的人群。他們像一條蜿蜒的蛇，手裡拿著越共旗幟向北緩緩前行。他可以清楚看見底下發生的一切，但是能做的不多，甚至根本管不到，而他也不想管。

在卡拉街和史都爾街的交叉口，警政署長親自引領隊伍衝進一大群剛從市立體育場出來、情緒極端不滿的足球迷中——他們對自己家鄉隊的差勁表現很不滿意。繼之而來的混亂，讓人聯想到滑鐵盧大戰，或教宗到耶路撒冷訪問的情形。

在三分鐘內，各類的警察左右開攻，見人就打；足球迷、在蛇麻花公園內散步的人及和平主義者同時發現警棍突然如雨點般落下；警察機車大隊和騎警隊從人群中粗魯地開出一條路；示威群眾和球迷不知為何開始鬥毆，而最後穿著制服的警察又誤傷了著便衣的同事。警政署長不得不坐上直昇機撤離現場。

他搭的不是拉森的那一架。經過這一陣混亂之後，他說：

「飛下去，該死！隨你高興停在哪兒，只要離這裡越遠越好。」

＊ 烏斯塔莎（The Ustaša），克羅埃西亞的獨立運動組織，一九二九年成立。

最後有一百個人被捕，受傷人數更多，但就是沒有人知道究竟是為了什麼。斯德哥爾摩陷入一片混亂，而警政署長也純粹出於習慣地說：

「這些絕對不能讓外界知道。」

26.

馬丁・貝克又在夢中飛奔，他低伏著身子疾馳過一片平原，被一群穿著連肩袖大衣的男人包圍。他看到面前有一座俄國砲台，一根槍管從沙袋之間伸出，對著他，像是死神的黑眼睛。他眼見那顆子彈筆直向他衝來，越來越大，直到遮住他所有的視線，整個影像接著變黑。那一定是巴拉卡拉瓦*砲彈。接著，他站在陛下之艦雄獅號的船橋上，精神號及瑪麗皇后號剛剛才隨著一陣爆炸沉入海中。一個傳訊的人衝上來大叫：「皇家公主號已經爆炸了！」比提**向前欠身，他的語氣平靜，但聲音蓋過砲火聲吼著：「貝克，這艘破船今天似乎有點問題。轉兩點，靠近敵船。」

之後便是加爾菲德和吉托一向會出現的場景。他跳下馬背，衝過火車站，用身體擋下子彈。他吐出最後一口氣，這時警政署長走過來，在他已粉碎的胸膛掛上一面獎牌，解開一捲類似羊皮

* 巴拉卡拉瓦（Balaklava），克里米亞半島上的海港，一八五四至五六年的克里米亞戰爭就在此地發生第二場戰役。

** 比提（Sir David Beatty, 1871-1936），曾為英國海軍艦隊上將，並受封為爵士。

紙的卷軸，字正腔圓地說：「你已獲升為局長，薪水變成B3等級。」加爾菲德這位美國總統在月台上蜷縮成一團，還戴著帽子。隨後一陣燒灼的痛楚刺痛了他，他睜開眼睛。

他躺在自己的床上，大汗淋漓。那些一再復返的夢越來越恐怖。吉托這次看起來像是前巡邏員艾利克森；加菲爾德總統則像是上了年紀的優雅紳士；警政署長還是警政署長。而比提則一如一九一九年和平紀念馬克杯上的形象，被月桂花環圍繞著，流露些許傲氣。

除此之外，他的夢也一如往常，充滿荒謬和怪誕的情節。

大衛．比提從沒說過「轉兩點，靠近敵船」。根據現有資料，他下的命令是：「契特菲爾德，這艘破船今天似乎有點問題，轉兩點準備靠岸。」當然，對這場夢來說，這沒有什麼差別。轉兩點準備靠岸，在這種情形下，便等於是轉向敵人。

在先前的夢裡，吉托看起來像是約翰．卡拉定*，而那把槍是漢默里型的。而現在，當他變成了艾立克森的形象時，他的槍也變成了德林加手槍。此外，只有索默謝特**還是穿著寬鬆的連肩袖外套在巴拉卡拉瓦。馬丁．貝克的夢既沒有詩韻，也沒有什麼道理。

他起床，脫下睡衣沖了澡。就在冷水讓他冒起雞皮疙瘩之際，他想起了黎雅。

在前往地鐵站的路上，他想起自己昨天下午那些反常的行徑。

他坐在瓦斯貝加辦公室裡，突然覺得孤獨難耐。

柯柏進來打聲招呼，問他可好。這是個狡猾的問題。他只能回答：「哦，不太壞。」

柯柏只現身一下就立刻離開了。他汗流浹背，而且非常匆忙。他在門口說：

「鹿角街那件案子應該算是解決了，而且我們有大好機會可以當場逮到馬斯壯和莫倫。對了，你那件上鎖房間的案子辦得如何了？」

「還可以。總之，比我預期的好。」

「真的嗎？」柯柏停了幾秒之後又說，「你今天看起來比較有精神。再見啦。」

「再見。」

又剩下他自己了。他想著司瓦德。

他同時也想到黎雅。她提供的訊息比他預期的還多，這是就一個警察的觀點而言。她提供了三個思考方向，也許算得上四個：司瓦德吝嗇得有些病態；好幾年來他一直把自己關在房裡，儘管房內沒有任何昂貴的東西；司瓦德病了一段日子，而且在死前不久還去放射科看過病。

司瓦德有可能藏了點錢嗎？如果有，又會在哪裡？

還是有什麼事嚇到司瓦德了？如果是，那又是什麼？在他那間上了鎖的房間裡，唯一有價值

* 約翰·卡拉定（John Carradine, 1906-1988），美國演員。

** 索默謝特（Fitzroy James Henry Somerset, 1788-1855），十九世紀英國陸軍元帥，英國在克里米亞戰爭中的總司令。

的事物，是他自己的生活。

司瓦德到底患了什麼病？放射科說是癌症。但是，如果他就快沒命了，他還有什麼好躲的？也許他在害怕某個特定的人？若是如此，那會是誰？

如果他真如別人形容的那麼小氣，為什麼又要搬去一個比較貴、又比較差的地方住？

一大堆問題難以理解，但不是全部無解，只是無法在幾個小時裡找到答案，可能要花上好幾天。還是幾個星期，或幾個月？甚至好幾年，或許是一輩子。

彈道調查的結果如何？這是他應該著手去弄清楚的。馬丁．貝克拿起電話。今天真不是個好日子，他撥了六通電話，有四通在一個女孩子說了「請等一會兒」之後就被掛斷。最後，他終於找到那個十七天前曾經剖開司瓦德胸腔的那個女孩。

「是的，」她說，「現在我想起來了，警方有人找我去挖出那顆子彈。」

「隆恩偵查員。」

「對，我想是他，我不太記得名字了。反正不是最早承辦的那傢伙就是──我是指亞道．葛斯塔夫森。他的經驗似乎不太豐富，一開口老是說『當然』或『嗯』。」

「那麼事情是如何？」

「噢，就像我上次告訴你的，警察一開始似乎不太想管這件案子，沒有人要求做彈道比對，最後還是那個北方佬打來要我做的。其實我也不太知道該怎麼處理那顆子彈，但是……」

「嗯？」

「丟掉好像也不太對，所以我把東西裝進信封裡，附上我個人的一些意見，以及這顆子彈的分析等等，當它是一件真的謀殺案來處理。不過我沒將子彈送到實驗室去化驗，因為我知道他們那邊忙得很。」

「那你後來怎麼做？」

「我把信封擱到一邊，後來也忘了放在哪兒。我是新來的，所以沒有自己的檔案櫃，不過最後我還是找到、而且送出去了。」

「那東西送去檢驗了嗎？」

「哦，這我就不方便問了。不過，我想，做彈道檢驗的人收到之後應該就知道怎麼做，即使那是一起自殺案。」

「自殺？」

「是啊，我寫在上面了。那個警察一來就說這是自殺案。」

「嗯，要是這樣，那我得打電話找實驗室的人了。」馬丁・貝克說。「但我還有一件事想問你。」

「什麼？」

「你在驗屍過程有注意到什麼特別的事情嗎？」

「有啊，他舉槍自盡，警方報告裡寫得很清楚。」

「我指的是其他的事。你認為司瓦德有沒有可能在生前已經病得很嚴重？」

「沒有，他的內臟看來都很正常，但是……」

「但是？」

「但是我沒有很仔細地檢查他所有的臟器，只確認死亡原因而已。所以我只看了胸腔。」

「你是說……」

「大概就是心和肺，沒有什麼問題，不過已經不動就是。」

「除此之外他可能患有任何疾病嗎？」

「當然，任何疾病，從痛風到肝癌都有可能。對了，這個案子你為什麼要問我那麼多問題？你不是只做例行調查嗎？」

「問問題正是我們的例行工作。」馬丁・貝克說。

他結束問話，想找個實驗室裡的彈道專家談談，隨便誰都好，只不過都找不到人，於是他只好打給該部門的主管奧斯卡・葉勒摩，一位犯罪學名家，卻也是個討厭與人溝通的人。

「呦，原來是你呀？」葉勒摩酸溜溜地說，「聽說你要升為局長了，不過，我看希望也許渺茫。」

「怎麼說？」

「那些局長如果不是在外面打高爾夫，也沒在電視上胡說八道，」葉勒摩說，「那一定是坐在房裡思考自己的前途。再怎樣，他們也不可能打來找我，還問了這麼一堆不用問也知道的問題。這次你又有何貴幹？」

「我只是想問一個彈道比對的結果。」

「只是？是哪件案子，如果我可以知道的話？隨便哪個瘋子都可以送個案子來，我們現在有一大堆案件堆在這裡沒人處理。前幾天我們才拿到一個米蘭德送來的便桶，那傢伙想知道有多少人在裡面拉過屎。都快滿出來了，當然也好幾年沒清空過。」

「挺慘的。」

斐德利克·米蘭德曾是凶殺組的幹員，多年前他是馬丁·貝克手下的一員大將，不過後來被轉到竊案組，上級希望他可以控制那些日漸猖狂的竊賊。

「是啊，」葉勒摩說，「我們的工作本來就很慘，但似乎沒有人了解。警政署長這幾年根本沒來過幾次，而且去年春天我問他能否和他談談，他竟然寫了張便條過來，說他正在為可預見的未來煩惱。」

「我知道你很為難。」馬丁・貝克說。

「這還用說？」葉勒摩稍感安慰地說，「你根本無法想像這裡的情況。不過，只要能得到些許鼓勵或諒解，我們都會很感激。當然啦，我們還沒獲得過。」

這種人極愛發牢騷，卻也很聰明，對諂媚的話可敏感了。

「你能熬過來真是難得。」馬丁・貝克說。

「才不只這樣呢！」葉勒摩現在變得非常和藹，「根本是個奇蹟。好啦，你要問什麼彈道的問題？」

「是從一個遭到槍殺的傢伙身上取出的子彈。他叫司瓦德，卡爾・愛德溫・司瓦德。」

「嗯，」葉勒摩說，「我知道這個案子，很典型。自殺，他們這麼說。法醫把子彈送來，但沒告訴我們要做什麼。我們不知道是要把它鍍金之後送進警察博物館還是幹嘛；或者，這是禮貌地暗示我們應該放棄一切，拿顆子彈斃了自己？」

「那顆子彈長什麼樣子？」

「是一顆手槍子彈，擊發過的。你沒找到那把槍？」

「沒有。」

「那怎麼會是自殺？」

好問題。馬丁．貝克在筆記簿裡記上一筆。

「子彈上有任何特徵嗎？」

「噢，它有可能是從一把點四五的自動手槍擊出的，不過這槍有很多種。如果你把空彈殼拿過來檢驗，我們也許可以告訴你更多。」

「我還沒找到彈殼。」

「沒找到？我可以知道司瓦德這傢伙對自己開了一槍之後做了什麼嗎？」

「我也不知道。」

「通常一個人體內要是有顆這種子彈，行動會變得遲緩，」葉勒摩說，「沒辦法再做什麼，大部分只能躺下來等死。」

「是的，」馬丁．貝克說，「非常謝謝你。」

「謝什麼？」

「謝謝你的幫忙，也祝你好運。」

「拜託別說這種可怕的玩笑話。」葉勒摩說完便掛了電話。

原來如此。不論射出這一槍的是司瓦德自己或是別人，都不必擔心結果；一把點四五的槍絕對可以達成目標，即使沒有命中心臟。

但是這次談話可有任何收穫？沒有武器，甚至連彈殼都沒有，光一顆子彈是無法成為證據的。不過，可以肯定一件事：葉勒摩說那應該是一把點四五的自動手槍，眾人皆知他絕不信口開河。所以司瓦德是死於一把自動手槍。

然而其餘的事仍然無解：司瓦德似乎不是自殺，而且也不可能是遭人射殺。

馬丁・貝克繼續工作。他從銀行方面著手，經驗告訴他這得花上許多時間。沒錯，瑞典銀行的保密功夫並不到家，但他還是有數以百計的財務機構得去查證。而且因為目前的存款利率低得可憐，許多小額存戶都寧可把錢存到斯堪地那維亞的其他國家，尤其是丹麥。

他繼續打電話：這是警方來電，我想查詢住在某某地址、社會安全號碼為×××的某某人的事。這個人在貴行有任何帳戶或保險箱嗎？

雖然這類問題很簡單，但要詢問的人也很多。此外今天是星期五，銀行沒多久就要關門了，所以要在下星期開始之前就得到答案，似乎是奢望。

他也想知道司瓦德去作檢查的那家醫院有什麼說法，但這得等到下星期一。

就他的職責而言，這個星期五算是結束了。此時的斯德哥爾摩正處在一片混亂中，警方陣腳大亂，大部分民眾則是驚惶失措。然而馬丁・貝克對此一無所知。從他的窗戶望出去，會看到一條發臭的高速公路和一座工業區，而這地方今天光就景觀而言，也沒特別醜惡。

雖然已經下班兩個小時，而且也無法再做進一步調查，但他到了七點鐘都還沒有回家。他努力一天，只得到一些無關痛癢的消息，最具體的收穫大概就是他的右食指發疼了，那是撥了一整天電話的結果。

這一天，他最後的任務是從電話簿裡找出黎雅．尼爾森的電話。當然，她的名字是在電話簿裡，但上面沒有標示她的職業。他的手在撥盤上游移，卻意識到自己並不知道有什麼要問她，至少沒有司瓦德的事好問。

要說這是工作需要，根本是自欺。其實他沒什麼目的，只是想知道她是不是在家；他真正想問她的也很簡單：我能過去坐一會兒嗎？

馬丁．貝克從電話上抽手，把電話簿推回原位，開始整理桌面，丟掉一些廢紙，把鉛筆歸位，也就是放回筆筒。

他小心翼翼、慢慢地動手，其實只是想拖時間。例如，他花了半小時去確定一支原子筆的伸縮裝置已經壞掉，然後才把它丟進廢紙簍。

南警局裡當然還有別人，他聽到不遠處有幾個同事正以尖銳、憤怒的聲音在討論一些事情。他對他們談論的事完全不好奇。

出了大樓後，他走到仲夏夜廣場的地鐵站。通常他得等一段不算短的時間才會有列車進站。這個車站的外觀還算不錯，然而裡面早已被破壞得亂七八糟，椅子都歪歪斜斜，所有能移走、拆下的都被搬走了。他在舊市區下車，然後走路回家。

穿上睡衣後，他翻冰箱找啤酒，又到廚房的壁櫥裡找酒；可是他知道什麼都找不到的。

馬丁・貝克開了一罐俄國螃蟹罐頭，給自己做了幾片三明治，拿出一瓶礦泉水。這食物沒什麼問題，但一個人坐在那裡啃食，實在是鬱悶至極。當然，他早從星期三開始就鬱悶到現在，只是那時還沒這麼嚴重。

他有股想做點什麼的欲望，於是拿了一本還沒讀完的書上床。那是一本雷・帕金[*]所寫、有關爪哇湖戰役的歷史小說。他從頭讀到尾，發覺這本書寫得很爛。他不了解為什麼有人要將之譯為瑞典文，他想看看究竟是哪家出版社出的：諾斯塔。怪了。

莫利森[**]在他那本《兩大洋戰爭》中處理過相同的題材，但敘述可就詳盡多了；較之於帕金二百五十七頁的長篇累牘，莫利森才短短九頁的生動描繪無疑精采許多。

他在睡前想到了義大利肉醬麵，同時，也對明天有了些許期待。

一定是這種無所事事的感覺，才使得週六和週日顯得空虛難耐。這麼多年來，他第一次感覺到焦躁不安，悶得難受。他出門去。他在週日甚至搭汽船去了馬里菲德[***]散心，但也沒什麼幫助。即使在戶外，他還是覺得窒悶。他覺得自己與這個世界格格不入，有些事他就是無法像以前那樣平靜地接受。他觀察身邊的人群，發現其實有許多人和他處在相同的困境，雖然他們尚未意識到，或者不願承認。

星期一早晨他又飛馳了一場。吉托這次看起來像是卡拉定，並且射出一發點四五手槍的子彈；等到馬丁·貝克開始進行他的例行儀式時，黎雅·尼爾森出現在他面前，問他說：「你這是在幹嘛？」

不久後，他又坐在南區警局裡猛撥電話。他先從放射科開始。雖然最後他的確得到了答案，但這答案不算滿意。司瓦德在三月六日那個星期一曾經進過醫院，但隔天就被轉診到南方醫院的傳染科。為什麼？

「我也不太記得，那已經好久了。」接電話的那位祕書好不容易才從一疊文件中找到司瓦德的名字。「顯然他不是我們這裡的病人，這裡沒有他過去的就診記錄。上面只說他是一個私人醫生轉到我們這邊來的。」

---

* 雷·帕金（Ray Parkin, 1910-2005），澳洲作家。

** 莫利森（Samuel Eliot Morison, 1887-1976），美國傳記歷史學家，擅長寫航海故事。

*** 馬里菲德（Mariefred），位在斯德哥爾摩以西五十公里外的小城。

「哪一個私人醫生?」

「伯格朗醫師，非專科醫師。對，就在這裡。我看不懂入院證明上寫的是什麼，你也知道醫生的筆跡會是什麼鬼樣子，而且這份影本也不太清楚。」

「上面的地址呢?」

「他的辦公室嗎?歐丁路三十號。」

「至少地址還算清楚。」馬丁・貝克說。

「它就印在邊邊。」那位祕書簡潔回道。

伯格朗醫師在答錄機上留了言，說他要到八月十五日才會回來。當然，這位醫生度假去了。

然而馬丁・貝克不想再等一個多月才知道司瓦德患的是什麼病。所以他打到南方醫院。那是一家大醫院，電話線路非常繁忙，他查了兩個多小時，才確認司瓦德是在三月住進傳染科;更精確地說，是從三月七日那個星期二，一直住到十八日那個星期六。據知，他接著就回家休養了。

至於他是因為病癒而出院，還是因為沒有治癒可能才回家?這個問題就無從得知了。當時負責的醫生此時正在忙，所以沒空聽電話。這逼得馬丁・貝克得親自去拜訪一下。

他搭計程車來到南方醫院，繞了一下才找到正確的走道。十分鐘後，他已經找到那個應該會知道司瓦德健康狀態的人，而且坐在他的辦公室裡。

那位醫生是個年約四十的男子，身材略為矮小，深色頭髮，眼睛是暗淡的藍灰，還帶一點綠色和淡棕色。趁著馬丁・貝克忙著在身上摸索根本不存在的香菸，醫生戴上牛角框眼鏡，仔細翻閱記錄。沉默了十分鐘後，醫生將眼鏡架在額頭上，看著他的訪客說：

「沒錯，沒錯。你想知道什麼？」

「司瓦德得的是什麼病？」

「他根本沒有病。」

馬丁・貝克思考著這個令人驚訝的答案，他說：「那他為何在這裡待了快兩個禮拜？」

「精準說來是十一天。我們替他做了全身檢查，因為他有些症狀，所以有個私人醫生介紹他到我們這裡。」

「伯格朗醫師？」

「對，這名病患自認為病得很重。脖子上有幾個腫塊，左腹部也有一些硬塊，只要輕壓就能清楚感覺到，所以他就跟其他人一樣，以為自己得了癌症。他去找了私人醫生，那個醫生認為那些症狀可能是種警訊。非專科醫師其實很少會有診斷這類病症所需的設備，他們的診斷也未必準確。就像他的狀況，這位醫生誤診了，病人立刻被送到放射科。放射科也只能記錄說並未對這個病人做有效性的診斷，接著他就被送到我們這裡。他在這裡做了一連串完整的檢查，我們對病人的檢查非常徹底。」

「結果司瓦德根本沒有問題？」

「大致來說，是這樣沒錯。我們馬上就確定可以不必管他脖子上那些東西，因為那不過是因為肥胖而造成的，沒有危險性；腹部的硬塊就需要仔細檢查了。我們還做了完整的大動脈攝影，也對他的消化系統進行徹底的X光檢查。還有，我們還做了肝臟切片以及——」

「那是什麼？」

「肝臟切片嗎？簡單說，就是我們在患者體側插進一根管子，抽出一小片肝臟。那是我親自執行的。採樣接著會送到實驗室，分析樣本是否有癌細胞。不過我們沒發現任何癌細胞，那個硬塊是個囊腫，長在結腸上……」

「你說什麼？」

「腸子，上面有個囊腫。不至於危及生命，只要動手術拿掉就可以。但是我們認為沒必要，因為病人沒有任何不適感。他是說過那地方之前相當疼痛沒錯，但那很明顯是心理因素引起的反應。」醫生停頓了一下，親切地看了馬丁·貝克一眼，那種眼神就像是在對一個小孩、或未受過教育的人說話。他解釋：「也就是說，想像出來的疼痛。」

「你和司瓦德有任何個人接觸嗎？」

「當然，我每天都和他說話。在他可出院回家之前，我們還長談過。」

「他的反應如何？」

「一開始他認為自己得了他認為的那種病，確信自己罹癌，而且很快就會死。他以為自己活不過一個月。」

「其實他的確沒活那麼久。」馬丁・貝克說。

「真的嗎？出車禍嗎？」

「槍擊，有可能是自殺。」

醫生摘下眼鏡，若有所思地用白袍衣角擦著。

「我覺得不可能是自殺。」他說。

「哦，為什麼？」

「我說過，我在讓司瓦德出院之前曾和他長談過。在我說明他其實非常健康之後，他鬆了一口氣。他的狀況在這之前很糟糕，但之後就截然不同了。他變得很快樂，沒什麼不對勁。我們開了一些止痛藥給他，也觀察到他的痛苦隨即就消失了。那些藥劑——這就當成我們之間的祕密吧——其實根本無法減輕任何身體上的痛苦。」

「所以你認為他不可能自殺？」

「他不是那種人。」

「那他是哪種人？」

「我不是精神科醫師，但他給我的印象是個堅強、封閉的男人。我知道有幾位醫護人員和他有點不愉快，認為他的要求太多，愛發牢騷。但這種情形只出現在最後幾天，因為他那時才明白，抱怨兩句並不會對他的生命造成威脅。」

馬丁・貝克低頭沉思了一陣子。然後他說：

「你應該不知道他在這裡的時候有誰來訪過吧？」

「我不知道，他說他沒朋友。」

馬丁・貝克起身。「謝謝。我想知道的就是這些。再見。」

他走到門口時，醫生說：

「說到他的訪客和朋友，我想到一件事。」

「什麼？」

「司瓦德有個親戚聽說了他的事，一個姪子。他曾在我值班時打來探問他叔父的病情。」

「你怎麼跟他說？」

「他這個姪子打來的時候，我們剛做完檢查，所以我告訴他司瓦德的健康情況非常好，而且還可以活個好幾年。」

「他的反應如何？」

「他似乎很驚訝。顯然司瓦德也讓他以為他生了重病，大概沒辦法活著走出醫院。」

「他的姪子有告訴你他的姓名嗎？」

「好像有，不過我不記得了。」

「我想到另一件事，」馬丁．貝克說，「大家住院時，不是都會留下朋友或至親的姓名和住址，以防他們……」他沒再說下去。

「對，你說的沒錯。」醫生邊說邊戴上眼鏡，「我看看，這裡應該有個名字……有了，在這裡。」

「是誰？」

「黎雅．尼爾森。」

•

馬丁・貝克穿過坦托朗登公園，若有所思。這裡沒有人來行搶，或是敲他的頭，但放眼望去到處都是酒鬼，三三兩兩躺在樹叢後面，大概是在等別人去照顧他們。

他現在真的有件事可以想了。司瓦德沒有兄弟姊妹，那他怎麼會有姪子？

現在正值星期一傍晚，馬丁・貝克總算有理由到圖立路去了。其實他已經也快到了。

快到中央車站轉車時，他改變主意，往回坐了兩站，在閘門廣場下車。他沿著史克邦碼頭走，想找找是不是有有趣的船可看。然而碼頭裡只有幾艘。

他突然意識到自己好餓。因為他忘記去採買，所以便到一家名叫「金和平」的餐廳吃飯。餐廳裡有一些惱人的觀光客，不斷在問服務人員哪些位子曾經有哪些名人坐過之類的蠢問題，所以他只好在他們的注視下吃著火腿。去年他成了家喻戶曉的知名人物，然而大眾的記憶是短暫的，他的名聲如今已隨時間而被人淡忘。

結帳時，他不禁想到，這是他許久以來第一次進餐廳用餐，而且在他行動不便的那段期間，原本就已經過高的物價顯然又高得更離譜了。

回到家之後，他感覺比平時更煩躁。他在屋內遊蕩許久，最後才在書本的陪伴下上床休息。那本書既不夠無聊到讓他想睡，也沒有趣到能讓他保持清醒。到了三點左右，他起床吞了幾顆安眠藥。通常他會盡量不吃安眠藥。藥效很快發揮作用。隔天醒來時，他覺得渾身無力；然而這睡眠時間已經超過他平常所需，而且沒有做夢。

一進到辦公室，他立刻先從頭到尾讀一遍筆記，而後開始這一天的調查工作。這讓他一直忙到午餐時間。他中午只喝了一杯茶，吃下幾片乾吐司。

飯後，他進盥洗室洗手。當他回坐時，電話響了。

「貝克組長嗎？」

「是。」

「這裡是韓德斯銀行，」電話中的男子說明自己在哪家銀行的分行工作後，便繼續說道，「我們收到你詢問卡爾・愛德溫・司瓦德這名客戶的信函。」

「是的？」

「他在我們這裡有帳戶。」

「裡面有錢嗎？」

「有，而且數目相當可觀。」

「多少？」

「大約六萬克朗。這些錢……」那個男人突然沉默。

「你想說什麼？」馬丁・貝克問。

「嗯，我認為這個帳戶有點不尋常。」

「你那裡有記錄嗎？」

「當然。」

「那我可以立刻過去看看嗎？」

「當然可以，你直接找我就行。我叫班特森，是經理。」

能去走動一下讓他如釋重負。那家銀行位在歐丁路和西維爾路交叉口，雖然交通狀況不佳，他還是在半個小時內趕到了。

銀行經理說得沒錯，司瓦德的帳戶是有些不尋常。

馬丁・貝克坐在櫃台後的桌旁研究這些文件。他很慶幸這個制度給予警察和相關當局完全的權力，可以隨時調閱私人資料。

銀行經理說：「嗯，最引人注意的，是這位客戶有支票帳戶。如果他開的是存款戶頭，那還沒什麼，畢竟利率比較高。」

他的觀察是對的。但更令人納悶的是，固定一段時間都會有七百五十克朗存入他的戶頭，存入時間通常是在每月十五到二十號之間。

「就我看到的，」馬丁・貝克說，「錢都不是直接存進你們分行。」

「的確不是，都是先存進別處。警官，你看，這些都是先存進其他銀行的分行，而且都不是我們家銀行的分行。技術上來說這沒什麼差別，因為反正錢最後都是匯進司瓦德在這裡的戶頭。不過，這些常態性的進出，好像背後有一套固定模式。」

「你是說司瓦德把錢放進自己的戶頭，但不想被人知道？」

「嗯，直覺上是。因為把錢存進支票戶頭裡，根本不必寫明是誰存的。」

「不過還是必須填存款單，不是嗎？」

「不盡然。很多人對這些表單並不熟悉，這時候櫃台便會為客戶代填存戶姓名、帳號和分行行號，這是我們提供的一項服務。」

「那些存款單呢？」

「我們會給客戶複本，算是收據。當款項存進戶頭後，銀行不會再寄任何通知，除非客戶要求。」

「那正本都在哪裡？」

「全都集中歸檔。」

馬丁．貝克的手指從頭掃到最後一筆金額。然後他說：「司瓦德從來沒有提領出來嗎？」

「沒有。在我看來，這也是最奇怪的地方。他從來沒用這個帳戶開出任何支票；而且我也查過，他甚至沒有支票簿，至少這幾年沒有。」

馬丁·貝克興致高昂地摸著鼻子。警方在司瓦德的住處沒有發現任何支票簿，也沒有什麼存款單的副本或銀行通知單。

「這裡有人認得司瓦德嗎？」

「沒有，我們這裡沒有人見過他。」

「這個帳戶開多久了？」

「似乎是一九六六年四月開戶的。」

「從那個時候開始，每個月都有七百五十克朗存進來？」

「對。而且最後一次存入是三月十六號，」經理看了一下日曆，「是星期四。下個月就沒有錢進來了。」

「理由很簡單，」馬丁·貝克說，「司瓦德在那之後就死了。」

「哦？我們沒收到通知。如果是這樣，死者的親戚通常會和我們連絡。」

「他似乎沒有親戚。」

銀行經理看來有點不知所措。

「至少目前為止沒有。」馬丁·貝克接著說，「再見。」

他覺得自己最好在銀行被搶之前趕快離開。如果他值勤之際不小心碰到這檔子事，就不得不被扯進特別小組的行動了。這是他最不希望碰到的情況。

案子有了新發展。六年來，每個月都存進七百五十克朗！這麼規律的收入倒是很少見，而且司瓦德從來沒花過一毛錢，所以已經累積出可觀的五萬四千克朗。

這筆錢對馬丁．貝克不是一筆小數目；對司瓦德來說，這幾乎是一筆財富。

所以黎雅先前提到他的床墊裡可能有些錢，說得確實沒錯，唯一差別是司瓦德理性多了，而且非常有耐心。

這個新進展讓馬丁．貝克必須重新調整調查順序。下一步應該和稅務機構談一談；另外，一定也得看看那些已歸檔的存款單。

國家稅捐處對司瓦德毫無所知，他們把他歸為貧民。他們稱許自己那種精巧的剝削為食品增值稅，而且相當得意——這項稅收是特許的，用來打擊那些已經不堪一擊的人。

好，這些錢一定不是司瓦德辛苦工作賺來的，況且，像他這種地位的人能從退休金裡省下這麼多錢，未免也太荒謬。

那麼，那些存款單呢？

如果他沒算錯，總共應該有七十二筆，而銀行總行很快就調出最後二十二筆交易的存款單。

於是，馬丁・貝克在那個午後便一直研究這些單據。這些存款單全都是從不同分行送來的，而且筆跡都不相同，也都經由不同的出納員處理。他當然可以一一詢問這些人是否記得某位前來存款的客戶，但這會耗去大量時間，而且可能毫無結果。

有人會記得幾個月前一個存入七百五十克朗的客戶嗎？答案很簡單，不會。

那天稍晚，馬丁・貝克回到家裡，用那個一九一九年和平紀念馬克杯喝著茶。他看著杯子，想像那個把錢存進帳戶的人要是看起來就像陸軍元帥海格*，那麼大家一定認得出來。可是有誰長得像海格？沒有，即使在最做作的電影或戲劇中也沒見過。

這個晚上和之前的一樣，情況也有些改變。他還是不太寧靜，也放不下心，但這次是因為他的思緒無法抽離工作，也就是無法抽離司瓦德。他的思緒圍繞著那個上了鎖的蠢房間，還有存入那些錢的神祕男子。

這個人是誰？有沒有可能搞了半天，其實就是司瓦德本人？不，司瓦德絕對不可能給自己找這種麻煩；而且像他那樣的倉庫管理員，也不可能想得到去開支票戶頭。

不，錢應該是別人存進去的，而且應該是個男人。女人不可能走進銀行說自稱卡爾・愛德溫・司瓦德，然後將七百五十克朗存進自己的支票戶頭。

但為什麼有人要給司瓦德這麼多錢？

他必須先將這個問題暫且擱在一邊，晚點再找答案。

還有一個人得弄清楚身分，就是司瓦德那個神祕的姪子。

最令人困惑的是那個在四月或五月初某個時候，非要置司瓦德於死地的人——即使那個老人已經把自己關在一座碉堡、一間從裡面反鎖的房間，他也不放過。

這三者有可能是同一個人嗎？存款的人、那個姪子，還有殺死他的人？嗯，這個問題值得好好想想。

他放下馬克杯，看看時鐘。真快，都九點半了，這時候要出去也嫌晚了些。但是，他又想去哪裡？

馬丁·貝克挑出一張巴哈的唱片，打開電唱機，他決定先躺一下。

他的腦筋還在轉著。如果不顧所有不吻合的地方和疑問，他可以從手頭現有的資料編出一個故事：那個自稱是司瓦德姪子的人、那個把錢存進戶頭的人，以及那個兇手，其實是同一個人。司瓦德這六年來一直恐嚇他，要他每個月支付他七百五十克朗。而司瓦德吝嗇到近乎病態，所以從沒動用過帳戶裡任何一毛錢；而那個受害人年復一年地付錢，最後他受夠了。

* 海格（Douglas Haig,1861-1928），英軍在一戰索姆之役中的總指揮官。

馬丁・貝克認為把司瓦德當成恐嚇者並不牽強。但若要恐嚇他人，他必須握有對方的把柄，必須對勒索對象造成威脅。在司瓦德的房子裡找不到任何相關資料；當然了，他有可能在銀行租用保險箱存放那些東西，但要是這樣，警方很快就會注意到。

無論如何，一個人若要恐嚇別人，就必須掌握一些消息。一個倉庫管理員可能從哪兒得到消息？在他工作的地方，或者是他的住處。大家都知道司瓦德只會在這兩個地方接觸到人，他不是在家，就是在工作上。

可是司瓦德在一九六六年六月就沒繼續工作了，這比第一筆錢存入支票帳戶的時間還早了兩個月。這些都已經是六年多前的事，司瓦德後來都在做什麼？

他醒來的時候，唱片還在轉著。就算他做過什麼夢，也全都忘了。

星期三。他很清楚今天的工作該從哪裡開始：散步。

但不是去地鐵站，那個位在瓦斯貝加的辦公室對他並無吸引力，他覺得今天有大好的理由不進辦公室。相反地，他想沿著碼頭晃晃，然後向南步行，沿著史克邦街穿過閘門廣場，再沿著市立公園碼頭向東走。

這是斯德哥爾摩城中他最喜愛的地方，尤其是在他兒時。那時，所有的船都繫在這裡，船上載著從各地運來的貨物。如今，真正的船已經不多了，當年盛況已不復見，取而代之的是那些埃倫渡輪*，上面都是些酒鬼！景況真是大不如前啊，以前那些賦予港口無限魅力的裝卸工人和水手們也已逐漸凋零。

今天，他的感覺又有些不同。他喜歡在新鮮的空氣中散步，輕快走著，他知道自己要往哪裡去，也讓他的思路自由奔馳。

他想著那些說他要升官的謠言，倍加煩心。十五個月前犯下那個可悲的錯誤之後，馬丁・貝克的確很害怕會發生這種事——被工作綁在辦公桌。他一向喜歡在外面工作，或是至少到他想去的地方。

一想到坐在辦公室裡，裡面有一張會議桌、兩幅「真正的油畫」、一張旋轉椅、一張客椅，地上鋪著廉價地毯，還配有專屬的私人祕書——此刻想起這些，比一個星期前還更令他毛骨悚然。倒不是因為這些謠言重重打擊了他，而是他開始想像後續的一切。

他在此生所做的努力，應該不是完全沒有意義的吧？

輕快地走了半個小時後，他到達了目的地。這間倉庫是一棟老建築，當初設計時就沒顧及日後停放車輛或配合現代化的需求，所以再過不久將被拆毀。

* 埃倫渡輪（Aland ferries），瑞典往返芬蘭埃倫省的渡輪。埃倫省雖在芬蘭境內，但當地人多說瑞典語。

裡面沒幾個人在工作。倉庫管理員坐鎮的那間辦公室是空的，而且這位重要人士用來監督工人的玻璃窗也積滿灰塵，其中一塊玻璃甚至還破了。牆上掛著兩年前的日曆。

一堆平凡無奇的貨物旁邊有一輛推高機，後面站著兩個男人，一個身穿寬鬆的橘色連身工作服，另一個穿著灰色外套。

他們各自坐在一只塑膠啤酒箱上，另有一個倒扣的箱子放在他們之間。其中一人相當年輕，另一個看起來大約七十歲了，雖然這應該不大可能。年輕男子邊抽著菸、邊讀著昨天的晚報，比較年長的那個男子則無所事事。

他們兩個都無精打采地看著馬丁・貝克。年輕男子看到他走過來，就將菸丟到地上，用腳跟把菸踩熄。

「在倉庫裡抽菸，」比較年長的男人搖著頭說，「真是……」

「『要是在以前啊……』」年輕男子不耐地說，「但我們現在不是在以前了。你還沒有搞清楚嗎，老糊塗？」他轉向馬丁・貝克，語氣不甚友善地說：「你要幹什麼？這是私人企業，門上寫得很清楚，看不懂嗎？」

馬丁・貝克拿出皮夾，出示他的證件。

「警察啊。」年輕男子語氣不屑地說。

另一個人什麼都沒說，只是閒散地看著地板，他清清喉嚨，吐出一口唾沫。

「你在這裡工作多久了？」馬丁．貝克問。

「七天，」年輕男子說，「明天就結束了。之後我就要回卡車集結場。你來這裡做啥？」

馬丁．貝克沒有答話。

那男人繼續說：「過不了多久，這裡就要收掉了，了解嗎？不過我這個朋友還記得以前有二十五個工人和兩個老闆那時候的盛況。可不是嗎，老爹？」

「那他大概會記得一個名叫司瓦德的人，卡爾．愛德溫．司瓦德。」

那個年長的男人眼神空洞地望了馬丁．貝克一眼，然後說：

「什麼？我什麼都不知道。」

不難理解這個老人的如此態度，公司裡一定有人告訴過他，警方正在找認識司瓦德的人。

馬丁．貝克說：「司瓦德已經死了，而且也下葬了。」

「哦，死了是嗎？那樣的話，我還記得他。」

「少在那裡吹牛了，老爹。」年輕男子說，「上次姚翰森問你司瓦德的問題時，你根本什麼都不記得，你真是糊塗了。」

知道馬丁．貝克不會對他怎樣之後，他不知羞恥地又點了一根菸，然後岔開話題：

「那個老傢伙絕對是老糊塗了。他下個星期就要離開了，一月就能領到退休金——如果他能活到那時候的話。」

「我的記憶力很好，」老男人有些不悅地說，「我當然記得卡爾・司瓦德，可是沒有人告訴我他死了。」

馬丁・貝克不發一語。

「就算是警察也拿死人沒辦法。」那個男人說得饒富哲理。

年輕男子起身，抱起那只他原本充當座椅的啤酒箱走到門口。

「該死的卡車怎麼還不來？」他悶哼一聲，「好讓我逃離這個破爛地方？」他走出去坐在陽光下。

「卡爾・司瓦德是個怎樣的人？」馬丁・貝克問。

老男人搖搖頭。他又清了清喉嚨，吐出一口痰，然而這回並非出於不屑，雖然他吐在地上的痰離馬丁・貝克的鞋只有一吋。

「什麼樣的人啊……你想知道的是這個嗎？」

「對。」

「你確定他死了？」

「確定。」

「這樣的話，先生，我可以告訴你，卡爾．司瓦德是我見過最卑鄙的小人。」

「怎麼說？」

老男人乾笑一聲：「這個人什麼齷齪事都做得出來！我共事過的人沒有比他還壞的，真是無人能及，我可是個混過五湖四海的人呢！是的，先生，即使是外面那個痞子也比不上卡爾．司瓦德！那小伙子不過是有本事把好好的工作弄得很麻煩而已。」他朝門口點了點頭。

「司瓦德有什麼特別之處嗎？」

「特別？他當然很特別，真他媽的特別！他是全世界最懶惰的敗類，沒有人的拖功會像他一樣，也沒有人的吝嗇比得上他，他這個人都不會幫忙同事的。就算有人都快渴死了，他連一滴水也不會給，絕對不會！」

老男人突然沉默，接著他狡猾地補充道：「雖然他在某些方面還不錯。」

「哪一方面？」

他的眼光有些飄忽，而且在回答之前還猶豫了一下：

「呸！拍那些工頭的馬屁啊！這種事他最擅長。而且總是裝病，叫別人幫他做他份內的工作。他不是提前退休嗎？就在開始裁員之前退休。」

馬丁·貝克坐在啤酒箱上。「你應該還有些事沒說。」

「是嗎？」

「是的。你想說什麼？」

「你確定卡爾真的掛了？」

「確定，他死了，以我的名譽發誓。」

「警察沒有名譽，而且我也不應該說死人的壞話。不過這個傢伙是死是活也沒什麼差別。」

「我也這麼認為。」馬丁·貝克說，「卡爾·司瓦德在哪方面最行？」

「他很厲害，總是能找出有問題的箱子。不過他都是加班時才做，所以沒有人知道他是怎麼辦到的。」

馬丁·貝克站了起來。這是一條新線索，當然也是這個老男人唯一能提供的消息。曉得要開哪個箱子是幹這一行非常重要的本事，需要職業性的技巧，並蒐集商業機密。酒、菸草和食品在運送時很容易損壞，有一些銷路不錯的貨品也是。

「是啊，是啊，」那個老男人說，「我終於說溜嘴了，不是嗎？我猜這就是你想知道的。現在你可滿意了吧！再見，同志。」

司瓦德的人緣也許不太好，但至少在他還活著的時候，誰也不能說他的同事都排斥他。

「再見。」那個男人說。「再見，再見。」

馬丁．貝克剛要朝門口走去，而且正準備要說「非常謝謝」之類的話，卻突然停下腳步，轉身折返。

「我想留下來聊聊天。」他說。

「什麼？」老男人抬起頭來。

「可惜我們沒有啤酒，不過我可以去買一些來喝。」

那個老男人看著他，眼中的溫順逐漸轉變成驚異。

「什麼？」他懷疑地再次問道，「你想坐下來和我聊天？」

「正是。」

「我這裡有一些，」老男人說，「我是說啤酒。就在你坐的那個箱子裡。」

馬丁．貝克站起來，老男人從箱子裡拿出幾罐啤酒。

「我付錢可以嗎？」馬丁．貝克問。

「無所謂啦，反正都一樣。」

馬丁．貝克拿出一張五克朗的鈔票交給他，然後坐下來說：

「你說你以前出過海。你第一次上船是什麼時候？」

「一九二二年，在蘇斯法。那是一艘帆船，『法蘭號』，船長叫楊森，一個前所未見的混球。」

他們閒聊了一會兒，每人各自又開了一罐啤酒。外面那個年輕男子走了進來，驚愕地看著他們。

「你真的是警察嗎？」他問。

馬丁・貝克沒有回答這個問題。

「我應該去投訴。」他說完後就回到原處去曬太陽。

馬丁・貝克一直待到卡車來了之後才離開，那已是一個多小時之後的事。這次訪談非常值得。聽老工人說話實在充滿樂趣，馬丁・貝克不了解，為什麼現在幾乎沒有人肯花時間和他們聊天。這個老男人在陸上及海上的經歷相當豐富，為什麼沒有人請這樣的人上媒體去說說他們的故事？那些政客和官僚是否聽過他們的心聲？當然沒有。如果他們願意這麼做，在解決失業率和環保問題上，就不會犯下那麼多錯誤了。

司瓦德這個案子還有一些事需要調查。但馬丁・貝克覺得自己此刻沒辦法進行任何調查。他很少在午餐前喝到三罐啤酒，現在酒精已經開始發揮作用，使得他有些頭昏眼花，而且頭痛。

他在閘門廣場攔了一輛計程車到中央澡堂。他先做了十五分鐘的蒸氣浴，而後又多做了十分鐘；之後他戴著兩個呼吸管全身浸入冷水裡，最後在一個鋪著草蓆的小臥房裡睡了一個小時。

這種治療方式發揮了預期的效果。當他在午餐過後不久，抵達史克邦街一家運輸公司的辦公室時，已經完全清醒了。他來到這裡是有個不情之請，一個他認為沒有人會了解的請求。事實上，他們的反應就如他所預期。

「轉運損壞？」

「沒錯。」

「噢，東西轉運的時候當然會損壞，這很正常！你知道我們每年要處理多少噸貨物嗎？」

一個修辭學上的問題。他們只想盡快擺脫他，但是他不會輕易放手。

「當然，現在有那些新系統，貨物比較不容易損壞。不過一旦真的弄壞，損失更大。貨櫃運輸……」

馬丁．貝克對貨櫃運輸業沒有興趣，他好奇的是司瓦德在這裡上班時發生的事。

「六年之前？」

「對，或甚至更早，應該是一九六五到六六之間吧。」

「要我回答那樣的問題實在非常沒道理。我說過了，以前在舊倉庫的貨物損壞頻率較高，有時候整個箱子都摔破了。不過反正保險公司會賠償那些損失，很少會叫倉庫管理員來賠。我想，偶爾是有人因此被開除，不過通常都是那些臨時工。不管怎麼樣，意外是無法避免的。」

他也不想知道誰被開除。他要問的是，是否有任何毀損記錄？如果有，又是誰做的？

「當然有，都是工頭在記錄。他會在倉庫的工作日誌上做筆記。」

「日誌都還在這裡嗎？」

「可能在。」

「那會在哪裡？」

「在閣樓那些舊箱子裡邊吧。根本不可能找得到，至少不可能像變魔術那樣直接從袖口跑出來。」

這家公司很舊，總部就在舊市區的這棟大樓中，他們收存的舊文件大概有好幾噸。不過馬丁・貝克還是堅持要拿到，所以立刻變得非常不受歡迎，但他不介意受到這種對待。在簡短爭辯了「不可能」這三個字的真實意義之後，那些辦事員終於了解，要擺脫他，最簡單的方法就是照他的話去做。

他們派了一個年輕人上閣樓去幫他找。但他沒多久就空手而回，而且還一臉無奈。馬丁・貝克注意到年輕人的衣服連灰塵都沒沾上，便表示要親自和他再上去一次。

閣樓非常熱，灰塵飛揚如霧。不過一切進行得很順利。他們在半小時後找到了那個盒子。日誌和分類帳冊是老式布裝的本子，硬紙板的封面都已經裂開。上面的標籤標示出不同倉庫的號碼和年份。他們總共找到五本號碼及日期都正確的冊子——從一九六五下半年到一九六六年前六個月的記錄。

現在那個年輕辦事員看起來可就沒那麼乾淨了，他的夾克絕對需要送洗，混著灰塵的汗也一條條從他臉上流下。

回到辦公室時，每個人都驚訝且厭惡地看著那些日誌。不，他們不想寫什麼收據，他們根本也不在乎這些東西會不會送還回來。

「我真的希望沒給你們添麻煩。」馬丁．貝克愉快地說。

他們一語不發地目送他離開，而他的腋下夾著戰利品。

他不想假裝自己提高了國家「最大的公眾服務組織」的聲望——警政署長在最近發表的一篇聲明中這麼稱呼警察單位，已經引起過一陣大慌亂，尤其是在警界內部。

回到瓦斯貝加後，馬丁．貝克把那些冊子拿進洗手間擦拭。他接著把自己清理乾淨，回到辦公室坐下來閱讀。他在三點鐘開始讀，到了五點，他覺得已經夠了。

雖然對門外漢來說，這些帳冊非常難理解，但還是看得出這個倉儲分類帳冊做得確實不錯。每天的貨物進出記錄都很詳盡，處理的數量也以簡單的符號記錄下來。

馬丁・貝克想找的東西也在裡面。間隔不等的時間，總會有貨物損壞的記錄，例如：

轉運毀壞貨物：一箱罐頭湯汁，收貨廠商思凡博，胡瓦斯塔街十六號，蘇納。

像這樣的一筆記錄就已列出商品類型及收貨廠商。不過上面都沒有寫明損壞程度、貨品特性，或是誰弄壞的。

當然，這類意外事件不常發生，而且其中絕大部分是酒、食品和其他消費性產品。

馬丁・貝克將所有損壞報告謄寫到自己的筆記本裡，包括日期。共有大約五十筆記錄。他抄完那些分類帳冊之後，把整疊冊子搬到收發室，在上面壓了一張紙條，寫上要將這些冊子寄回運輸公司。他在最上面放了一張警方用的白色卡片，上面印著：「謝謝你們的幫忙！貝克。」

在往地鐵站的路上，他心想，那間運輸公司這下可有得忙了。他很訝異自己竟然有這種幸災樂禍的想法，然而如此想法也激起他內心一股孩子氣的喜悅。

在等候破爛的地鐵列車之際，他思索著現代貨櫃運輸的問題。打開一個裝滿干邑酒瓶的鋼櫃，把酒瓶砸碎，還很親切地把酒液收集到桶子和汽油桶裡，在現在看來是完全不可能了。不過，犯罪組織如今能利用貨櫃走私任何東西，而且每天都在進行。海關對這些行為已經完全無法控制，因此只能抓抓一無所知的可憐旅客；他們可能只是帶了幾條沒申報的菸，或是行李裡多了瓶威士忌。

他在中央車站換車，然後在商業學院下車。

他走進瑟布斯路的國營酒專賣店，櫃台後的那個女人一臉懷疑地看著他的夾克。先前他在閣樓的一陣翻找，弄得衣服上都是灰，而且還皺巴巴的。

「我想買幾瓶紅酒，謝謝。」他說。

她立刻伸手到櫃台下去按那個紅色控制燈的按鈕。

「請出示身分證。」她嚴厲地說。

他拿出證件後，她有些臉紅，好似剛聽到一個非常愚蠢和下流的笑話。

他接著到黎雅那兒。

馬丁·貝克拉了一下鈴繩，試試看門是否開著。門鎖著，但門廳的燈亮著。過了大約半分鐘，他再拉了一次。

她走出來開門。今天她穿著褐色燈芯絨褲，上身是一件怪裡怪氣的淡紫色襯衣，長度直到大腿。「哦，是你。」她急躁地說。

「是的。我可以進去嗎？」

她看著他說：「可以啊！」接著她轉過身去。他跟在後面進到門廳。她走了兩步之後停了下來，站在那裡低著頭，旋及又回頭去將門鎖打開，然後又改變主意把它鎖上。之後，她走在前面進到廚房。

「我買了幾瓶酒。」

「放進壁櫥吧。」她邊說邊在餐桌旁坐下。桌上放著兩本打開的書、一些紙，還有一枝筆和粉紅色橡皮擦。他從袋子裡拿出酒，放到一邊。

她瞥了一眼，有點惱怒地說：「你去買這麼貴的酒來是為了什麼？」

他坐在她對面。她直視他說：「為了司瓦德的事，啊？」

「不是，」他立即接口，「雖然我正想拿他當藉口。」

「你還需要藉口啊？」

「是啊。」

「好吧，」她說，「那我們就喝些茶吧。」她將桌上的書推開，拿出鍋碗瓢盆鏗鏗鏘鏘開始弄著。「其實呢，我今晚才剛想唸書，」她說，「不過沒關係，獨自在家實在是他媽的難過。吃過晚餐了嗎？」

「還沒。」

「很好，那我就弄點東西來吃。」她雙腿大開地站著，一手插在腰上，一手搔著脖子。「吃米飯，應該不錯。我來煮點飯，我們可以拌些佐料，讓味道好一點。」

「好啊，聽起來不錯。」

「不過這要花點時間，也許二十分鐘。我們先喝茶。」她拿出幾個杯子，倒上茶，然後坐下。她雙手捧著杯子將茶吹涼，同時透過霧氣看著他，仍然有點怒意。

「對了，有關司瓦德的事你說的很正確，他在銀行裡有些錢，相當多。」

「嗯。」

「有人每個月付他七百五十克朗。你知道有誰會這麼做嗎？」

「不知道。他不是誰都不認識嗎？」

「他為什麼搬出去？」

她聳聳肩。「我唯一的解釋是他不喜歡這裡。他是個奇怪的傢伙，他抱怨過好幾次，說我晚上都不把臨街的門鎖上。我想他可能以為這棟房子是特別為他蓋的。」

「是啊，那應該就對了。」

她沉默地坐了好一段時間。「什麼東西對了？關於他，有什麼有趣的事情嗎？」

「我不知道你會不會認為有趣，」馬丁．貝克說，「我想一定有人開槍殺了他。」

「怪了，」她說，「告訴我細節。」她又開始對著燉鍋忙碌起來，同時卻也仔細地聽著他說話。雖然她沒插嘴，但她偶爾會皺起眉頭。當他說完，她爆笑出來。

「太妙了！」她說，「你有讀過偵探小說嗎？」

「沒有。」

「我讀過成堆的偵探小說，各式各類，而且每次讀完就立刻忘了大半內容。不過你說的是很典型的情節。一個從內反鎖的房間——很多故事都是以此為主軸，我不久前才讀過一本。等等，去拿幾個碗出來，再去架子上拿點豆子過來，把桌子擺好。」

他從善如流。她離開廚房幾分鐘，回來時手上多了一本雜誌。她把雜誌放在碗旁邊，用湯匙舀出食物。

「吃吧，」她下命令，「趁熱。」

「好吃。」他說。

「嗯哼，」她說，「又成功了。」她吃了一大口，然後看著雜誌說：「聽聽這個：〈上鎖的房間：一份研究〉。有A、B、C三種可能性。A：罪行在上鎖的房間裡犯下，而房間確確實實鎖上；而且兇手從房間裡消失，因此兇手不在房間裡。B：罪行在一個上鎖的房間裡犯下，房間看似密封，但有一些取巧的方式可以出來。C：兇手在房間裡面殺了人，而他躲在裡面。」

她又舀起一些食物。

「C的情況似乎不太可能，」她說，「沒有人能躲在裡面兩個月，只吃半罐貓食維生。但是還有許多小枝節，例如A5：凶手靠動物殺人，或B2：有人將門上的鉸鍊卸下，門鎖和鍊子原封不動，之後再將鉸鍊鎖回。」

「這是誰寫的？」

她看了看。

「作者是葛蘭·桑禾姆，他也是引用別人的內容。A7不錯：利用錯覺殺人，藉由時序上的錯覺。A9這方式也很好：受害人在別處受到致命傷害，在死亡之前回到房間，並將門鎖上。你自己看吧！」

她把雜誌交給他。馬丁·貝克翻了一下就放到一旁。

「盤子誰洗？」她問道。

他起身開始清理桌面。

她抬起腳放在椅子上，雙手抱著膝蓋。「畢竟你才是警探，發生不尋常的案子，你應當很興奮才是。你認為打電話給醫院的人是兇手嗎？」

「不知道。」

「我覺得很有可能。」她聳聳肩，「這樣整件事就單純多了。」

「或許吧。」他聽到有人在前門，但門鈴沒有響，她也沒反應。她這裡自有一套行事標準，如果她想安靜，就會把自己鎖在房裡，如果這時有人有重要的事，按門鈴就好。然而這套標準是建立在她對鄰居有信任感。馬丁・貝克坐了下來。

「也許我們可以喝喝看那些名貴的酒。」她說。

那些酒的確不錯，他們倆有很長一段時間都沒說話。

「做警察，你怎麼受得了？」

「哦，我盡量讓……」

「這個我們改天再談吧。」

「他們正在考慮升我為局長。」

「但你不想升。」她斬釘截鐵地說。

過了一會兒，她問他：「你喜歡什麼樣的音樂？我這裡有各種你想得到的音樂。」

他們走到放著唱盤和各式安樂椅的房間。她放了些音樂。

「把夾克脫掉，真受不了你。」她說，「還有鞋子。」

她開了第二瓶酒。但這回他們喝得比較慢。

「我剛進門的時候，你好像有點不高興。」他說。

「是，也不是。」

他們相對無言。她當時的舉止是有意義的，表示她不是隨便的人。她知道他了解，他也了解她知道。馬丁·貝克啜了一口酒，享受著沒有罪惡感的快樂。他偷偷看著她，看她坐在那裡一臉垂頭喪氣，手肘抵著矮桌。

「想玩玩拼圖嗎？」她說。

「我家還擺著一個不錯的拼圖。」他說。「舊的『伊麗莎白皇后』。」

這是真的，那是他幾年前買的，但是買回來擱著就忘了。

「下次帶過來。」她說。她突然很快地換了姿勢，盤起雙腿，雙手撐著下巴。她說：「也許我應該告訴你，我暫時不適合和你有關係。」

他很快地看了她一眼，而她繼續說：「你知道的，女人嘛……容易被傳染等等的。」

馬丁·貝克點點頭。

「我的性生活不怎麼精采，」她說，「你的呢？」

「早就沒了。」

「真不幸。」她說。

她換了一張唱片，他們又多喝了一點。

他打了個哈欠。

「你累了。」她說。

他沒說什麼。

「你好像不想回家。沒關係，那就不要回家。」

她繼續說，「我覺得我應該再唸一點。我也不喜歡這件爛襯衣，很緊，看起來又愚蠢。」

她褪去身上的衣服，丟在地板上，然後穿上一件暗紅色的法蘭絨睡袍。那件睡袍一直延伸到她的腳跟，看起來非常奇怪。

她換衣服的時候，他就看著她，覺得非常有趣。裸身的她就和他想像中的一樣，身材勻稱、強壯而結實，淡色的體毛，微凸的小腹，平坦的胸部，大而呈淡褐色的乳頭。

他沒想過她有沒有疤痕、痣或其他特徵這類的問題。

「你何不躺下來休息一下？」她說，「你真的累壞了。」

馬丁・貝克順從她的話。他真的累壞了，而且幾乎立刻睡著。他最後看見的一幕是她坐到桌旁，一頭金髮埋在書間。

當他睜開眼的時候，她正低著頭看他。她說：

「該起來了。現在十二點，我快餓壞了。你下去把大門鎖上好嗎？我去把三明治放進烤箱熱一熱。鑰匙就掛在門左邊，綠繩子那串就是。」

27.

馬斯壯和莫倫在七月十四日星期五搶了銀行。他們準時在兩點四十五分戴著唐老鴨面具，並肩穿過銀行門，手上戴著橡膠手套，身穿橘色連身工作服。

他們手持大口徑的槍，莫倫一進門就先朝天花板開了一槍，現場所有人都知道發生什麼事了。他用蹩腳的瑞典語喊道：「搶劫！」

豪瑟和霍夫穿著平常的外出服，頭上戴著黑色頭套，頭套上挖出兩個孔，剛好露出眼睛。豪瑟拿著毛瑟槍，霍夫則配備了一把鋸短的馬里沙霰彈槍。兩人站在門邊，以確保逃回車上的路途暢通。

霍夫左右擺動霰彈槍槍口，以警告外面的人離開；同時，豪瑟站在計劃中的戰略位置，一方面可以朝銀行裡面射擊，一方面可以對外開槍。

馬斯壯和莫倫這時開始有系統地將各個抽屜裡的現金倒出來。

從來沒有一個計劃執行得如此完美，如此精確。

五分鐘前，城南玫瑰園街外的停車場上有一輛舊車爆炸。緊接在爆炸之後，立刻有人持槍朝不同方向掃射，旁邊還有一棟房子冒出火焰。搬演這些壯觀場面的企業家A從一條巷子跑到下一條街，鑽進他的車裡開回家去。

一分鐘後，一輛偷來的家具店貨車倒退斜插入市警局大樓的車道，而且在那裡故障了。車的後門大開，二十箱浸了油的棉花掉了出來，立刻著火。

在此同時，企業家B冷靜地離開現場，好似與這場他造成的混亂無關。

沒錯，一切全都精確地按照計劃進行，各個環節無不銜接得恰到好處，完全根據時間表在走。

就警方來看也一樣。一切都如他們所料，所有全都如他們所預見，一切都發生在正確的時間點。

只有一個小問題。

馬斯壯和莫倫搶的銀行不在斯德哥爾摩。他們搶的銀行和斯德哥爾摩相隔四百多哩，在馬爾摩。

馬爾摩市警局的裴爾・梅森當時正在辦公室裡喝著咖啡。當他看到停車場那端的爆炸火光，而且大量煙霧開始從車道滾滾飄來時，他嘴裡的丹麥捲哽在了喉頭上。在此同時，年輕有為，在工作上儘管極具野心，但目前還只是個巡佐的班尼．史卡基用力推開門，大吼說警報鈴響了。玫瑰園街也有炸彈爆炸，有人報案說現場還發生大火，至少有一棟建築物正陷於熊熊烈焰當中。

史卡基雖然在馬爾摩已經住了三年半，但他很少聽到玫瑰園街這個街名，而且根本不知道它在哪兒。不過裴爾．梅森知道，他對這個城鎮瞭若指掌。只是他很詫異，這場爆炸怎麼會發生在寧靜的蘇菲園那地區、那條被遺忘的街道上。

然而這一切發生得太快，梅森和其他警察一樣根本無暇思考。當所有可調配的人員衝向南區之際，警察總部的首長們似乎被嚇呆了。他們過了好一陣子才意識到，警方的後備支援已被困在停車場內，所以他們有許多人是搭計程車或私家車趕去玫瑰園的，而這些車裡都沒配備無線電。

梅森在三點零七分抵達現場。市立消防隊先前已先抵達，而且這時已撲滅了火勢。整起火警顯然只是虛張聲勢，因為火災在這個空曠的停車場上並沒有造成嚴重損失。警察這時候大都聚集在這個區域內，但除了一輛毀壞嚴重的舊車外，他們沒發現什麼特別的東西。八分鐘後，一名騎機車的警察收到無線電通報，說市中心有一家銀行被搶了。

然而馬斯壯和莫倫此時早已離開馬爾摩。他們大搖大擺地開著藍色的飛雅特離開銀行，而且後面沒有警車追趕。五分鐘後，他們分乘兩輛預先備妥的汽車，朝不同的方向逃逸。

在這之後不久，警方才剛解決停車場裡的混亂，移開那輛卡車和那些麻煩的紙箱；而出城的各條道路也設下路障。他們向全國發出警訊，開始追緝那輛逃離現場的車子。

三天後，有人在船塢附近的倉庫旁發現那輛車，車裡還有連身工作服、唐老鴨面具、橡膠手套、槍和各種裝備。

豪瑟和霍夫幹了這一票後，有一大筆酬勞存進了他們妻子的戶頭。其實在馬斯壯和莫倫逃離現場之後，豪瑟和霍夫這兩人還在銀行外警戒了將近十分鐘，一直等到警方出現他們才離開。那兩名巡警是剛好巡邏到銀行門口，所以是最早抵達現場的人。但他們除了解決學生當眾喝酒的這類小事之外，從來沒有處理緊急事件的經驗；而且他們唯一會的，是扯著嗓門朝對講機大吼大叫。馬爾摩的警察沒有不對著對講機大吼大叫的，不過也沒有人會聽他們的話。

豪瑟全身而退。這情形簡直出乎意料，他自己尤其意外。沒多久，他就取道赫爾辛堡和赫爾辛格*離開瑞典，途中根本沒有遭到盤問。

然而霍夫卻被逮捕。這要歸究於他無心的疏忽。三點五十五分，他搭上馬莫斯號渡輪，穿著灰西裝和白襯衫，繫著領帶，頭戴一頂三K黨的黑色頭套。他這個人有點心不在焉，所以忘記脫掉頭套。警察和海關以為船上有化裝舞會，所以讓他通過。但是船上的工作人員覺得他有點奇怪，所以到了丹麥的自由港時，他被帶到一位沒有佩帶武器的丹麥老警察那裡。老警察把犯人帶進自由港車站的一間小房間，當他搜出此人身上兩把上了膛的槍、刺刀和手榴彈時，他手上那罐啤酒差點掉了下來。不過這個丹麥人立刻回過神來。逮到一個取這種名字的犯人，讓他莫名地興奮。「霍夫－Hof」在丹麥文中是指「餐廳」。

除了一張前往法蘭克福的船票之外，霍夫身上還有不少錢，精準地說，有德國馬克四十元、兩張十克朗的丹麥紙鈔，以及四克朗的瑞典幣。這是所有能找到的戰利品。

這讓遭搶銀行的損失減少到一百六十一萬三千四百九十六克朗又六十五分。

而斯德哥爾摩這時發生了一連串的怪事，最壞的那件就發生在埃拿・隆恩身上。

隆恩連同六名巡警被派赴一件較沒那麼重要的工作——在玫瑰園街監視，並逮捕企業家A。由於這條街相當長，所以他盡可能將手上有限的人力做了適當分配：兩個人待在車裡做為機動部隊，其他人則沿街占據各個戰略點。推土機告訴他不要緊張，無論發生什麼事，絕對要保持理智。

兩點三十八分，他站在礦山公園對面的人行道上，感覺相當平靜。這時有兩名年輕人朝他走來，他們的外表就如同時下大多數的青年那樣骯髒。

「有火嗎？」其中一人問他。

＊ 赫爾辛堡（Helsingborg）是瑞典第九大城，也是該國距離丹麥的最近點，在厄勒海峽對岸，即是丹麥的赫爾辛格（Helsingør）。

「當然沒有。」隆恩平和地說，「我是說，我沒有，沒有。」

下一秒，一把匕首已經抵著他的肚子，一條腳踏車鏈也同時纏在他的頭上，讓他很不舒服。

「別動！你這個滿手血腥、該下地獄的警察。」拿著匕首的年輕人這麼說，而他緊接著又對同夥說：「你拿皮夾，我拿手錶和戒指，然後再將他碎屍萬段。」

雖然隆恩不是什麼柔道或空手道高手，不過他還記得一些以前在健身房學到的動作。他一伸腳就絆倒了那個拿匕首的傢伙，他跌坐在地上，滿臉驚訝；另一個人就沒那麼好對付了。雖然隆恩盡可能迅速轉頭，但是他的右耳還是被腳踏車鏈重重地打中。他一把抓住第二個攻擊者，一起跌倒在人行道上。他的眼前瞬間一片漆黑。

「算是你生前最後一次還手了，你這個混蛋。」拿著匕首的傢伙憤怒地說。

當機動部隊趕到、而且隆恩也清醒過來時，巡警已經以警棍和槍柄對那兩個昏倒在地的惡棍一頓猛打，並且銬上手銬。

拿腳踏車鏈的那個人先醒過來。臉上流下鮮血，他看看四周，裝作沒事地說：

「發生什麼事了？」

「你掉進警察設的圈套了，年輕人。」一個巡警說。

「圈套？為我們設的嗎？你瘋了，我只是和警察開個小玩笑罷了。」

隆恩的頭上多了一個腫包，是這一天特別小組裡唯一受到肉體傷害的成員；其他人受的則純粹是心理上的創傷。

推土機的行動總部是一輛配有最先進設備的灰色公車——車裡的他正興奮得坐立難安，嚴重擾亂了無線電操作員的情緒，也擾亂了柯柏。

兩點四十五分，緊張情緒達到巔峰，每一秒似乎都很漫長，令人情緒緊繃。

三點整，銀行人員開始準備關門，銀行內部由剛瓦德．拉森領導的龐大警力開始蠢蠢欲動。大家覺得非常茫然。但是推土機說：「各位，他們只是暫時欺騙我們。華納．盧斯已經猜到我們得知了計劃，而且希望我們會放棄。他會叫馬斯壯和莫倫下個星期五再行動，也就是下週的今天。沒關係，是他在浪費時間，不是我們。」

三點三十分，第一個讓人憂心的通報進來了。這個消息非常緊急，所以眾人立刻全部撤回國王島街，在那裡等候進一步發展。隨後幾個小時裡，電報機不斷打出最新消息。

整個情況漸漸明朗了，雖然花了點時間。

「『米蘭』顯然不是你所想的意思。」柯柏冷淡地說。

「沒錯，是指馬爾摩。這實在很高明。」推土機說。

經過這麼長一段時間，他終於肯安靜坐下來了。

「誰知道馬爾摩和斯德哥爾摩竟然有街道會同名。」拉森說。

「而且當地的新銀行還和這裡的銀行內部設計完全相同。」柯柏說。

「各位，這我們早該知道的。」推土機大聲說道，「盧斯就知道。所有銀行都沿用相同的設計是比較省錢的作法。盧斯是讓我們在斯德哥爾摩吃了一次虧沒錯，不過下次他就逃不掉了。我們只需要等他再犯案。」

看來推土機已經恢復生氣。他站起來說：「華納・盧斯在哪裡？」

「伊斯坦堡。他這幾天休假，所以到那裡休息個夠。」拉森說

「那當然。」柯柏說，「你認為馬斯壯和莫倫會去哪裡度假？」

「去哪裡都沒差別，」這又勾起了推土機的舊恨。他說：「來得容易，去得也容易。過不了多久他們會再回來的，到時候輪到我們扳回一城。」

「你確定嗎？」柯柏的語氣曖昧。

現在情況沒那麼神祕了，然而時機也過了。

馬斯壯已經躺在日內瓦的某家旅館裡，他在那裡預了訂三週的住房。

莫倫目前人在蘇黎士，不過明天就要啟程前往南美。

他們在換車之際沒有時間多談。

「不要把你辛苦賺來的錢，隨便花在內衣褲和那些爛女人身上。」莫倫勸告他。

「錢是夠了，」馬斯壯說，「但這些武器要怎麼辦？」

「把它放進銀行裡啊。」莫倫說，「不然能放哪兒？」

大約一天後，華納．盧斯坐在伊斯坦堡希爾頓飯店的吧台喝著戴基利酒，讀著《前鋒論壇報》。這是他第一次想看看關於自己的報上新聞。報導只有一個欄位的篇幅，相當短。簡短的標題寫著「瑞典銀行被槍」。文內提到一些比較重要的訊息，例如遭搶金額至少五十萬元。還有一則比較不重要的消息：「瑞典警方發言人今天說，他們知道這項突擊行動是哪個組織發動的。」

再下來一點是另一則瑞典新聞：「大逃獄。十五個危險的銀行搶匪今天從瑞典最嚴密的庫姆拉監獄逃脫。」

看到這則新聞時，推土機正和妻子躺在床上，這是夫妻倆這幾個星期以來首度同床。他立刻跳了起來，開始在臥室裡走來走去，高聲重覆著相同的話：

「怎麼可能？怎麼可能那麼巧？好！這是場生死之戰，我們就來拚個你死我活！」

•

同一個星期五，馬丁・貝克在五點十五分來到圖立路上的那棟房子。他的腋下夾著拼圖，手上提著一袋從國營酒行買來的酒。他在一樓碰到黎雅。她穿著紅木屐正要下樓，身上除了淡紫色開襟長毛衣之外，別無他物。她兩手各提著一袋垃圾。

「嗨！真高興你來了，我有東西要給你看。」

「讓我來。」他說。

「只是些垃圾，」她說，「況且你已經沒有手了。那是拼圖嗎？」

「是。」

「很好。幫我開門，好嗎？」

他打開院子的門，看著她走向垃圾桶。她的腿和其他部分一樣結實、強壯、勻稱。垃圾桶的蓋子「碰」一聲關上，她轉身跑了回來。她跑起來就像個運動健將，直線向前，低著頭，知道自己要往哪兒去。她上樓時也是小跑步，所以他得一步幾個階梯地跳，才能趕上她。

廚房裡坐著兩個人正在喝茶。其中一個是名叫英潔拉的那個女孩，另一個他不認識。

「你要給我看什麼？」

「在這裡，」她說，「過來。」

他跟著她走過去。

她指著一扇門。

「就是那兒，」她說，「一個上鎖的房間。」

「嬰兒房？」

「正是。裡面沒人，而且從房內反鎖了。」

他盯著她看。今天她看起來很快樂，而且非常健康。她笑了起來，一陣沙啞而真心的笑聲。

「這扇門裡面有個掛鉤，」她說，「我裝上的。畢竟孩子也需要屬於自己的安靜時刻。」

「可是他們不在家啊。」

「你真笨哪，」她說，「我在裡面用吸塵器打掃，清完後隨手把門關上。也許太用力了，所以鉤子朝上飛了起來，而且掉進扣環中。現在我打不開了。」

他打量了一下那扇門。門是向外開的，但現在似乎是不可能打開了。

「鉤子在門上，而扣環在門柱上。」她說，「兩個都是厚實的金屬材質。」

「要怎麼樣才能打開？」

她聳聳肩說：「我想用蠻力吧。交給你了。這就是為什麼說一棟房子裡還是需要有男人的原因吧。」

他站在那裡，看起來一定不是普通的呆，因為她又開始發笑。她用手背撫摸他的臉頰，說：

「別傷腦筋了，我自己就能搞定。無論如何，這是一間上了鎖的房間——屬於哪一段環節我就不知道了。」

「我們不能拿東西從隙縫中穿過去嗎？」

「這門沒什麼隙縫。我說了，那個鉤子是我自己裝的，裝得很好。」

真的，門上面連半吋空隙都沒有。

她抓住門把，踢掉右腳的鞋子，用腳抵住門柱。

「不，等等。我來。」

「好吧。」

她說完就去和廚房裡的其他人聊天。

馬丁・貝克花了一段時間打量這扇門，然後用和她相同的方法，腳抵著門柱，抓住又舊又髒的門把。確實沒有其他方法可用了，除非你弄斷鉸鍊上的釘子。

剛開始他沒有使盡全力，但第二次他使出吃奶的力氣，直到第五次才成功。那些伴著嘰嘰聲，螺絲釘從碎裂的木材中拉了出來。

被拉出來的是鉤子上的螺絲釘，扣環還是牢牢固定在門柱上。扣環是釘在一個有四個孔的鐵片上，而鉤子還鉤在扣環裡；鉤子也很粗，似乎不可能弄彎，大概是鋼做的。

馬丁・貝克看看四周。嬰兒房裡是空的，房內的窗戶緊緊關著。

為了將鉤子再固定住，鉤子和扣環都得移動大約一吋左右，因為原來鎖螺絲的木頭已經弄壞了。

他走進廚房，大家都在講話，討論越南的集體屠殺。

「黎雅，你的工具放在哪裡？」

「櫃子裡。」

她手上都是東西，所以用腳比了比。她正在向一個人示範如何用鉤針織衣服。

他找到螺絲起子和錐子。

「不急。去拿個杯子坐下來，安娜已經烤好圓麵包了。」

他坐下來吃了剛烤好的麵包。雖然耳裡聽著大家在談論的內容，但他卻心不在焉。接著他想到別的事情。

他靜靜坐著，聽著記憶裡的錄音機在放著帶子——是十一天前的一段對話。

斯德哥爾摩市政大樓走廊裡的對話，一九七二年七月四日，星期二。

馬丁・貝克：所以當你弄開那個木樁、把門撬開時，你就直接進到屋裡？

肯尼斯・瓦思特莫：對。

貝：第一個進去的是誰？

瓦：是我。克里斯森聞了味道，有點不舒服。

貝：你做了什麼？應該說，你進去之後做了什麼？

瓦：裡面的氣味很可怕，光線相當昏暗，但是我看得到地板上的屍體，距離窗戶二或三碼。

貝：然後呢？試著回想一下所有細節。

瓦：現場幾乎無法呼吸。我在屍體旁邊轉了轉，又到窗戶那兒看了一下。

貝：窗戶關著嗎？

瓦：對，而且窗簾是放下來的。我試著要拉起窗簾，可是拉不起來，彈簧是鬆開的。不過我想最好把它打開，透透氣。

貝：然後你怎麼辦？

瓦：我把窗簾推向一旁，打開窗戶。而後我把窗簾捲起來，並且把彈簧裝好——不過這是之後的事。

貝：窗戶是鎖上的嗎？

瓦：對，至少有一個鉤子是鉤住的。我把它解開，然後打開窗戶。

貝：你記得那是上面還是下面的鉤子嗎？

瓦：我不太確定，我想是上面的吧。我不記得下面那一個是什麼樣子，我想我也有把它打開

……不，我不確定。

貝：不過你確定窗戶是從裡面鎖上的？

瓦：是的，百分之百確定，非常確定。

黎雅故意朝他的小腿踢了一下。

「吃個麵包吧，真是的。」她說。

「黎雅，」他說，「你有手電筒嗎？」

「有啊，就掛在洗碗槽旁邊壁櫥的釘子上。」

「可以借用一下嗎？」

「當然。」

「那我要出去片刻，我很快就會回來把門修好。」

「好。再見。」

「再見。」馬丁・貝克說。

他拿了手電筒，叫了輛計程車前往保斯街。

他在人行道上站了片刻，看看街道另一頭的窗戶。接著他轉過身去。後面的山坡上是庫諾丘公園，山坡非常陡峭，而且滿是岩石，上面還有一些樹叢覆蓋。

他向上爬，爬到一個面對司瓦德那扇窗戶的位置。現在他所在的高度幾乎和那扇窗戶平行，而且距離最多不過二十五碼。他拿出一枝原子筆指著窗戶那塊黑色的長方形區域。窗簾被人拉下來了。那棟屋子的房東非常煩惱，因為現場一直要到警察允許之後才能再出租。

馬丁・貝克繞著那地方走動，直到他發現一個最好的位置。他稱不上是神射手，可是如果他的原子筆是一把點四五手槍，他一定能擊中任何站在窗邊的人。他對這一點非常有信心。

這裡是個藏身的好地點。當然，現在正值四月中，植物稀稀落落，可是躲在這裡還是不容易被人發現，只要你定住不動。

現在是大白天，入夜後街燈應該也夠明亮，但是黑暗的天色對一個站在山坡上的人來說，仍然是很好的偽裝。

即使如此，一個人也不可能不用滅音器就敢從這裡開槍。

他再次仔細觀察哪一個地點最有利。他從那裡為起點開始搜尋。少數幾個人從底下走過，有幾個人聽到他在矮樹叢到處搜索的聲音而停步，但只停了一下子，就又加快腳步離開，深怕惹上麻煩。

馬丁・貝克有條不紊地搜尋。他先向右邊找，自動手槍的彈殼大多是朝右彈出，但是會彈多遠？又會往什麼方向？這工作需要耐性。他趴在地上，很慶幸自己帶了手電筒。他沒打算放棄，至少短時間內不會。

一個小時又四十分鐘過後，他找到了彈殼，就掉在兩塊石頭之間，被樹葉和泥土蓋著。打從四月以來下了不少雨，狗和其他動物也在上面踐踏過，當然也有人踏過——例如那些故意在公共場所違法喝啤酒的人。

他撿起那個黃銅小圓筒，包在手帕裡，放進口袋。

馬丁・貝克沿著保斯街往東走，在市政大樓附近招了一輛計程車，前往到犯罪實驗室。實驗室這個時候大概在休息了，不過他猜想裡邊應該還有人在，那裡總會有人得加班工作。不過他可能得費上一番唇舌，才能說服對方收下他的發現。

所幸最後他終於說服了那個人。他把東西放進一只塑膠盒內，謹慎地填寫盒上的卡片，詳述所有資料。

「你一定非常急著想得到答案吧？」加班的技師當中有個人這麼說。

「還好，」馬丁・貝克說，「其實一點也不急。你有空時幫我檢驗一下，我就很感謝了。」

那名技師看了一下彈殼，思考了一陣。從上面應該得不到什麼資料，它已經被壓扁了，而且髒兮兮的，看起來似乎沒有多大希望。

「既然你這樣說，」技師說，「那我就盡快幫你看看。每個進來的人都說他們馬上就要結果，我們已經厭煩得不得了。」

時間很晚了，他覺得應該給黎雅打個電話。

「嗯，我現在自己一個人在家。大門鎖上了，不過我可以把鑰匙丟下去給你。」

「我會把門修好。」

「我已經弄好了。你的工作做完了？」

「對。」

「好。所以你可以在半小時後到？」

「差不多。」

「只要在人行道上叫一聲就可以，我聽得到。」

剛過十一點，他就到了。他吹了一聲口哨。剛開始屋內沒有回應，後來她親自下來開門，光著腳，穿著大紅色的睡袍。

上樓進了廚房，她說：「手電筒有用到嗎？」

「有，電池快被我用光了。」

「我們要不要開瓶酒？對了，你吃過了沒？」

「沒有。」

「這樣不好喔。我來弄點東西，一下子就好了，你應該快餓死了。」

餓，是的，也許吧。

「司瓦德的事怎麼樣了？」

「似乎越來越清楚了。」

「真的嗎？快告訴我，我好奇得不得了。」

到了一點鐘，酒瓶已經空了。

她打著哈欠。

「對了，我明天要出城一陣子。星期一回來，也可能星期二才回來。」

他正打算要說：「那我最好現在離開。」

「你不想回家。」她說。

「不想。」

「那你就在這裡睡吧。」

他點點頭。

她說：「不過和我睡同一張床可不好受，我會踢來踢去的，就算睡熟也是。」

他脫下衣服上床。

「你要我脫掉這件漂亮的睡袍嗎？」

「當然。」

「好吧。」

她照做，然後在他身旁躺下。

「只能到此為止。」她說。

他想起這是兩年多來他第一次和別人共享一張床。馬丁・貝克沒再多說什麼。她身子很暖，也很靠近。

「我們沒時間玩拼圖了，」她說，「等下個禮拜吧。」

沒多久他就睡著了。

28.

星期一早上，馬丁·貝克一路低哼著歌，出現在瓦斯貝加。行經走廊時，一個警局職員驚訝地看著他。雖然自己單獨度過週末，但他覺得很舒服。其實他已經想不起上次這麼樂觀是什麼時候了。一九六八年的那個夏季還不算太壞。

衝破司瓦德那個上鎖的房間的同時，他也衝破了自己的牢籠。

他將從倉庫帳冊上抄下來的那些摘要攤在面前，在一些看來值得關切的名字旁邊加上標記。他開始打電話。

保險公司有一件最要緊的工作——盡量賺錢，所以總讓員工忙得團團轉；為了同樣的理由，他們也會井然有序地保存好所有文件，就怕會有人鑽法律漏洞來詐騙，害公司損失利益。如今這種瘋狂的工作節奏已走到它的絕境：「不可能，我們沒有時間。」

馬丁·貝克可以用幾種不同的方法對付他們，例如，他在週五傍晚用來對付實驗室技師的方式就是其一；另一個方式是假裝比他們更急迫。這在公家機關常能奏效。身為警察，你很難叫其他警察快一點，但這種方法對其他人非常好用。

「不可能，我們沒有時間。這很緊急嗎？」

「的確非常緊急！你一定要找時間幫我弄好。」

「你的直屬上司是誰？」

等等等等。

答案一個個冒了出來，他一一將之記下：補償給付完畢、案件結案、被保險人在債務償清前死亡。

馬丁．貝克不斷打電話、記筆記，那些帳冊旁已寫滿東西。當然，不是每個問題他都能得到答案。

在打第八通電話時，他突發奇想地問：

「保險公司理賠之後，那些毀壞的商品都怎麼處理？」

「我們當然會檢查一下，要是還能用，就會廉價賣給員工。」

是嘛！這也算是一筆小小的利潤，當然。

他突然想起自己在這方面也有些經驗。大約二十幾年前，他結婚後不久，有一陣子經濟非常拮据。在女兒英雅——成就這段婚姻的主因——出生前，他的妻子曾在保險公司上班，當時她常能在公司買到很多折價的肉湯罐頭，味道不是普通的差，罐子也常在運送過程被撞得歪七扭八。他們有時會連續好幾個月都靠那些罐頭維生；從那時起，他就不喜歡喝肉湯。也許司瓦德或是一些專家也嚐過那些難喝的液體，發現它不適合人類食用。

馬丁・貝克還沒撥出第九通電話，電話突然就響起。有人有事找他，當然那不可能是……

「喂，我是貝克。」

「喂，我是葉勒摩。」

「你好，真高興你打來。」

「可不是嗎。不過你好像是出於禮貌才這麼說。不管這些了，我只是想幫你最後一個忙。」

「最後一個忙？」

「在你晉升為局長之前。我知道你找到彈殼了。」

「你檢查過了嗎？」

「不然你以為我打來要幹嘛？」葉勒摩不悅地說，「敝單位可沒時間打電話跟人閒聊。」

他一定知道些什麼，馬丁・貝克心想，如果葉勒摩打來，那一定是有什麼重要的發現，不然通常只會收到他寫的便條。馬丁・貝克大聲地說：

「你人真是太好了。」

「你說的還真是沒錯。」葉勒摩同意，「是這樣的，你拿來的那個彈殼已經磨損得相當嚴重，很難從上面發現什麼。」

「我了解。」

「你了解才怪。我猜你想知道那彈殼是不是和自殺用的那顆子彈吻合？」

「沒錯。」

一陣靜默。

「沒錯，」馬丁・貝克說，「這就是我想知道的。」

「非常吻合。」葉勒摩說。

「真的？」

「我不是告訴過你了？我再說最後一次：我們不做瞎猜的事。」

「對不起。」

「我想你沒找到那把槍吧？」

「沒有，我不知道槍在哪兒。」

「我剛好知道，」葉勒摩的語氣冷淡，「那把槍現在就放在我的桌上。」

•

國王島街特別小組的巢穴裡，目前是一片愁雲慘霧。

推土機已匆匆趕往警政署去請示。警政署長告訴他們不准將消息外洩，而奧森非常急切地想搞清楚是什麼事情不能外洩。

柯柏、隆恩和剛瓦德．拉森三個人都沉默地坐著，他們的坐姿讓人想起羅丹的「沉思者」雕像。

有人敲了門，幾乎同時，馬丁．貝克已經站在房裡了。

「嗨！」他說。

「嗨！」柯柏說。

馬丁．貝克點點頭，剛瓦德．拉森則沒有反應。

「你們看起來不太高興。」

柯柏看著老朋友說：「事出有因。是什麼風把你給吹來的？沒有人會自願來這裡的。」

「我倒是自願的。除非有人給了我錯誤訊息。聽說你們抓到一個叫毛立宗的痞子。」

「是啊，」隆恩說，「鹿角街那件銀行搶案的兇手。」

「你找他做啥？」柯柏質疑地說。

「只是想跟他見個面。」

「幹嘛？」

「想和他談談——假設他知道該怎麼跟人談話。」

「這點你不必擔心。」柯柏說，「他是個大嘴巴，但是沒用在正途上。」

「他不承認嗎？」

「可想而知他不會承認。不過根據我們手上的證據，他跑不掉了。我們已經在他住處找到作案時的扮裝道具，還有凶器；而且也證明那是他的。」

「怎麼說？」

「槍枝編號被磨掉了，而金屬上的磨痕和他家那台研磨機磨出來的痕跡，在顯微鏡下非常吻合。罪證確鑿！但他還是一直否認。」

「對啊，而且證人也指認了他。」隆恩說。

「嗯……」

柯柏開了口，但沒有接續。他在電話上按了按，對著話筒大聲下達幾個命令。

「他們現在就帶他下來。」

「我可以在哪裡和他談？」

「用我的辦公室。」隆恩說。

「好好對待那個白癡，」剛瓦德．拉森說，「我們只有這個人了。」

不到五分鐘，毛立宗出現了，還和另一名警衛銬在一起。

「這好像有點多餘，」馬丁．貝克說，「我們只是談談話。打開他的手銬，請到外面等一下。」

警衛解開手銬。毛立宗緊張地撫摸著自己的右手腕。

「請坐。」馬丁．貝克說。

他們在書桌旁相對而坐。

馬丁．貝克以前沒見過毛立宗，但是他注意到這個男人的情緒似乎非常激動，也非常緊張，一副就快崩潰的樣子。馬丁．貝克並不驚訝。

也許他們狠狠打了他一頓；但也可能沒有。有些殺人犯在被捕之後，精神狀況都不太穩定，而且會喪失理智。

「我只是個替死鬼。」毛立宗尖聲說，「那些警察還是誰在我家布置了一些偽證。那家銀行被搶的時候我根本不在城裡，可是連我的律師都不相信我，我還能怎麼辦？」

「你是瑞典裔美國人嗎？」

「不是。你為什麼這樣問？」

「你說『布置』，這不是瑞典人的用語。」

「噢，不然該怎麼說？警察闖進你家、而且放了一頂假髮、太陽眼鏡，還有槍，天知道還有什麼別的——然後假裝是在你家找到的！我發誓我從來沒搶過銀行。但是連我的律師都說我沒有翻身的機會，你還要我說什麼？要我承認我殺了一個根本與我無關的人？我快發瘋了。」

馬丁・貝克把手伸向書桌底下，按了一下按鈕。隆恩的書桌是新的，桌底精巧地裝配了內藏式錄音機。

「事實上，」馬丁・貝克說，「我和那件搶案無關。」

「是嗎？」

「是，毫無關係。」

「那你想幹嘛？」

「談點別的。」

「談什麼？」

「一件你非常熟悉的往事。從一九六六年三月的一箱西班牙利口酒開始。」

「什麼？」

「事實上，我已經查過所有文件。你合法進口了一箱利口酒，向海關申報，也付了關稅，除了關稅還付了貨運費，對嗎？」

毛立宗沒有回答，馬丁．貝克抬頭看見他正張著口，一臉震驚。

「我已經搜集到所有資料了，」馬丁．貝克重覆道，「所以我假定我說的沒錯。」

「對，」毛立宗終於開口，「你說的沒錯。」

「可是你根本沒收到那箱酒。如果我猜得沒錯，那箱酒在轉運時意外損毀了。」

「沒錯，雖然我不認為那是意外。」

「對，這點你說的很對。我相信那個倉庫管理員，叫司瓦德吧，是故意把箱子打破，好得到箱裡的酒。」

「你說的完全沒錯，就是這樣。」

「嗯，」馬丁．貝克說，「我想你對這些事也很厭煩了。也許你不想談這個老故事？」

過了許久，毛立宗才說：「可以談啊，為什麼不談？說些我真正做過的事可能還比較好，要不然我會發瘋。」

「那就如你所願吧。」馬丁．貝克說，「依我看，那些瓶子裡裝的不是利口酒。」

「目前為止你還是對的。」

「瓶子裡到底裝了什麼，我們可以先不管。」

「如果你有興趣，我倒是可以告訴你。瓶子是在西班牙裝箱的，雖然看起來像酒，但其實裡邊是製造嗎啡的原料。那時候那可是非常搶手的東西，那箱貨的利潤很不錯。」

「是的，但是就我所知，走私這種有墮胎效果的東西——因為它可以拿來墮胎——會被判重罪。」

「你說的對。」毛立宗的態度就好像他以前一直不知道這點似的。

「所以，我推斷你被這個司瓦德勒索了。」

毛立宗沒說話。馬丁・貝克聳聳肩說：「我說過，你可以不回答。」

毛立宗依然很緊張，不斷改變坐姿，而且雙手不停顫抖。

馬丁・貝克心想，他們一定對他施加了相當大的心理壓力。他有些驚訝，因為他知道柯柏會採用的方法大都很人道。

「我會回答你，」毛立宗說，「繼續，這些事能讓我回到現實。」

「你每個月要付七百五十克朗給司瓦德。」

「他開價一千，我說五百，七百五十是妥協後的價錢。」

「你何不直接了當自己把實情全告訴我，」馬丁・貝克說，「如果有什麼不清楚，我們可以一起討論。」

「你真的這樣想？」毛立宗的臉抽搐了一下，喃喃自語，「可能嗎？」

「當然是真的。」馬丁・貝克說。

「你也以為我是神經病嗎？」毛立宗突然問他。

「沒有。為什麼我應該這麼認為？」

「大家好像都認為我發瘋了，連我自己都快相信是這樣。」

「只要告訴我真相，一切自然會有解釋。所以……司瓦德壓榨你，要你給錢。」

「這人是個吸血鬼。」毛立宗說，「我那時候不能被逮，我以前被關過，還有一些沒定罪的案底，而且還被監視。當然這些你應該都知道。」

馬丁・貝克沒說什麼，其實他還沒仔細查過毛立宗的犯罪記錄。

「唉，」毛立宗說，「一個月七百五十克朗也不是什麼大不了的數字，一年也才九千嘛，光是那箱子裡的東西就比這值錢多了。」他鎮定一下，隨即驚愕地說：「我不懂，你怎麼會知道這些？」

「像我們這種社會，大多數事情都會建檔。」馬丁・貝克的語氣和藹可親。

「但是碼頭那些混帳每個禮拜都會打破一大堆箱子啊。」毛立宗說。

「沒錯，但你是唯一沒有要求任何賠償的人。」

「的確，我還得求他們別賠給我，否則那些保險鑑定員會來看東看西的。光是一個司瓦德就已經夠了。」

「了解。而你繼續付他錢。」

「大概一年後吧，我不想再理會了，可是只要我晚個幾天匯錢，那個老傢伙就來恐嚇我，而我做的事又都是不能見人的。」

「你可以告司瓦德勒索。」

「是啊，然後把自己也送進去蹲幾年牢。不，我只能付錢。那個混蛋後來乾脆放棄工作，直接把我當成他的退休基金。」

「最後你受夠了？」

「對，」毛立宗緊張地擰著手帕。「這件事我只跟你說。」他說，「換作是你，你不會受不了嗎？你知道我前前後後付了多少錢給那傢伙嗎？」

「我知道，五萬四千克朗。」

「你好像什麼都知道。」毛立宗說。「喂，那你能不能接替那些瘋子來辦這件銀行搶案？」

「也許有點困難。」馬丁．貝克說，「但你也不是乖乖付錢，不是嗎？偶爾也會嚇嚇他吧？」

「你怎麼知道？大概一年前，我開始計算這些年來我付給那個賊人多少錢。我去年冬天去找過他。」

「如何？」

「我在城裡和他碰面，告訴他別再向我要錢。但是那個小氣鬼只是說，如果我不準時付錢，我應該很清楚後果會如何。」

「會如何？」

「他會直接去警察局。雖然利口酒那件事已經是陳年往事，但其他事可就逃不過警察的法眼了。我當時在做的也不是什麼合法的事，更何況我發現到時會很難解釋為什麼我這些年來要一直付錢給他。」

「於是司瓦德說了什麼讓你冷靜下來，是嗎？他說他快死了。」

毛立宗沉默地坐了許久。

「司瓦德跟你說過這些事嗎？還是你從檔案上看到的？」

「都不是。」

「那你是會讀心術還是什麼的嗎？」

馬丁・貝克搖頭。

「那你怎麼會知道各個細節？他說他得了癌症，而且可能活不過六個月；總之我猜他被嚇到了。而我想，反正六年都過了，再六個月也無所謂。」

「你最後一次和他說話是什麼時候？」

「二月。他當時又嘀咕又發牢騷，別人看了大概會以為我和他有親戚關係。他說他要去醫院——去『死人工廠』，他這樣說，其實是放射科。他似乎完蛋了，我心想，這樣正好。」

「但是你打去醫院查問？」

「對，他不在那裡，他們說他去了南區的某家診所。於是我開始懷疑事有蹊蹺。」

「我曉得，所以你打給那裡的醫生，說司瓦德是你的叔父。」

「我根本什麼都不用說啊，不是嗎？截至目前，我說的事情你全都知道。」

「哦，你可以……」

「可以什麼？」

「例如，你向醫院報了什麼名字？」

「當然是司瓦德。要是我不說我姓司瓦德，他們怎麼會相信我是那混蛋的姪子？你沒想到這一點嗎？」毛立宗既興奮又驚訝地看著馬丁．貝克。

「不，其實我還真沒想到。你看吧！」

某種感覺開始在他們之間萌生。

「我找到的那個醫生說那老傢伙很健康，再活個二十年也不成問題。我算了算……」他沉默下來。

馬丁．貝克很快地算了一下：

「這表示還得付十八萬克朗。」

「對，沒錯。我投降，你比我聰明多了。我在那一天又付了三月的錢，這樣存款單才會在他回家時寄到。同時……噢，你知道我還做了什麼嗎？」

「你決定這是最後一筆了。」

「完全正確。我知道他星期六要出院，所以在他走進商店去買那些難吃的貓食時，我抓住他，告訴他這一切也該結束了。但他還是一樣姿態很高，說下個月二十號他要是沒收到銀行匯款通知單，那我就會知道有什麼後果。不過他被我嚇壞了。你應該知道他後來怎麼了？」

「他搬家了。」

「當然你也知道這件事……以及我後來做的事吧？」

「對。」

兩人沉默了好一會兒。馬丁・貝克覺得錄音機好像完全沒聲音。他在會面之前檢查過機器是否還能用，而且換了新的錄音帶。現在他得想個法子。

馬丁・貝克說：

「沒錯，那件事我也知道，我剛才說過。我們這次談話大致可告一個段落了。」

毛立宗看起來非常不安。「等等，」他說，「你真的知道嗎？」

「當然。」

「可是，你曉得嗎，我卻不知道。他媽的，我甚至不知道那個老傢伙是生是死，而那些怪事就是從這時候開始的。」

「怪事？」

「是呀，從那時起一切都……是的，都不對勁了，你可以這樣說。再過兩個星期，我就要因為一項莫須有的罪名被判處極刑，這實在他媽的毫無道理。」

「你是史瑪藍人。」

「是啊，你到現在才知道？」

「對。」

「真奇怪，你不是什麼都知道嗎？好吧，後來我做了什麼？」

「首先，你查到了司瓦德的新地址。」

「對，很簡單。我跟蹤了他幾天，注意他出門的時間等等的。他不常出門，而且住處窗簾一向會拉下來，就算入夜讓屋子通風時也是一樣。那個我也check過了。」

「check」是個流行的說法，每個人都常用，最初是從小孩子開始，接著幾乎每個瑞典人都會說了；有時連馬丁・貝克也在用，雖然他總是盡量說純正的瑞典話。

「你覺得自己確實嚇到了司瓦德，但如果情況沒有好轉，你打算殺了他。」

「我沒想那麼多。不過要殺他也很難，所以我想出一個簡單的方法。你應該知道我所謂的方法了？」

「你想在他打開窗子通風，或是關窗的時候開槍殺他。」

「你看看，真有你的！你知道，那是唯一看得到他的時間。而且我發現一個絕佳的地點，想必你也知道在哪裡？」

馬丁・貝克點頭。

「我就說嘛！如果你不想進他的住處，只有一個地方能辦到：就是對街公園裡的斜坡。司瓦德每晚九點鐘會去開窗，到了十點就關上。所以我就在那裡對那個老傢伙開槍。」

「哪一天？」

「十七號，星期一——那天我原本應該要去銀行匯款的，以前都是這樣——晚上十點。再來怪事就開始了。你不相信？該死，我沒辦法證明。不過先讓我確定一下：你知道我是用什麼武器嗎？」

「知道，點四五口徑的自動手槍，美洲駝9A型。」

毛立宗抱著頭說：

「你簡直就像是我的共犯。我還在想，這你不可能會知道，可是你竟然查出來了，真不是蓋的。」

「為了開槍時不被人注意到，你還加裝了滅音器。」

毛立宗點點頭，非常吃驚。

「我猜是你自己裝的，一般型，只能用一次。」

「對，對，就是這樣！」毛立宗說，「沒錯，沒錯，沒錯！現在，請你告訴我後來發生的事。」

「你先說，」馬丁・貝克說，「我再補充。」

「噢。我到了那裡，是開我自己的車去的。天很暗，四下無人，他的住處有燈光，窗戶開著，窗簾放下來。我在斜坡上找了一個位置。幾分鐘後我看看手錶：九點五十八分。一切都如我所料，那個該死的老混蛋推開窗簾，出現在窗口，我看他以為自己還能將窗戶關上呢。其實事情發生時我都還不確定是不是要這麼做。我想你也知道。」

「你還沒下定決心是要殺了司瓦德，還是只對他的手臂或窗框開一槍警告。」

「個人告白。」毛立宗沮喪地說。「顯然你也知道這點，但這只能當作個人告白。畢竟這些事只有我自己知道。除了這裡之外，就沒有其他人知道了。」他用指關節敲著自己的額頭。

「但就在那一瞬間，你做了決定。」

「對。看到他站在那裡，我突然覺得，殺了他才能一勞永逸，所以我開了槍。」

他沉默了。

「然後呢？」

「唉，然後怎麼樣？我不知道。我大概不可能失手吧？雖然剛開始我是這麼想。他消失了，而且我看到窗戶好像關上了。一切都發生得好快，窗簾也放了下來，看起來就跟平常一樣。」

「接著你做了什麼？」

「我開車回家。你說我還能做什麼？我每天都看報紙，不過好像都沒有相關消息。實在令人不解——我當時這樣想。不過和我現在的疑惑相比，那根本算不了什麼。」

「你開槍時，司瓦德站在哪裡？」

「他靠在窗邊，而且舉起右手。他應該是一手握拳抓住窗鉤，另一手扶著牆。」

「你從哪裡弄到的槍？」

「我有幾個認識的人從國外買了一些武器，有出口執照的。我替他們安排把槍枝帶進來，後來想想自己有把槍好像也不錯，所以我又向他們買了一把手槍。我對槍不太在行，但覺得這把看起來還不錯。」

「你確定有打中司瓦德嗎？」

「當然。沒有其他可能性。但別的事我就不清楚了。例如，為什麼沒有人注意到這件事？我曾經開車經過，抬頭看了窗戶，它總是關著，窗簾也還是拉下的。所以我開始懷疑自己到底有沒有打中他。怪事就開始發生了，噢，天哪，亂七八糟，沒有一件事我搞得懂！現在，突然又有個你出現在這裡，而且什麼都知道。」

「我想，有些事我可以解釋。」馬丁・貝克說。

「我可以問你一些問題嗎，算是交換？」

「當然，你問吧！」

「我想先知道，我打中那個混蛋了嗎？」

「對，你當場殺了他。」

「幸好。我剛開始還以為他人就在這裡，就坐在隔壁房間讀報紙，還笑到漏尿咧。」

「所以，」馬丁・貝克嚴肅地說，「你已經犯了謀殺罪。」

「我想是吧！」毛立宗漠不關心地說，「我的那些兄弟也是這麼說，比如我的律師。」

「還有其他問題嗎？」

「為什麼沒有人關心他的死？報紙上連一行字都沒有。」

「司瓦德很久之後才被發現。一開始從現場觀察，我們還以為他是自殺的。」

「自殺？」

「是的，警察有些也是很粗心的。子彈直接從正面打進去，這可以理解，因為他當時俯身向前；而且那個房間從內被反鎖，窗戶也是。」

「他一定是在跌倒時扯到，鉤子才會掉進扣環裡。」

「我也是這麼想，大概就是這樣。被口徑那麼大的子彈擊中，人通常會後退好幾碼，就算司瓦德抓的不是很緊，窗子用力關上時，鉤子也可能自己掉進去。我看過類似的事，而且就是最近。」馬丁・貝克暗自笑了笑，「所以整件事都釐清了。」

「這哪是『釐清』而已？你怎麼會知道我開槍之前在想什麼？」

「這個嘛，」馬丁・貝克說，「純粹是猜測。你還要問什麼嗎？」

毛立宗驚愕地看著他。

「還要問什麼？你這是在耍我嗎？」

「絕對不是。」

「那你可不可以好心為我解釋一下，當晚我開車回家，把槍放進一個舊袋子，還裝了石頭，裝得滿滿，然後用他媽的吃奶力氣捆好之後，再把放到一個安全的地方。先前我已經拿掉了滅音器，把它給敲扁。它只能用一次，但不是我自己裝的；就像你說的，它是和自動手槍一起買的。隔天一早我開車到車站，再坐火車到索德拉來。途中我走進一棟不起眼的房子，把滅音器丟進垃圾滑道。我甚至想不起來是哪一棟房子。我在索德拉來上了我停在那兒的一艘遊艇，我開著遊艇在當天晚上回到斯德哥爾摩。隔天，我拿著那個裝著手槍的袋子上船，開到海上，到維克斯島，而且半路上就把袋子丟進海裡，丟到海峽最深處。」

馬丁・貝克皺著眉頭。

「我確定自己只有做這些。」毛立宗激動地說。「我出門時沒有人會闖進我的住處，我沒把鑰匙給任何人。而且在我要幹掉司瓦德之前，只跟幾個認識我、而且知道我住處的人提過我要去西班牙。」

「是嗎？」

「可是，媽的，你就坐在這裡，而且什麼事都知道。你知道那把槍，但槍已經沉在海底深處；你也知道滅音器……你能不能好心一點，為我解釋這一切。」

馬丁．貝克想了一下，他說：

「你一定有些地方弄錯了。」

「錯了？我不是全都告訴你了嗎？媽的，我難道不知道自己做了什麼？還是……」毛立宗開始奸笑，接著突然停下來，「還是你只是在騙我！你休想騙我在法庭上重覆這些話。」

那個男人又無法自制地大笑。

馬丁．貝克起身打開門，揮手叫值勤的警衛進來。他說：「我問完了，暫時。」

毛立宗被帶出去，還不停笑著，那笑聲聽起來讓人不太愉快。

馬丁．貝克打開書桌抽屜，把錄音帶的其餘部分捲好，取出送去特別小組的辦公室。隆恩和柯柏還在那裡。

「怎麼樣，你還喜歡毛立宗嗎？」柯柏問。

「不太喜歡，但他承認自己殺了人。」

「這次他又殺了誰？」

「司瓦德。」

「真的嗎？」

「如假包換。」

「哦，錄音帶。」隆恩說，「是從我的錄音機上錄到的嗎？」

「對。」

「那對你沒有用，壞掉了。」

「可是我試過。」

「是啊，剛開始兩分鐘還能用，之後什麼聲音都聽不到。明天才會有人來修。」

「哦。」馬丁・貝克看著錄音帶說，「沒有關係，毛立宗還是逃不掉，而且還有犯案現場的證據。我們已經確定他和殺人的武器有關聯，就像先前柯柏說的。葉勒摩告訴過你還有一個滅音器嗎？」

「有，」柯柏邊說邊打哈欠。「可是他在銀行沒有用……你的表情怎麼那麼奇怪？」

「關於毛立宗還有些事情很奇怪。」馬丁・貝克說，「有些我還是弄不懂。」

「你還要求什麼？」柯柏說。「徹底洞察人性嗎？你是要寫犯罪學的專題嗎？」

「再見。」馬丁・貝克說之後他就離開。

「嗯，」隆恩說，「他當上局長之後會有充分時間去研究的。」

•

毛立宗被帶到斯德哥爾摩地方法院，被控謀殺、一般殺人、武裝搶劫、販賣毒品和其他罪名。

對於這些指控，他都辯稱自己無罪，對每個問題他都說自己什麼都不知道，警方是拿他來做代罪羔羊，而且布置了所有的證據。

推土機的姿態擺得很高，被告發現自己一次次被逼入絕境，審理過程中，檢察官甚至將一般殺人罪改判成二級謀殺。

法官只開庭三天就定下判決：毛立宗因為槍殺那個健身協會主任，以及犯下鹿角街銀行搶案遭判終身監禁。其他案子也被判有罪，包括被指控是馬斯壯和莫倫的同謀。

另一方面，他被控謀殺卡爾・愛德溫・司瓦德的罪則沒有成立。因為他的辯護律師（雖然最初很冷淡，但後來突然清醒）對警方在那種情況下搜集的證據大加撻伐。此外，他還傳證自己請來的專家，對彈道比對過程提出懷疑，聲稱彈殼已經遭到嚴重毀損，根本無法確定是屬毛立宗的那把槍所有。

馬丁・貝克也出庭作證，但是他陳述的內容充滿漏洞，而且是建立在一些荒謬的推斷上。

從所謂正義的角度來看，並沒有什麼差別。毛立宗被判一個或是兩個謀殺罪，都不影響最終結果。在瑞典，無期徒刑是法官所能裁定最嚴酷的刑罰。

毛立宗帶著一種詭異的笑容聽取判決。審判過程中，他一直有些奇怪的舉動。

當法官問被告是否了解法庭對他的判決時，毛立宗搖搖頭。

「基本上這表示你已經被判定搶了鹿角街的銀行，以及殺了葛登先生——那個健身協會主任——這兩項罪名。此外，法院已經宣告你謀殺卡爾・愛德溫・司瓦德的起訴不成立。整體來說，你已經被判終身監禁，而且在終結書送出和上訴之後就會被送進監獄。」

當警衛把他帶走時，毛立宗笑了起來。注意到這件事的人都覺得他既無悔意，也不尊重法律或法院，是個徹底麻木不仁的罪犯。

•

莫妮塔坐在旅館大廳綠意盎然的角落，膝上放著一本成人課程的義大利語文法課本。

在底下花園的小竹林裡，莫娜正在和她的新玩伴玩耍，他們就坐在林中稀疏的陽光下。莫妮塔聽著他們愉悅快活的聲音，訝異孩子們即使不了解彼此所說的語言，也能輕易溝通。莫娜已經學會好幾個單字，而且莫妮塔也確信女兒學起這個饒舌的外國語言一定會比她快。事實上她已經快要放棄了。

她在這家旅館用些許英語和少數幾句德語就過得去了，但是她想和旅館之外的人談話，這就是她為何開始學習義大利語。義大利語似乎比斯洛維尼亞語好學，而且他們現在就在義大利邊界附近，所以她希望將來會用得上。

天氣出奇地熱，雖然她坐在樹蔭下，而且十五分鐘前才洗完今天早上的第四次澡，但這種氣溫還是讓她昏昏欲睡。她闔上書，放進椅子旁邊的手提包裡。

旅館花園外的街道和人行道上，輕裝便服的觀光客來回穿梭，當中有許多瑞典人；似乎太多了點，莫妮塔心想。要在人群中辨別出小鎮居民相當容易，他們走動的時候非常自然，而且知道自己要去哪裡。當中有許多人還會帶著裝著蛋或水果的籃子，從碼頭麵包店運來的黑麵包，魚網，或是自己的孩子。過了一會兒，一個男人頭上頂著剛宰殺的豬走過去。老人大部分都穿著黑色衣服。

她叫了莫娜一聲，莫娜跑過來，她的新朋友跟在她後面。

「我們應該去散散步，」莫妮塔說，「走到羅婕塔的房子那邊再回來就好。你要去嗎？」

「我一定要去嗎？」莫娜說。

「不，當然不。如果你想留下來玩也可以，我一下子就回來。」

莫妮塔開始往旅館後面的山丘走去。

羅婕塔的房子建在山腰上，從旅館走過去大約十五分鐘。雖然羅婕塔五年前去世了，但是大家還是那麼稱呼那棟房子。現在這棟建築歸她三個兒子所有，他們在城裡也都各自有房子。

莫妮塔剛到此地的第一個星期，就認識了這三兄弟中最年長的那位。他在港口附近經營一家酒館，他的女兒也是莫娜最喜歡的玩伴。雖然莫妮塔現在已經認識了他們家中所有成員，但是她只能和那個男的聊上幾句，因為他當過船員，會說流利的英語。這麼快就能在鎮裡交到朋友，讓她備感欣慰，但她最高興的是已經安排好在那個秋天租下羅婕塔的房子。目前正住在裡面的美國人只住到這個夏末，之後就要回家去了；既然房子到明年夏天之前都還沒有住客確定入住，她和莫娜在冬季就可以住在那兒。

羅婕塔的房子外牆是白色的，空間非常寬敞，也很舒服，位於一片大花園中，而且視野遼闊，從這裡的山上可以俯看港口和港灣。

莫妮塔有時會在花園裡停留片刻，坐下來和那個美國人聊天。他以前是軍官，退役後就住在這棟房子裡寫他的回憶錄。

莫妮塔走上斜坡時，又回想起那些將她帶到此地的事件。過去這三個星期以來，她不知道想過多少次了，而且每每想起，都令她相當驚訝，驚訝於打從她決定動手，一切都進行得如此之快，而且那麼簡單。她忘不了為了完成這項工作，她曾經殺過人。但是隨著時間過去，她無疑也漸漸忘了那個無心、卻必要的一擊——那一記槍聲在每個失眠夜裡，總是不斷迴響在她耳邊。

在毛立宗住處的廚房水槽櫥裡發現那枝槍，是一切的開始。事實上，當她站在廚房，手中握著那把手槍時，她就已經下定決心。她之後花了二個半月決定行動計劃，匯集勇氣。那十個星期裡，她腦中想的就只有這件事。

最後她在行動時，還考慮過各種可能的情況，包括她還在銀行裡會出現的狀況。她唯一沒有想到的是自己會受到驚嚇。這正是當時發生的情況。她對槍一無所知，而且她本來只是計畫拿槍嚇人，所以根本沒有仔細檢查過。槍會突然就那樣擊發，也是她始料未及的。

看到那個男人朝她撲過來，她下意識地扣下扳機，她是在毫無準備的情況下開槍的。看到那男人倒下，也意識到自己做了什麼事，嚇得幾乎失控。她很驚訝自己當時竟還能想到一定要照計劃行事；雖然如此，她的內心其實已經被震呆了。

搭上地鐵回家後，她把袋子和錢都藏在莫娜的衣服裡，再一起放進行李箱。她前一天就開始整理行李。

但是之後她開始像隻無頭蒼蠅一樣到處亂跑；她換了衣服和涼鞋，搭上計程車到阿姆菲德斯街。這不在她的計劃內，但是她忽然覺得毛立宗必須對她這個殺人罪行負一點責任，所以她打算把槍放回原處。

但是當她再次站在他的廚房裡時，她意識到這個想法很不理智，她非常驚慌，便跑了出去。到了地下室，她看到門是開的，她正要打開門把袋子丟進垃圾堆裡時，她聽到一些聲響，知道是收垃圾的人要來清垃圾桶了。所以她又跑進通道另一頭，在那裡有一間類似儲藏室的地方。她將袋子藏在角落的一只木箱裡，等到清運垃圾的人將門用力關上之後才出來，然後快速離開那棟大樓。

她隔天早上就離開了瑞典。

莫妮塔一直夢想能去看看威尼斯。在搶劫銀行不到二十四個小時後，她已經帶著莫娜到了當地。他們只停留兩天，因為旅館實在難找，而且威尼斯熱得令人難過，運河發出的惡臭也讓人無法忍受。她認為可以等旅遊旺季結束之後再來。

之後她們搭乘火車到第里亞斯特，再轉到南斯拉夫的小鎮伊斯特里亞，也就是他們現在所在的地方。

她的旅館衣櫥裡放著一個尼龍大袋子，裡面放有八萬七千克朗的瑞典紙鈔，她好幾次都覺得這應該放到比較安全的地方。哪天應該走一趟第里亞斯特，找家銀行把錢存進去。

那個美國人不在。於是莫妮塔走進花園，倚著一棵樹坐下，她猜那一定是棵松樹。

她把腿縮起來，下巴頂著膝蓋，眼睛注視著亞得里亞海。

今天的天氣異常晴朗，她看得到海平面上有一艘白色小汽艇正要進港。

正午的烈日照著底下的岩石和白色海岸，閃耀的藍色海灣看似正在對她招手。再一會兒，她就要奔到那裡游泳。

•

在警政署大樓最老舊、但明亮的一個邊間裡，警政署長正召喚莫姆督察長過去。陽光投射在那片覆盆子紅的地毯上，形成一個歪斜的菱形，緊閉的窗戶外傳來地鐵興建工程的微弱噪音。他們正在討論馬丁·貝克。

「其實你的職位比起我的更適合來評論他的表現，不僅是他請病假的這段期間，他回來上班的這兩週也是。」署長說，「你覺得他如何？」

「那要看你指的是什麼。」莫姆說，「你是指他的健康狀況嗎？」

「醫生才能判斷他的身體狀況。就我了解，他已經完全復原。我指的是，你認為他的心理狀況可以嗎。」

莫姆督察長撫摸著他那頭已經梳理得非常整齊的頭髮。

「嗯，這很難說……」

房間裡一陣沉默，署長在等他繼續說下去，但最後他略為不耐地說：

「我不是要你詳細分析他的精神狀況，只是要你告訴我，你對他的表現有什麼印象。」

「我也不常和他見面啊，長官。」莫姆迴避地說。

「可是你和他接觸的機會比我多。」署長語意甚堅，「他還是老樣子嗎？」

「你是說和他受傷之前相比嗎？不，也許不一樣了。不過，當然，他這段時間都在休養，也沒有工作，也許要花一點時間才能恢復往日雄風。」

「你認為他變得如何？」

莫姆以一種不確定的眼神看了他的上司一眼，然後說：

「嗯，沒有變得更好就是。當然，他還是有點奇怪，旁人也很難了解；當然了，他還是時常喜歡把事情攬到自己頭上。」

警政署長傾身過去，皺著眉頭說：

「你這麼認為嗎？好吧，我想應該是真的了，不過他的工作成效現在看來還是不錯。你是在暗示，他獨斷獨行的作風更明顯了嗎？」

「長官，其實我也不知道，畢竟他回來也不過幾個星期。」

「我的印象是他有點心不在焉。」署長說，「他的衝勁好像沒了，只要看最近他在調查的那件保斯街命案就知道。」

「是的，辦得亂七八糟。」

「而且不是普通的亂。還不只這樣，整件事還變得更讓人摸不著頭緒，我們只能慶幸新聞媒體沒對這件案子產生興趣。當然了，消息遲早還是會走漏，這對我們極為不利，尤其是對貝克。」

「我不知道我該說什麼，」莫姆說，「他那些調查結果似乎只是憑空想像出來的。至於犯人的告白……唉，真不知道該怎麼想。」

署長起身走向窗戶，看著對面亞聶街的市政大樓。幾分鐘後，他回到座位，雙手放在桌上，審視自己的指甲說：

「關於貝克的事，我想了很多，而且你也了解，對於升不升他做局長，煩心的也不是只有我。」他停頓一下，莫姆專心地等他接下去。「好，這是我看待這件事的角度，」署長繼續說，「貝克處理這個史寇德事件的方式——」

「司瓦德，」莫姆打斷他的話，「他的姓是司瓦德。」

「什麼？啊！是，是的，司瓦德。貝克的行為似乎顯示他還不太適應，你認為呢？」

「我認為，就某些方面來說，他似乎在胡言亂語。」莫姆說。

「哦，我希望情況沒你想像得那麼糟糕。但是從心理學角度來說，他目前還不太平衡。我認為我們應該觀望一陣子，看看那是不是永久性的，或只是他病癒之後的短暫反應。」署長舉起手，離桌面大約一吋，隨即又放下。他說，「換言之，在這種情況下，我認為讓他升等是有些冒險。最好讓先他留在目前的位子，我們再看看事情發展如何。畢竟說要升他也只是提議，還沒提報到委員會。所以我建議這件事我們先擱置下來，暫時不討論。我手上還有其他合適人選能擔任這個職務，貝克也不會知道他的名字曾經被提出來討論過，所以我們沒什麼損失。這樣做可以嗎？」

「可以的，長官，我相信這是個明智的決定。」莫姆說。

警政署長再度起身，他走向門口替莫姆開門；莫姆立刻從座位上彈起來。

「我也這麼認為，」警政署長邊說邊關上門，「一個最明智的決定。」

幾個小時後，升等被駁回的事情傳到了馬丁．貝克的耳中。這是僅有的一次，他完全同意警政署長的意見。

警政署長無疑做了一個少見的明智決定。

•

菲利普．費思佛．毛立宗正在牢房裡踱步。他發現他沒辦法坐著不動，他的腦筋也是，沒有一刻靜得下來。但是日子久了，它們還是變得單純了，現在思緒只侷限在幾個小問題上。

到底發生了什麼事？

怎麼發生的？

對於這兩個問題，他都找不出答案。

監視他的警衛將看到的情形告訴獄中的精神病醫師，他們隔週會再告知牧師。

毛立宗繼續尋求解釋。而給別人一個解釋正是牧師的專長，也許他能幫得上忙。

這名囚犯現在正靜靜躺在黑暗中，無法入眠。

他在想：

他媽的究竟發生了什麼事？

怎麼發生的？

一定有人知道。

誰知道？

馬丁・貝克 刑事檔案 08

上鎖的房間

Det Slutna Rummet

作者	麥伊・荷瓦兒 Maj Sjöwall 及 培爾・法勒 Per Wahlöö
譯者	羅若蘋
社長	陳蕙慧
副總編輯	林家任
行銷	陳雅雯、尹子麟、洪啟軒
封面設計	井十二設計研究室
地圖繪製	Emily Chan
排版	宸遠彩藝
印刷	通南彩色印刷股份有限公司

讀書共和國 出版集團社長	郭重興
發行人兼出版總監	曾大福
出版	木馬文化事業股份有限公司
發行	遠足文化事業股份有限公司
地址	231 新北市新店區民權路 108-2 號 9 樓
電話	(02)2218-1417
傳真	(02)2218-0727
客服專線	0800-221-029
Email	service@bookrep.com.tw
法律顧問	華洋國際專利商標事務所　蘇文生律師

出版日期	2020 年 7 月　初版一刷
定價	400 元

國家圖書館出版品預行編目

上鎖的房間 / 麥伊 . 荷瓦兒 (Maj Sjöwall), 培爾 . 法勒 (Per Wahlöö) 合著 ; 羅若蘋譯 . -- 初版 . -- 新北市 : 木馬文化出版 : 遠足文化發行 , 2020.07

424 面 ; 14.8 X 21 公分 . -- (馬丁 . 貝克刑事檔案 ; 8)

譯自 : Det slutna rummet

ISBN 978-986-359-812-1(平裝)

881.357　　109008781